SANDRA LEE

Der Kuss des Barbaren

Buch

Mit aller Kraft will die schöne Lady Roscelyn of Cyning ihre Untertanen vor einem normannischen Eroberer beschützen. Doch der wilde Krieger, der in ihre Ländereien einfällt, ist nicht der Barbar, gegen den sich Roscelyn gewappnet hat. Varin de Brionne überwältigt seine Feinde nicht mit dem Schwert, sondern mit seinem unwiderstehlichen Charme. Umso verzweifelter versucht Roscelyn, den Eindringling zu vertreiben. Einzig eine alte Zauberin kennt das wahre Schicksal des mächtigen Normannen und der verführerischen Lady: Je mehr die beiden gegen ihre Liebe ankämpfen, desto leidenschaftlicher fühlen sie sich zueinander hingezogen – bis sie sich schließlich einem gemeinsamen Feind stellen müssen …

Autorin

Sandra Lee wurde gleich nach ihrer Ausbildung zur Lehrerin als Autorin entdeckt. Mit ihrem ersten Roman »Verhexte Herzen« begeisterte sie Kritiker und Publikum gleichermaßen. Sandra Lee lebt mit ihrem Mann und den zwei Töchtern in Florida und schreibt an weiteren Romanen.

Von Sandra Lee ist bei Blanvalet bereits erschienen

Verhexte Herzen. Roman (35327)

SANDRA LEE

Der Kuss des Barbaren

Roman

Aus dem Amerikanischen
von Sabine Reinhardus

BLANVALET

Die Originalausgabe erschien 2000
unter dem Titel »Falling for Her«
bei Bantam Books
a division of Random House, Inc., New York.

Umwelthinweis:
Alle bedruckten Materialien dieses Taschenbuches
sind chlorfrei und umweltschonend.

Blanvalet Taschenbücher erscheinen im
Goldmann Verlag, einem Unternehmen der
Verlagsgruppe Random House GmbH.

Deutsche Erstveröffentlichung Februar 2002

Umschlaggestaltung: Design Team München
Umschlagillustration: Agt. Schlück/Spiak
Satz: DTP Service Apel, Hannover
Druck: Elsnerdruck, Berlin
Verlagsnummer: 35720
Lektorat: Urban Hofstetter
Redaktion: Barbara Gernet
Herstellung: Heidrun Nawrot
Made in Germany
ISBN 3-442-35720-9
www.blanvalet-verlag.de

3 5 7 9 10 8 6 4 2

Meinem lieben Ole,
bereits zu Lebzeiten eine Legende …

Prolog

England, September 1066

Roscelyn betrachtete den bewusstlosen Mann auf der Lagerstatt ihres Vaters. Im Halbdunkel warf das flackernde Kerzenlicht schlangengleiche Schatten auf sein finsteres, bärtiges Gesicht.

Ein Mann?

Nein, dachte sie. Cerdic war eine Ausgeburt der Hölle.

Nur ein Dämon konnte es fertig bringen, während der eigenen Hochzeit der kleinen Schwester der Braut nachzustellen. Höchstens ein elender Lump lechzte nach dem Leib eines zehnjährigen Kindes.

Sie hätte auf ihre innere Stimme und die Unruhe hören sollen, die sie jedes Mal überkam, wenn Cerdic in Cyning zu Besuch war; aber sie hatte die Heirat nicht gefährden wollen, die ihrer Familie und ihrem Dorf so viele Vorteile versprach. Jetzt, nachdem sie ihr Ehegelübde abgelegt hatte, konnte es Cyning an Reichtum und Waffenstärke sogar mit den Besitztümern König Harolds aufnehmen.

Zitternd schlang sie die Arme um sich und presste die Finger krampfhaft in ihr kostbar besticktes Brautgewand.

Noch lag Cerdic in tiefem Schlummer, betäubt von dem Schlafpulver, das sie heimlich von der zauberkundigen Dorfältesten besorgt hatte. Aber bald brach die Morgendämmerung an, und dann würde er aufwachen.

Roscelyn verzog das Gesicht. Es war nicht zu ändern. Sie musste Cerdic umbringen – denn sie würde es niemals ertragen, mit ihm das Bett zu teilen. Und sie würde es auch nicht zulassen, dass er ihrer Schwester noch einmal zu nahe trat.

Gift. Das war's. Jeden Tag wurden Männer krank und starben an geheimnisvollen Leiden. Niemand würde je ahnen …

Plötzlich begann die Kerze zu knistern und beleuchtete mit blitzartigen Funken Roscelyns Tunika. Als wollte Satan selbst sie wissen lassen, dass er schon auf ihre unsterbliche Seele wartete.

Ein heftiger Schauder überrann sie. Selbst wenn es ihr gelänge, die finstere Tat vor anderen Sterblichen zu verbergen – Gottes allgegenwärtigem Auge würde sie nicht entfliehen.

»Still jetzt«, flüsterte sie und gab sich einen Ruck.

Gewiss würde der Herr ihren Zwiespalt verstehen. Hätte sie die Heirat abgelehnt, wäre es zu einem Krieg gekommen. Statt eines Mannes hätten viele ihr Leben lassen müssen, darunter womöglich auch ihr Vater und ihre Brüder. Die Felder wären noch vor dem Einbringen der Ernte verwüstet worden. Die Dorfbewohner, für die sie verantwortlich war, hätten aus ihren niedergebrannten Hütten fliehen müssen und wären vor Hunger gestorben. Und Wulfwyn …

Roscelyn presste die Lippen zusammen. Hätte sie ihre Schwester und Cerdic nicht in der Getreidekammer entdeckt, wäre Wulfwyn keine Jungfrau mehr.

Nein. Sie würde ihrem Vater nichts erzählen. Cerdic hatte ihrer Schwester bereits genügend Leid zugefügt. Die Kleine sollte es nicht auch noch verkraften müssen, dass obendrein ihr unbescholtener Ruf in Gefahr geriet. Für viele Männer war Cerdics Verhalten allerdings nicht mehr als der Ausrutscher eines Betrunkenen.

Ein Klopfen an der Tür riss Roscelyn aus ihren Gedanken und erfüllte sie mit solcher Furcht, dass sich ihr Herz zusammenkrampfte. Noch bevor sie antworten konnte, stürmte bereits Gunderic, einer der Leibwächter ihres Vaters, in das bescheidene Schlafgemach.

»Steht auf, Mann!«, rief der drahtige, dunkelhaarige Krieger, der mit einem Satz auf Cerdic zusprang und ihn gewaltsam rüttelte. »Wir ziehen für England in den Krieg!«

Da stockte Roscelyn der Atem.

Krieg? Cerdic musste Cyning verlassen?

Er war also noch einmal davongekommen!

Sie wandte sich ab, als ihr Gatte sich mühsam erhob und auf dem Boden übergab. Es geschah ihm ganz recht. Und falls er nicht überlebte …

Schockiert über ihre Gedanken machte sie runde Augen. Was war nur in sie gefahren? Wenn Cerdic auf dem Schlachtfeld starb, dann gab es damit auch einen Mann weniger, der ihren Vater und ihre Brüder verteidigen konnte.

Roscelyn raffte ihr verknittertes Brautgewand zusammen und eilte in die große Halle, die direkt an die Schlafkammer grenzte. Die Männer waren schon damit beschäftigt, sich für die Schlacht zu rüsten.

Der Herr möge ihr die sündigen Gedanken vergeben! Wenn Er über ihren Vater und ihre Brüder wachte, würde sie nie wieder einem Mann etwas Schlechtes wünschen. Sie würde eine treue und gehorsame Dienerin sein und sich so unterwürfig und fügsam zeigen, wie es Gottes Wille war. Und wenn es Sein Wille war, dass sie ihr Lager mit Cerdic teilte und seine Kinder gebar, dann würde sie den erfüllen. Wenn Er nur dafür sorgte, dass die Männer ihrer Familie heil aus dem Krieg zurückkehrten!

»Ros«, winkte ihr Vater sie jetzt zu sich.

»Deine Ehe …«, hoffnungsvoll hob er eine rötlichgraue Braue, »…wurde vollzogen?«

Beschämt senkte Roscelyn den Blick und schüttelte den Kopf. Es machte sie verlegen, mit ihrem Vater darüber zu sprechen.

»Nun gut. Es war gewiss nicht dein Fehler. Momentan musst du dich um uns kümmern.«

Sie nickte und eilte aus der Halle. Mehl, Kochtöpfe, Schweine, Lämmer, Futter, Bierfässer. Geschäftig sprang sie hin und her, befahl, wies an und erklärte, bis ihr die Zunge am Gaumen klebte.

Schließlich stand sie mit Wulfwyn am Tor, wo sich die Männer zum Abmarsch versammelten.

Wie immer war sie überwältigt vom Anblick der gewaltigen Lebensmittelmenge, die mit den Reisenden den Hof verließ. Obwohl die Männer meist mehr zurückbrachten, als sie davongetragen hatten, waren sie auch schon mit leeren Händen heimgekehrt.

Darunter litten insbesondere die Bauern. Sie würde sofort damit beginnen, Vorräte anzulegen, damit die Dörfler später nicht hungern mussten.

Doch diese Gedanken behielt sie für sich, während sie ihren lächelnden Vater zum Abschied küsste.

»Welch ein Segen, dass ich so wunderbare Töchter habe!« Er zerzauste Wulfwyns Schopf und zog an Roscelyns Zopf, was ihm, wie er behauptete, Glück brachte.

»Hör schon auf, mich abzuschlabbern«, neckte Roscelyns ältester Bruder, als sie ihn küsste. Mit seinen fröhlichen, grünen Augen und den roten Locken war er das Abbild seines Vaters.

Ihr jüngerer Bruder, ein wahres Raubein, machte großes Aufhebens davon, mit seinem Schwert vor Roscelyns Gesicht herumzufuchteln. »Verschon mich bitte mit deiner Heulerei!«

Er warf ihr aus seinen hellen, braunen Augen einen strengen Blick zu, der allerdings seine Wirkung verfehlte, als ihm eine seiner lustigen Locken in die Stirn fiel. Seine Augen hatten genau dieselbe Farbe wie die Roscelyns und ihrer Mutter.

»Wie wär's, Wulfwyn?« Er hieb immer noch in die Luft. »Du hast doch bald Geburtstag, nicht wahr? Soll ich dir einen abgeschlagenen Kopf mitbringen?«

»Und bitte reichlich blutige Eingeweide«, lispelte Wulfwyn scheu lächelnd und in unterwürfigem Ton.

Roscelyn stöhnte leise auf. Mit diesem Spiel pflegten die beiden sie immer zu quälen.

»Ihr Plagegeister!«, schniefte sie und wischte sich über die Augen. »Ihr sollt mich nicht …« Im selben Moment wurde sie von hinten gepackt und unterbrochen.

Sie wirbelte herum und starrte in Cerdics dunkle, rot geränderte Augen. Während er sie in eine Umarmung zog, die auf jeden Zuschauer zärtlich wirken musste, erstickte er sie in Wirklichkeit beinahe.

In seinem eisernen Griff gefangen, spürte Roscelyn, wie eiskalte Angst sie durchzuckte, als er ihr ins Ohr zischte: »Du wagst es, mich zu vergiften?«

Sie schnappte nach Luft. »Du hast es gewagt, dich an meiner Schwester zu vergreifen!«

Cerdic presste seine Lippen fest auf ihre, und ihr wurde beinahe übel von dem Gestank, der seinem Mund entströmte.

Er packte sie so fest an den Haaren, dass sie den Kopf nicht ganz wegdrehen konnte, und seine Lippen an ihre Schläfe glitten. »Bei allem, was heilig ist, wenn ich zurückkehre, wirst du keine frohe Stunde mehr erleben!«

»Entschuldigt, mein neuer Sohn.« Die freundliche Stimme ihres Vaters erklang hinter ihnen. »Ich muss dir meine Tochter für eine Minute entführen, da ich noch etwas Wichtiges mit ihr zu besprechen habe.«

Erlöst aus der zermalmenden Umarmung, folgte die zitternde Roscelyn ihrem Vater, als er sie beiseite nahm.

Verdammt seien die Folgen! Sie würde ihrem Vater erzählen, was Cerdic getan hatte!

Aber als sie den Worten ihres Vaters lauschte, war ihr Entsetzen so groß, dass sie ihren Vorsatz vergaß.

1

England, November 1066

Roscelyn atmete tief den Geruch verrotteter Pflanzen ein, der der frisch umgegrabenen Erde entstieg. Der Boden in diesem abgegrenzten Stück neben dem Obstgarten war so fruchtbar und lehmig, dass man einen Garten hätte anlegen können.

Abgesehen von all den vielen Gräbern!

Der Abend war feuchtkalt und winterlich. Fröstelnd betrachtete sie den Grabstein ihres Vaters. Man hatte ihn in aller Eile gefertigt, und er wollte nicht recht zu dem kostbar gemeißelten Stein ihrer Mutter passen – aber das würde sich bald ändern. Nur noch ein paar Monate, dann war sie in der Lage, ihrem Vater ein würdiges Grabmal zu errichten.

Die geheime Schriftrolle, die er ihr vor seinem Abschied übergeben hatte, verlieh ihr nicht nur die Mittel, ihre eigenen Geschicke zu lenken, sondern würde es ihr ermöglichen, England von der Herrschaft der mörderischen Normannen zu befreien.

Roscelyn merkte, dass sie mittlerweile aufgeregt auf und ab lief. Sie hielt inne, senkte den Blick und stieß dann einen Seufzer der Erleichterung aus.

Zumindest war sie nicht über ein Grab gelaufen, gesegnet sei die Heilige Mutter Gottes!

Sie hatte nicht die Absicht, auch noch den Zorn der Toten auf sich zu laden. Cyning war derzeit schon mit ausreichend vielen Sorgen geplagt. Die Hälfte der Bauern litt an einem ansteckenden Fieber, es gab nicht genügend Vorräte für den

Winter; die Wintersaat, die das Dorf im Frühjahr ernähren sollte, war noch nicht ausgesät worden – aber die schrecklichste Bedrohung stellten die Normannen dar.

Ihr Vater und ihre Brüder waren gefallen; deshalb gab es keinen Schutz vor diesen verfluchten Mordbuben, falls sie Cyning heimsuchen sollten.

Aber auch Cerdic war tot – der Himmel möge ihr die tiefe Erleichterung vergeben, die sie bei diesem Gedanken erfüllte. Gunderic hatte mit eigenen Augen gesehen, wie er in der Schlacht umkam. Und laut Gunderic hatten sich die restlichen Kampftruppen der Angelsachsen, Freunde ihres Vaters, die sie alle kannte und in Cyning bewirtet hatte, in die Moore im Nordosten Englands zurückgezogen. Dort versuchten sie, eine Allianz mit den Dänen zu erwirken, um gemeinsam mit ihnen die Normannen aus England zu vertreiben.

Aber Roscelyn war im Besitz der Schriftrolle.

Im Augenblick lag sie unter dem Grabstein ihres Vaters. Dies schien ihr das sicherste Versteck zu sein.

Sie zitterte vor Aufregung und hielt gerade noch inne, bevor sie ihre rastlose Wanderung wieder aufnahm. Wahrhaftig, es war nicht leicht, ruhig zu bleiben; immerhin befand sich der Beweis dafür, dass der normannische Herzog William den Papst hintergangen hatte, in ihrem Besitz.

Ein grimmiges Lächeln umspielte ihre Lippen. Der Bastard Herzog William hielt sich offenbar für besonders schlau. Er hatte den päpstlichen Segen für die Invasion Englands erwirkt, indem er behauptete, Harold, König der Angelsachsen, habe bei heiligen Reliquien geschworen, ihm zu dienen.

Nichts als Lügen! Die Worte quollen aus ihrem Kopf wie Fett, das zischend auf eine heiße Feuerstelle tropft.

In Wirklichkeit hatte König Harold diesen Eid unter der Folter abgelegt und war zu einer Allianz gezwungen worden, während man ihn am Hof des normannischen Herzogs in Frankreich gefangen hielt.

Was die heiligen Reliquien anging, die Harold angeblich während seines Schwurs berührt hatte, so hatte es sich dabei um die Knochen einer Ziege gehandelt.

Bei diesem Gedanken musste Roscelyn erneut an sich halten, um nicht wieder ihren unruhigen Lauf aufzunehmen.

Der Bischof von Rouen und einige der Barone Williams hatten die Echtheit der Schriftrolle beeidigt und bestätigt. Der Papst konnte die Originalität des Dokumentes schwerlich anzweifeln.

Seine Heiligkeit würde dem weiteren Vormarsch Williams in England die Unterstützung der Kirche entziehen. Die Angelsachsen würden wieder die Herrschaft in England übernehmen. Und Roscelyn selbst würde einen angemessenen Preis dafür fordern können, dass sie die Angelsachsen vom Joch der Normannen befreit hatte.

Unter den dichten Falten ihres grauen Umhangs schlang sie die Arme um sich. Sie würde eine so hohe Belohnung fordern, dass ihr Dorf nie wieder unter Hunger oder Kälte leiden musste und sie genügend Leibwächter bezahlen konnte, damit Cyning ausreichend geschützt war und nie mehr der Gnade einer Eroberungsmacht ausgeliefert sein würde.

Außerdem war sie Cerdics Witwe. Sie würde ihren Anspruch auf dessen Ländereien geltend machen und sie ihrer Schwester übereignen.

Plötzlich übermannte Roscelyn ein Gefühl der Verzweiflung.

Herr, ich bitte Dich, lass Gunderic schnell genesen.

Gunderic, der als einziger Leibwächter aus der Schlacht zurückgekehrt war, hatte die Treue zu seinem Herrn fast mit dem Leben bezahlt. Schwer verletzt hatte er nicht mehr die Kraft besessen, die sterblichen Überreste ihres Vaters oder ihrer Brüder, die nun auf dem Schlachtfeld neben dem toten Cerdic verwesten, nach Hause zu bringen.

Roscelyn atmete tief ein und hielt die Luft an. Noch war es

fast unvorstellbar, dass ihr Vater sie nie wieder am Zopf ziehen würde, weil es ihm Glück brachte, oder ihre Brüder sie nie mehr mit Anspielungen auf schlabberige Küsse und Abschiedsheulerei aufziehen würden.

Nie wieder würden sie gemeinsam in der Halle sitzen. Sich nie wieder nach dem Essen zu einem Würfelspiel herausfordern. Sich nie wieder Gruselgeschichten erzählen und schadenfroh lachen, wenn Roscelyn allein vom Zuhören schlecht wurde.

Sie starrte auf den Grabstein ihres Vaters.

Wie oft hatte sie inzwischen davon geträumt, dass sie alle gesund und am Leben waren, um dann beim Aufwachen erneut den Schmerz des Verlustes durchleben zu müssen …

Energisch wischte sie sich die Augen.

In einigen Tagen war Gunderic hoffentlich wieder so weit hergestellt, dass er die Schriftrolle in die Saint Dunstan Abtei bringen konnte. Nur die dortige Äbtissin würde Roscelyns Meinung nach in der Lage sein, das Dokument dem Papst in die Hände zu spielen – genauer gesagt, eine Hälfte davon: gerade genug, damit der Papst den Inhalt und die Echtheit des Dokumentes anerkannte.

Die andere Hälfte der Schriftrolle behielt Roscelyn bis sie ihre eigene Zukunft und die Versorgung der Bewohner von Cyning sichergestellt hatte.

Außerdem hatte sie beschlossen, dass Gunderic Wulfwyn im Kloster unterbringen sollte, falls man einen normannischen Adligen zum Herrn von Cyning ernannte, bevor die Schriftrolle den Papst erreichte. Dieser Plan fand Gunderics volle Zustimmung, und der alte Leibwächter hätte es nur zu gerne gesehen, dass auch Roscelyn im Kloster Zuflucht suchte.

Aber das kam für sie nicht in Frage. Nie würde sie die Leute von Cyning angesichts der normannischen Bedrohung im Stich lassen. Obendrein waren die Dörfler auf Roscelyns Rechenkünste angewiesen. Niemand außer ihr schaffte es, die knappen Vorräte gerecht zu verteilen.

Als Roscelyn an ihre Schwester dachte, schürzte sie unwillkürlich die Lippen. Wulfwyn wusste noch nichts von diesen Plänen. Sie konnte sich nur zu gut vorstellen, wie die Jüngere darauf reagieren würde. Beispielsweise würde sie auf ihre Kleidertruhe verzichten müssen …

Eine Krähe, die plötzlich geräuschvoll auf einem Ast landete, riss Roscelyn aus ihren Gedanken.

Ein Todesbote!

Ihr stockte der Atem. Wann hatte sie begonnen, wieder auf und ab zu wandern?

Sie blickte zu Boden, und ihre Augen weiteten sich entsetzt. *Allmächtiger!* War sie etwa gerade über das Grab ihres Uronkels gelaufen?

Als die Krähe ein heiseres Krächzen ausstieß, sträubten sich Roscelyn die Nackenhaare.

Hatte sie damit ihren Abstieg in die Hölle besiegelt?

War dieser Vogel ein Abgesandter ihrer Brüder? Fanden ihre unsterblichen Seelen auf dem Schlachtfeld keine Ruhe? Würden sie niemals Frieden finden, weil man sie nicht christlich bestattet hatte?

Was, wenn Gunderic sich getäuscht hatte? Wenn einer ihrer Brüder noch am Leben war? Wenn er jetzt in diesem Augenblick dort lag und um Hilfe rief?

Ihr Blick glitt über die dunklen Äste, zwischen denen die Krähe hockte. Fast war ihr, als wehte der Ruf ihres Namens auf einem kalten, geisterhaften Luftzug an ihr Ohr.

»Roscelyn!«

Als sie herumwirbelte, wäre sie beinahe über den Saum ihres Umhangs gestolpert. Sie hatte halb erwartet, ein Gespenst vor sich zu sehen, und ein eisiger Schreck durchfuhr sie – auch dann noch, als sie begriff, dass es sich nur um ihre kleine Schwester handelte.

»Musst du so schreien?« Ihre Stimme zitterte.

Wulfwyns dichter, roter Schopf leuchtete wie Flammen, als sie jetzt heftig den Kopf schüttelte. »Der Dorfprediger will Lufus Hütte niederbrennen!«

Roscelyn runzelte die Stirn. Dann lächelte sie vor Erleichterung. »Wahrhaftig, ich dachte wirklich …«

»Der Dorfprediger sagt, Lufus Zauberkünste hätten die bösen Elfen nach Cyning gelockt.« Wulfwyn hüpfte aufgeregt von einem Fuß auf den anderen, während ihr großer, graubrauner Hund namens Poppit sie ruhelos umkreiste. »Die Elfen hätten die Dörfler krank gemacht. Gott würde Cyning nicht beschützen, solange Lufu hier ist.«

Jäh erstarb Roscelyns Lächeln. Was dachte sich der Dorfprediger nur? Bei den vielen Kranken brauchten sie die Dorfälteste und ihre Heilkünste dringender als sonst.

Sie hob den Saum ihres Mantels und ging so schnell ins Dorf, wie es ihr die steifen Lederschuhe erlaubten. Wulfwyn und ihr riesiger Hund folgten ihr auf dem Fuß. Bereits auf halber Höhe des vereisten Hügels, der sich hinter dem Herrenhaus erhob, erspähte sie die dichte Traube von Bauern, die sich vor der Hütte von Lufu, der Dorfältesten, zusammengerottet hatten.

Roscelyns Schritte wurden langsamer. Schließlich blieb sie stehen und strich sich die blonden Strähnen, die sich aus ihrem Zopf gelöst hatten, aus dem Gesicht. Potztausend, dort musste sich fast die Hälfte der Dörfler versammelt haben, denn es standen dort bestimmt mehr als vierzig Menschen herum. Selbst in dieser Entfernung war das erregte Raunen zu hören.

»Verflucht!«, stieß Wulfwyn hervor. »Du bist ja langsamer als eine fußlahme Schnecke.«

»Und du sprichst wie ein ungehobelter Bauernlümmel«, tadelte Roscelyn. Sie riss ihre Hand zurück, als Wulfwyn sie ungeduldig weiterzerren wollte. »Ich muss mich sammeln, bevor ich mit dem Dorfprediger und den Bauern spreche. Schließlich bin ich nicht Vater, und es fehlt mir an Leibwächtern, um meinen Willen mit Gewalt durchzusetzen.«

»Du hast doch mich«, tröstete Wulfwyn. »Wenn der alte Bock auf dich oder Lufu losgeht, dann wird er das noch bereuen.«

Plötzlich verspürte Roscelyn das dringende Bedürfnis, die Schwester kräftig an ihrem Schopf zu ziehen. »Es ist keine zwei Wochen her, seit dieser alte Bock dich dabei erwischt hat, wie du Blutegel ins Weihwasserbecken gesetzt hast. Herr des Himmels und der Erde, ich sorge mich wirklich um deine unsterbliche Seele. Du musst schwören, dass du nichts mehr unternimmst, was deinen Weg ins Paradies gefährden könnte.«

»Ich schwör's!«

Wie ein Echo auf Wulfwyns Entrüstung, ertönten jetzt Hochrufe aus der Menge, und Fackeln wurden geschwenkt.

»Heilige Geduld, verlass mich nicht!«, zischte Roscelyn. »Geh zum Hof zurück und bleib dort, bis …«

Sie unterbrach sich, weil Wulfwyn ihre Anweisung nicht beachtete und in Richtung Dorf davonstürzte. Obwohl Roscelyn sich mühte, mit der Jüngeren Schritt zu halten, war nichts mehr von Wulfwyn zu sehen, als sie die Menge erreicht hatte.

»… verfluchtes altes Weib«, lispelte der Dorfpriester gerade. »Ich wollte dir nix antun, aber jetzt hast du zum allerletzten Mal Unheil über Cyning gebracht!«

Einige der Dörfler brachen in Hochrufe aus, während andere einfach nur grunzten. Es war unklar, ob sie damit Zustimmung ausdrücken wollten oder Ablehnung. Dem sauren Biergeruch nach zu urteilen, der in der Luft hing, waren viele der Bauern schon ziemlich angetrunken.

»Lady Ros!« Afled, die Milchmagd, hatte sie entdeckt. Die plumpe Frau löste sich aus der Menge. Sie trug ihre kleine

Tochter auf der Hüfte, während sich ihr Sohn, der gerade laufen lernte, an ihrem Rock festklammerte. »Ihr müsst etwas unternehmen!«

Roscelyn nickte und versuchte, ihren abgehackten Atem zu regulieren.

»Bist ein alter Esel, Prediger«, rief jetzt ein Verwandter der Dorfältesten. »Lufu hat euren Frauen in ihrer schwersten Stunde geholfen. Ihre Heilmethoden machen euch das Leben leichter, nicht schwerer!«

Obwohl Roscelyn ihre Worte vorsichtiger gewählt hätte, um Thuri, den Dorfprediger, nicht zu beleidigen, trafen Lorstans Argumente ins Schwarze. Aber als sie jetzt den Mund öffnete, um ihm beizustehen, kam ihr Thuri mit seiner Antwort zuvor.

»Es is' Gott allein, der den Frauen in ihrer schwersten Stunde helfen tut, und Er allein hilft uns auch, gesund zu bleiben. Diese teuflische Hütte zieht nur die Diener Satans an!«

»Desto besser, wenn wir ...«, setzte Roscelyn an, aber der Müller mit den gelben Augen und dem Trommelbauch ließ sie nicht zu Wort kommen.

»Keiner kann mehr sein Stückchen Land versorgen. Im nächsten Frühjahr gibt's nix mehr zu essen.«

»'s gibt doch jetzt schon kein Essen!«, rief ein anderer. »Mit dem Hungern brauchen wir nich' bis zum Frühjahr zu warten.«

»Oder die Normannen drehen uns schon vorher den Hals um«, erhob sich eine schrille, weibliche Stimme.

Heisere Schreie der Wut ertönten aus der Menge, und Roscelyn wurde zurückgedrängt.

Grundgütiger! Sie musste diesem Unsinn ein Ende bereiten. Aber wo steckte Wulfwyn? Wenn ihre Schwester sich nicht vorsah, lief sie Gefahr, von den aufgebrachten Dörflern niedergetrampelt zu werden. Auf Zehenspitzen eilte Roscelyn am Rand der lautstarken Versammlung entlang und spähte hoffnungsvoll nach einem dichten, ungekämmten, roten Schopf.

Aber sie sah nichts als die Schultern und Hinterköpfe der Männer und den First von Lufus strohgedecktem …

Dann kam ihr eine so kühne Idee, dass sie selbst darüber erschrak.

Sie musste ganz schnell handeln, sagte sie sich und schnitt eine Grimasse. Oder doch besser nicht. Der Plan war zu waghalsig.

Aber es wäre vielleicht eine Möglichkeit, um Wulfwyn ausfindig zu machen … Zumindest konnte sie auf diese Weise die Aufmerksamkeit der Dörfler auf sich lenken und sie davon abhalten, die Hütte der Dorfältesten in Brand zu stecken.

Eilig, bevor ihr Entschluss wieder ins Wanken geriet, hastete sie um die Menge herum zur Seitenwand der Hütte. Sie konnte das tief nach unten gezogene Strohdach mühelos mit den Händen erreichen. Dort stand sogar ein Eimer, um darauf ihre Kletterpartie zu beginnen.

Roscelyn hielt inne. Sie war zwar klein, aber dennoch eine erwachsene Frau. Es stand keineswegs fest, ob das Dach ihr Gewicht aushalten würde. Falls sie stürzte, bevor jemand sie bemerkte, und die erbosten Bauern die Hütte mit ihren Fackeln anzündeten …

»Verschwinde, alte Hexe, oder du wirst verbrennen!«, dröhnte die Stimme des Dorfpredigers über dem entfesselten Gebrüll der Menge.

Ohne weiter nachzudenken, erklomm Roscelyn das Dach, verfluchte ihre Röcke, ihre plumpen Stiefel, und, der Herr möge ihr vergeben, Thuri, den Dorfprediger.

Hoch oben auf einem grauen Schlachtross an der Spitze seiner zwölf Vasallen nahm Varin de Brionne den Helm ab und klemmte ihn in die Armbeuge. Wütend blickte er auf den Knappen hinunter, der keuchend vor ihm stand, und schrie ungeduldig: »Ich habe dich ausgeschickt, um Erkundigungen einzuziehen, und jetzt stehst du wie ein Einfaltspinsel vor mir und plapperst unverständlicher daher als der Fluss dort drüben.«

Er nickte mit dem Kopf Richtung Ouse, die in nächster Nähe der Gruppe vorbeiströmte, und wandte sich dann an seinen hünenhaften Lehnsmann Arnulf. »Verstehst du ein Wort von dem, was der Junge sagt? Hexen und Elfen und Leute, die rittlings auf dem Dachfirst sitzen? Man könnte meinen, er hätte den Verstand verloren. Oder hat er Schiss vor ein paar winselnden Angelsachsen?«

Arnulf verdrehte die braunen Augen und erwiderte Varins Blick mit etwas angestrengter Geduld. »Im Unterschied zu Euch, Sir Kraftprotz, benötigen wir normalen Sterblichen ein bisschen Luft, um sprechen zu können. Gib Adam zumindest so viel Zeit, dass er wieder zu Atem kommt.«

Varins Stimme brach, als er die ungewöhnlich hohe Stimme seines Freundes nachäffte. »Wir normalen Sterblichen benötigen ein bisschen Luft, um sprechen zu können.«

Mit verächtlichem Schnauben drehte er sich um und blickte über den Fluss. Wenn doch das Rauschen des Wassers, das hier über einige Felsstufen plätscherte, nur nicht so laut wäre. Obendrein produzierten auch seine bewaffneten Männer ständig Geräusche, ob es nun geflüsterte Befehle waren oder leises Rüstungsklirren.

Aufmerksam musterte er das gegenüberliegende Ufer. Die wenigen, verstreut liegenden Katen machten einen verdächtig verlassenen Eindruck. Aus diesem Grund hatte er Adam ins Dorf geschickt. Ein unbekannter Junge würde den angelsächsischen Leibwächtern nicht so schnell auffallen.

Oder den Dänen.

Varin schüttelte den Kopf. Dort drüben konnten nicht mehr viele Kämpfer sein, womöglich sogar kein einziger. Der Herr von Cyning und seine Söhne waren in Hastings gefallen.

Aber die Dänen …

Sie machten keinen Hehl daraus, dass sie sich nur zu gerne mit dem kläglichen Rest der angelsächsischen Streitkräfte zusammenschlössen. Eine Allianz der Dänen und Angelsachsen war eine gefährliche Bedrohung für die noch unsichere Herrschaft Williams über England, insbesondere an einem strategisch so bedeutenden Ort wie Cyning. Obendrein hieß es, dass die Tochter des Earls von Cyning mit einem Mann verheiratet war, der gemeinsame Sache mit den Dänen machte.

»… keine angelsächsischen Leibwächter«, meldete Adam gerade.

Varin wandte seine Aufmerksamkeit wieder dem Jungen zu.

»Nur ein Dorfprediger sorgt für Aufruhr. Er behauptet, die Dorfälteste wäre eine Hexe, und will ihre Kate verbrennen. Aber auf dem Dach steht eine Frau und versucht, ihn davon abzuhalten.«

Gereizt verdrehte Varin die Augen. Warum sollte jemand eine Hexe vor einem Prediger beschützen? Das ergab keinen Sinn. Aber welcher Narr würde sich andererseits auf das Dach einer Hütte stellen, die jeden Augenblick in Flammen aufgehen konnte?

»Gut gemacht, Adam. Jetzt darfst du wieder deinen Pflichten am Ochsenkarren nachkommen«, entließ Varin ihn.

Als der Junge sich trollte, reckte Varin den Kopf in Richtung des Dorfes. Dann blickte er zu Arnulf, lüftete eine Braue und fragte den Freund wortlos, was er von einem Angriff auf Cyning hielt.

Der Riese lächelte spöttisch, und sein rötlicher Teint unter dem karottenfarbenen Schopf vertiefte sich. »Du hast doch nicht etwa Schiss vor ein paar winselnden Angelsachsen?«

Varins Augen wurden schmal, als er hörte, wie sein Freund sich über die Antwort lustig machte, die er vorhin selbst dem Jungen gegeben hatte. »Ich bin immer wieder erstaunt, dass du mit deinem Ochsenatem nicht den jämmerlichen, krummbeinigen Klepper unter deinem Hintern wegpustest. Der Angelsachse, der irgendwann deinen hässlichen Schädel spaltet, erhält dafür bestimmt den päpstlichen Segen.«

»Du wagst es, mich hässlich zu nennen?« Obwohl der Hüne das Gesicht in gespieltem Zorn verzerrte, wurde dieser Eindruck durch seine melodische Stimme zunichte gemacht. »Ich war bildschön, bis du mir vor einigen Jahren die Nase zertrümmert hast.«

Varin brach in Gelächter aus. Wie glücklich war er doch, dass er einen Freund wie Arnulf hatte. Hätte er einen Bruder, würde er sich wünschen, er wäre genau wie dieser gutmütige Riese.

Bei der Traumvorstellung wurde Varin plötzlich ernst. Er hatte weder Vater noch Mutter, von einem Bruder ganz zu schweigen.

Entschlossen stülpte er sich den Helm wieder auf den Kopf. William hatte ihm großes Vertrauen bewiesen, als er ihm Cyning übergab, und er sollte seine Entscheidung nicht bereuen. Keine angelsächsischen oder dänischen Truppen würden in Cyning Unterschlupf finden. Er würde schon aus der Tochter des Earls herausbekommen, was ihr Mann und seine dänischen Verbündeten planten – und dann würde er dieser dänisch-angelsächsischen Schlange den Kopf abschlagen.

Er setzte sich im Sattel zurecht. Bald sollte Cyning weithin als das Juwel von König Williams englischem Reich bekannt sein, und Varin wäre niemals mehr ein mittelloser Mann ohne Land. Zudem würde es niemand mehr wagen, in Varins Gegenwart von dem verfluchten Verrat seines Vaters zu sprechen.

Varin würde eine von Williams vielen Nichten zur Frau nehmen, so wie es dessen Gemahlin Matilda vorgeschlagen hatte. Seine Treue zu William wäre damit nicht nur durch Taten, sondern auch durch Blutsbande besiegelt, und man würde nie wieder an Varins Ergebenheit zweifeln.

Er gab seinen Männern den Befehl, sich um ihn zu scharen

und erteilte ihnen dann die letzten Weisungen. »Bewaffneter Widerstand wird mit dem Tode bestraft! Andererseits kennen die Bauern sich gut mit der Feldbestellung und Tierhaltung aus, deshalb ist ihre Mithilfe für uns wichtig – auch wenn sie anfangs vielleicht erschrocken oder rachsüchtig sind. Was die Herrin von Cyning betrifft, so wird sie wahrscheinlich über die Machenschaften ihres Mannes Bescheid wissen. Ich knöpfe sie mir vor und dulde es nicht, dass mir einer dabei in die Quere kommt!«

Nacheinander blickte Varin seinen Männern fest in die Augen, um seinen Worten besonderen Nachdruck zu verleihen. Als sie nickten, drehte er sich zufrieden um, gab seinem Pferd die Sporen und passierte die schlüpfrige Furt.

Hühner gackerten, und Federn flogen auf, als er auf der anderen Uferseite mit seiner Truppe einen gewundenen, schlammigen Pfad entlangpreschte. Adam musste den Ochsenkarren absetzen, um mit einem Stock kläffende Hunde zu verjagen. Einer davon war besonders lästig, ein großer, graubrauner Köter …

Varin verrenkte sich fast den Hals, als er dem Hund mit pochendem Herzen nachstarrte. Es war unmöglich, und doch …

Der anschwellende Lärm wütender Stimmen riss ihn aus seinen Gedanken. Dass die Entfernung das Dröhnen sogar noch dämpfte, war beunruhigend. Eine ganze angelsächsische Armee hätte ihn soeben überfallen können, während er geistesabwesend einen dummen Hund anglotzte.

Verärgert über sich selbst bog er um eine Kurve und stand unversehens vor mehreren Frauen und vielen kleinen Kindern. Als sie ihn und seine Männer erblickten, kreischten sie entsetzt, rissen ihre Sprösslinge an sich und eilten schutzsuchend davon – alle außer einer Frau, die wie angewurzelt stehen geblieben war.

»Die Herrin von Cyning?«, fragte Arnulf leise, der sein Pferd neben Varin angehalten hatte.

Varin nickte. Das musste die Tochter des Earls sein. Ihr Umhang war nicht aus stumpfem Ziegenhaar, sondern aus feiner Wolle gewebt. Die Schuhspitzen, die unter dem Saum hervorlugten, waren aus Leder, während gewöhnliche Bauern grobe Holzpantinen trugen.

Er bedeutete Arnulf, hinter ihm zu reiten, und näherte sich langsam der Lady. Einige Pferdelängen von ihr entfernt brachte er sein Schlachtross zum Stehen. Sie sah nicht übel aus, entschied er. Ihr dunkles Haar und helles Gesicht waren sauber. Für seinen Geschmack war sie zwar etwas zu mager, aber die Vorstellung, dieser Person alles Wissenswerte über ihren Mann zu entlocken, empfand er keineswegs als unangenehm.

»Mein Name ist Varin de Brionne, neuer Herr über Cyning durch Befehl König Williams!« Sein Ton fiel unfreundlicher aus, als er beabsichtigt hatte; aber das Geschrei hinter der nächsten Wegbiegung war inzwischen so laut geworden, dass er beinahe brüllen musste, um sich Gehör zu verschaffen.

»Was soll das Gezeter?« Mit dem Kopf wies er in die Richtung, aus der der Lärm zu ihnen drang.

Die Frau stürzte auf ihn zu. »Ihr müsst etwas tun, bevor sie das ganze Dorf niederbrennen!«

»Halt!«, befahl Varin, als er spürte, wie sich sein Pferd Rok verkrampfte und die Ohren anlegte. Er klopfte auf den Hals des Tieres und sagte mit seiner sanftesten Stimme: »Wenn du diese Dame beißt oder trittst, dann schlitze ich dir dein hinterhältiges Maul auf!«

Jetzt erst begriff die betreffende junge Frau, wie unvorsichtig sie gewesen war und schlug erschrocken die Hand vor den Mund. »Verzeiht, Milord!«, sagte sie durch ihre langen, schlanken Finger. »Ich bin nur so dankbar, Euch zu sehen.« Sie senkte den Kopf, als sei sie plötzlich verlegen über diese kühne Behauptung.

Selbst als Rok sich wieder beruhigte, zog Varin die Brauen so dicht zusammen, dass sie die Innenseite seines Helms berührten. Sie war dankbar, ihn zu sehen? Dankbar, einen Normannen zu sehen, der gekommen war, um ihr Dorf zu besetzen? Dankbar, einen Mann zu sehen, dessen Mitstreiter ihren Vater und ihre Brüder getötet hatten? Das war wohl kaum zu glauben.

Als sie den Kopf hob, schimmerten Tränen in ihren blaugrünen Augen. »Alle sind krank. Wir haben kaum noch etwas zu essen. Und nun will Thuri, der Dorfprediger, Lufus Kate anzünden, und das Feuer wird sich ausbreiten, und ...« Ihre Schultern bebten. »Was soll ich machen, wenn auch meine Hütte brennt? Was wird dann aus mir?«

Vor lauter Schluchzen konnte sie nicht weitersprechen, und Varins Misstrauen hinsichtlich ihrer Dankbarkeit schmolz dahin. Er kannte zwar weder Thuri, den Dorfprediger, noch wusste er, wer Lufu war, aber es gab keinen Zweifel an der Besorgnis der Dame. Da war es in der Tat verständlich, welche Erleichterung sie dabei empfand, einen Mann zu begrüßen, der ihr helfen konnte.

»Kommt her«, bat er sie. »Aber langsam, damit mein Pferd nicht scheut.«

Vorsichtig trat sie einen Schritt auf ihn zu. Sie schniefte leise, während der Geräuschpegel hinter der Kurve erneut anschwoll.

»So, ganz ruhig.« Varin bedeckte ihre bloßen Arme mit seinem Mantel und hob mit dem Finger ihr Kinn. »Ich weiß, dass Ihr viel durchgemacht habt, und das tut mir von Herzen Leid.«

Arnulf räusperte sich so diskret wie eine meckernde Ziege, und Varin blickte drohend über die Schulter. Dieser Flegel besaß doch tatsächlich die Frechheit, ihm einen affektierten Schmachtblick zuzuwerfen.

Varin widmete seine Aufmerksamkeit erneut der vor ihm Stehenden: »Was kann ich tun, um den Kummer einer so schönen Dame zu lindern?«

Trotz ihres unterwürfigen Benehmens streckte die Frau

eine Hand aus und legte sie auf Varins Oberschenkel – eine unzweideutige Geste, aus der mehr als rein schwesterliches Interesse sprach.

»Ihr müsst Thuri aufhalten.« Sie tätschelte seinen Schenkel.

Vor Überraschung fiel Varin fast vom Pferd. Das Weibsstück wollte ihn mit dem unausgesprochenen Versprechen fleischlicher Genüsse für ihre Zwecke missbrauchen.

Mit Müh und Not unterdrückte er ein triumphierendes Lachen, während sie weiterredete. Mit solchen Spielchen kannte er sich aus. Zwar hatte er sich noch nicht entschieden, ob er der unverhohlenen Lust der Küchenmagd oder der spitzzüngigen Raffinesse einer erregten Baronesse den Vorzug gab, aber eines wusste er genau: Noch bevor er mit ihr fertig war, würde ihm diese Dame hier bereits alle Geheimnisse ihres Gatten verraten haben.

»Es ist alles Roscelyns Schuld«, sagte die mannstolle Person jetzt. »Wir sind alle hungrig und krank, aber sie hortet die Vorräte, die wir so bitter entbehren.«

Während sie weiterschwatzte, beobachtete Varin, wie ihre Finger langsam an seinem Oberschenkel hochwanderten. Roscelyn, überlegte er. Der Name war ihm bekannt. Wo hatte er ihn nur gehört?

Lady Roscelyn?

Die Tochter des angelsächsischen Earls, Lady Roscelyn.

Er hielt das Fräulein am Handgelenk fest und unterbrach sie mitten im Satz. »Seid Ihr etwa nicht diese Lady?«

Sie blinzelte verwirrt. »Nein. Ich heiße Elswyth. Mein Vater war Leibwächter bei …«

»Wo finde ich Lady Roscelyn?«

Der Ton der Maid wurde hörbar kühler. »Ihr findet sie auf dem Dach der Hexe, hinter der nächsten Wegbiegung.«

Varins Laune verschlechterte sich schlagartig, als die Schöne sich jetzt seinem Griff entzog. Verdammt! Warum konnte nicht sie Lady Roscelyn sein? Zweifellos wären ihr die Geheimnisse so mühelos aus dem Mund geflossen wie geschmolzene Butter. Außerdem hatte er sich schon darauf gefreut, ihre Reize zu erforschen.

Damit war's jetzt vorbei. Es kam nicht in Frage, dass er durch irgendeine bedeutungslose Tändelei seine Aussichten verringerte, Lady Roscelyn zur Preisgabe ihrer Informationen zu bringen.

Jene Lady Roscelyn, die eine Hexe vor einem Prediger verteidigte, indem sie auf dem Dach der Hütte stand, die niedergebrannt werden sollte.

Ohne der Brünetten noch einen Blick zu gönnen, gab Varin Rok die Sporen und preschte um die Kurve. Der Lärm war mit einem Mal verstummt.

Wieder zügelte Varin sein Pferd und kam zum Stehen.

2

»Die Pest«, ertönte Thuris Stimme in der plötzlich eingetretenen Stille, »is' Gottes Strafe für sündhafte Taten, und alle, die Gottes Wille verleugnen tun, sind im Bund mit'm Teufel!«

Roscelyn, der es auf dem Dachfirst zu schwindeln begann, umklammerte haltsuchend ihre Schenkel unter dem Umhang. Hört auf! befahl sie ihren zitternden Beinen, während sie auf den schmalen Dachsparren balancierte. Obwohl sie Wulfwyn noch nicht erspäht hatte, konnte sie Thuri in voller Größe sehen.

»Bist ein guter Mann, Thuri.« Sie hatte einen demütigen Ton angeschlagen, nickte nachdenklich und gab sich die größte Mühe zu verbergen, dass sogar ihr Kopf vor Angst wackelte, sobald sie nach unten blickte. »Es ist ein Segen für Cyning, dass du hier wohnst.«

Dem wohlbeleibten Prediger war anzumerken, dass er sich

geschmeichelt fühlte, und Roscelyn warf ihm einen flehenden Blick zu, um ihn für sich zu gewinnen. Schließlich war die Unzufriedenheit des Predigers mit Lufu nicht ganz unbegründet. Die Dorfälteste machte sich einen Spaß daraus, ihm dauernd mit ihren Zauberkünsten ins Handwerk zu pfuschen.

»Du hast immer viel Güte bei deinem gottgefälligen Werk bewiesen. Statt Lufus Hütte abzubrennen, könntest du vielleicht versuchen, ihr Heim mit einem Segen von üblen Dämonen zu befreien?«

Sofort ließ sich Lufus heisere Stimme vernehmen: »Lass das Geschwätz, Mädchen. Du kommst sofort runter von meinem Dach, eh du's mir kaputt machst!«

Dröhnendes Gelächter folgte der schrillen Aufforderung der Dorfältesten, und Roscelyn lief vor Ärger rot an. Böse blickte sie zu Lufu hinunter. »Dein Dach geht gleich in Flammen auf, und du machst dir Sorgen, ich könnte es beschädigen?«

Lufu verzog das Gesicht so grotesk, dass es nur noch aus lauter Falten zu bestehen schien und ein wirres Knäuel aus dickem weißem Haar von ihrem Schädel abstand. »Thuri wird sich schön hüten, mir mein Haus anzuzünden. Sobald der Giftefeu an seinem Umhang heiß wird, braucht er nämlich 'n Heilumschlag von mir.«

Obwohl auch diese Worte mit Heiterkeit quittiert wurden, rückten die Bauern sofort von dem Prediger ab. »Du verdammte alte Hexe!«, brüllte Thuri, und sein rosiges Doppelkinn bebte aufgebracht.

Je heftiger er sein verschlissenes, grünes Gewand schüttelte, desto höher flatterte der Stoff und gab die Sicht auf die teigigen Beine des Predigers frei. Schon bald war deutlich, dass er nicht ganz zufällig mit der Giftpflanze in Berührung gekommen war, die wie Kletten an seinem Saum klebte.

Er hielt den Mantel so weit von sich, wie es ihm seine kurzen Arme erlaubten, und richtete seinen hasserfüllten Blick auf Lufu. »Dafür sollste für immer und ewig im Höllenfeuer schmoren!«

»Lass die Röcke 'runter, wenn du mit mir sprichst!«, bemerkte Lufu schnippisch.

Roscelyn musste an sich halten, um nicht zu kichern. Als Herrin von Cyning durfte sie ein so respektloses Benehmen indessen nicht noch ermutigen, indem sie in die allgemeine Heiterkeit einstimmte.

Dennoch kamen keine strafenden Worte über ihre Lippen, sondern ein Lächeln breitete sich unwillkürlich auf ihrer Miene aus.

Thuri sah aus wie ein großer, grüner Apfel auf der Flucht vor einem Rudel hungriger Würmer.

Roscelyns Stimmung hob sich noch mehr, als sie zwei Köpfe bemerkte, die sich einen Weg durch die Menge bahnten. Der eine Schopf leuchtete rot, der andere rabenschwarz. Sie konnten niemand anderem gehören als Wulfwyn und Golde, der dreizehnjährigen Urenkelin von Lufu.

Jetzt brauchte Roscelyn sich keine Sorgen mehr zu machen, dass ihre Schwester in dem Aufruhr versehentlich verletzt würde. Die aufgestachelte Wut des Mobs war plötzlich in Heiterkeit umgeschlagen. Trotzdem war sie sehr froh, dass Wulfwyn sich nicht in der Nähe von Thuri und dem giftigen Efeu befand.

Die beiden Mädchen hatten sich mittlerweile aus der Menge gelöst und streiften ihre Wollhandschuhe ab, als ...

Roscelyns Lächeln erlosch, und ihre Brauen zogen sich drohend zusammen.

Trotz der Kälte hatte Wulfwyn es nicht für nötig gehalten, Schuhe anzuziehen, ebenso wenig wie Golde übrigens. Wozu trugen die beiden dann Wollhandschuhe?

Allmächtiger! Tatsächlich hatten diese Gören den Giftefeu am Saum des Predigers befestigt – zweifellos in Lufus Auftrag.

Als könne Wulfwyn die Gedanken ihrer verärgerten

Schwester lesen, warf sie einen Blick nach oben. Sie schenkte Roscelyn ein besonders engelhaftes Lächeln und verabschiedete sich übertrieben innig von Golde.

Roscelyn schürzte die Lippen. Es war höchste Zeit, Wulfwyn in die schützende Obhut des Saint-Dunstan-Klosters zu geben, dachte sie, während sich ihre Schwester in Richtung Herrenhaus davonstahl. Das Kind brauchte mehr Disziplin, sonst würde es nie lernen …

Plötzlich ertönten warnende Rufe aus der Menge, und Roscelyn blinzelte überrascht und mit neuer Aufmerksamkeit von ihrem Aussichtspunkt nach unten. Hinter der Wegbiegung erschienen jetzt …

Männer. Beritten. Bis an die Zähne bewaffnet.

Das Herz blieb ihr stehen.

Normannen!

Unwillkürlich trat Roscelyn einen Schritt zurück, als die Fackeln, die eigentlich für Lufus Hütte bestimmt gewesen waren, jetzt den Reitern entgegengeschleudert wurden. Pferde wieherten und tänzelten unruhig, und die Dorfhunde samt Poppit brachen in Knurren und Bellen aus.

Verflucht! Sie musste die Dörfler beruhigen, bevor die Normannen sie alle miteinander abschlachteten …

Ihre Überlegungen wurden jäh unterbrochen, als ihr Fuß zwischen zwei Sparren im Strohdach einbrach. Sie verlagerte ihr Gewicht mit dem Erfolg, dass ihr zweiter Fuß ebenfalls das Dach durchstieß.

Sie strauchelte. Keuchend klammerte sie sich in das stachelige Stroh, bis sie die Sparren zu fassen bekam. Krampfhaft hielt sie sich fest und sah mit verzerrtem Gesicht, wie sich der Platz vor Lufus Hütte in Windeseile leerte. Hatte sie sich etwas gebrochen?

Ach, du liebe Güte, das spielte jetzt auch keine Rolle mehr. Sie musste sich irgendwie befreien, um mit den Normannen über das Schicksal der Bauern zu verhandeln.

Vorsichtig schwang sie die Füße unter dem Dach hin und her, bis sie gegen einen Balken stieß. Den Fuß darauf gestützt, richtete sie sich mit den Ellbogen auf. Aber als sie den Oberkörper fast hochgestemmt hatte, rutschte ihr Fuß ab.

Sie brach erneut ein, blieb mit dem Brustkasten zwischen zwei Balken stecken und holte gerade mühsam Luft, als eine raue, tiefe Stimme die plötzliche Stille, die der Rückzug der Dörfler verursacht hatte, durchbrach.

»Diese Schlacht wird nicht an einem Tag gewonnen!«

Roscelyn hielt inne und betrachtete die Reiter. Noch nie hatte sie so riesige Pferde gesehen und so sonderbar geformte Schilde ...

Dann starrte sie mit offenem Mund hinunter.

In ihrem ganzen Leben hatte sie noch keinen so hässlichen Mann gesehen wie diesen Riesen mit dem karottenfarbenem Haar, unter dessen hünenhafter Gestalt sein Reittier beinahe zwergenhaft wirkte. Er war der einzige Reiter ohne Helm, und Roscelyn wusste auch sofort, warum. Allein der Anblick der von Narben übersäten Stirn und der krummen Nase reichte aus, um Gegner mit schwachem Herzen in den Tod zu schicken.

»... für heute nehmen wir die feindselige Haltung der Bauern hin«, fuhr die tiefe Stimme jetzt fort. »Ich bin Ritter Varin und als neuer Herr von Cyning von diesen Leuten abhängig – so wie sie von meinem Schutz abhängig sind.«

Roscelyn blies sich eine Strähne aus dem Gesicht, die sich aus ihrem Zopf gelöst hatte. Der neue Herr von Cyning?

Die Pest sollte ihn holen! Dieser armselige Wurm war gekommen, um ihr Heim zu stehlen. Vergeblich kniff sie die Augen zusammen, um den Sprecher besser erkennen zu können. Aber abgesehen von dem Riesen trugen alle Normannen Helme mit Nasenschutz, der ihre Münder beschattete.

»Wenn du mit den schönen Reden mal fertig bist«, ließ sich Lufu vernehmen, »steckt da oben ein großes, dummes Mädchen fest. Ich wär wirklich zutiefst verbunden, wenn einer von euch sie runterholt, bevor sie mir mein ganzes schönes Dach ruiniert.«

Empört schnappte Roscelyn nach Luft.

Dann pustete sie die widerspenstige Strähne weg, die ihr immer noch in die Augen fiel, und nahm ihren erbitterten Kampf mit dem Strohdach wieder auf. Manchmal sehnte sie sich sehr danach, Lufu eigenhändig den Hals umzudrehen.

Varin musterte Roscelyns grau gewandete Schulter oben auf dem Dach, die dunkelblonde Strähne vor ihren Augen und das aus ihrem Haar abstehende Stroh.

Die war also die Gnädige, der er mit seinem erprobtem Charme die nötigen Informationen entlocken wollte? Verfluchte Höllenpest, da würde er sich wohl mächtig anstrengen müssen. Sie sah aus, als habe ihr der Himmel nicht einmal so viel Verstand gespendet wie einer Gans.

Aber vielleicht trog hier tatsächlich der Schein. Bevor Varin um die Kurve gebogen war, hatte er lange genug gewartet, um die letzten Worte dieser Dame an den Dorfprediger mitzubekommen. Ihrem einfallsreichen Mundwerk nach zu urteilen, mangelte es ihr eigentlich nicht an Geist.

Statt Lufus Kate abzubrennen, könntest du nicht versuchen, ihr Heim mit einem Segen von üblen Dämonen zu befreien?

Welche Unverfrorenheit! Hatte sie sich tatsächlich getraut, einen Prediger darum zu bitten, die Hütte einer Hexe zu segnen?

Diese Frage gab Anlass zu neuen Überlegungen. Wenn dies ein Beispiel dafür war, was sie alles tun würde, um eine Hexe zu schützen – wozu war sie dann erst fähig, wenn es um ihren Mann ging?

»Wie steht's, Bursche«, forderte ihn die Hexe von ihrem Platz neben der Hüttentür heraus. »Willste nur stehen bleiben und glotzen?«

Varin warf ihr einen gereizten Blick zu. Der letzte Mann, der ihn Bursche genannt hatte, hatte dabei alle Vorderzähne eingebüßt. Übrigens nicht, dass dieses alte Weib noch welche besessen hätte!

»Adam!«, befahl er – der Knappe eilte herbei und hielt Roks Zügel, während Varin absaß. Arnulf, der die Hexe misstrauisch musterte, wollte sich anschließen, aber Varin verbot es ihm. »Bleib im Sattel, falls die Angelsachsen plötzlich angreifen. Wenn ich dich brauche, rufe ich dich.«

Während er sich Lufus Hütte näherte, rief er dem Kopf und den Schultern auf dem Dach zu: »Mein Name ist Varin de Brionne. Gestattet mir, Euch zu helfen.«

»Ich brauch …«, schnaufte der Kopf, während die Schultern sich wild hin und her wanden, »keine Hilfe … von einem Normannen!«

»Vergebt meine offenen Worte«, beharrte er, »aber es sieht wirklich aus, als könntet Ihr eine starke Hand gebrauchen.«

»Niemals!«, quietschte der helle Schopf.

Varin blieb stehen und knirschte mit den Zähnen. Die hohe, weibliche Stimme ging ihm durch Mark und Bein.

Im nächsten Augenblick prallte ein derartiges Trumm gegen seine Schulterblätter, dass er unwillkürlich einen Schritt vortrat, um nicht das Gleichgewicht zu verlieren.

Noch bevor er sein Schwert ziehen und herumwirbeln konnte, fuhr ihm eine warme, schlabberige Zunge über den Nacken.

»Poppit!«, rief der Kopf. »Sitz!«

Als Varin feststellte, dass es sich nur um einen Hund handelte, der die Pfoten auf seine Schultern gelegt hatte, entspannte er sich wieder.

»Bitte tut ihm nichts!«, bat der Kopf. »Er meint es nicht böse.«

Ungläubig drehte Varin sich um und erblickte denselben graubraunen Köter, der ihm schon vorhin aufgefallen war.

»Das ist doch Lack!«, brachte Arnulf mit dünner Stimme heraus.

Varin bemerkte, wie der Blick des Riesen zwischen der Hexe und dem Hund hin und her glitt.

Dann wandte er seine Aufmerksamkeit wieder dem übergroßen Tier zu, das schwanzwedelnd zu ihm aufsah, während ihm die rosa Zunge aus dem Maul hing.

»Nein, das ist nicht Lack«, sagte Varin mehr zu sich selbst als zu Arnulf.

Obwohl rein äußerlich nichts dagegen sprach, dass er einen Hund wie Lack vor sich hatte, war dies doch nicht der Welpe, den er damals aus einem Brunnen gerettet hatte. Er konnte einfach nicht zu diesem vertrottelten Riesenvieh geworden sein, das wahrscheinlich mehr fraß als Varins Pferd. Dies war nicht der Welpe, den er Lackwit getauft hatte, und dessen Name später auf Lack verkürzt worden war.

Das konnte leider nicht sein.

Trotz aller Anstrengungen, ihn davon abzuhalten, war Lack ihm stur wie ein Esel in alle Schlachten gefolgt, und diese Anhänglichkeit hatte ihn schließlich das Leben gekostet.

Varin schüttelte die unangenehmen Erinnerungen ab und schalt sich selbst. Während er hier über ziemlich absurde Dinge nachgrübelte, galt es immerhin eine Dame zu retten.

Mit neuer Entschlossenheit marschierte er zur Hütte hinüber und legte an der Tür Helm und Handschuhe ab. Die Alte stand daneben, beobachtete ihn und besaß zum Schluss tatsächlich die Frechheit, ihm zuzuzwinkern.

Varin hob eine Braue. »Falls du glaubst, du könntest mir Angst einjagen, Hexe, musst du dich erst mal ganz hinten anstellen. Vor dir gibt's eine lange Schlange anderer Dämonen!«

Mit hochgezogenen Mundwinkeln, die ebenso gut ein Lächeln wie eine Fratze sein konnten, erwiderte die Alte: »Hab deine Dämonen in meinen Runen gesehen! Wenn du sie lässt, nehmen sie Besitz von dir.«

Ohne weiter auf sie zu achten, trat Varin einen Schritt vor und hob warnend die Hand, als sich die Hexe anschickte, ihm zu folgen. »Ich brauch deinen zahnlosen Mund nicht in meinem Gesicht. Du bleibst draußen!«

Damit bückte er sich, verschwand in der Hütte und schlug dem Hund, der ihm ebenfalls folgen wollte, die Tür vor der Nase zu.

Sofort stimmte das Tier ein lautstarkes Gekläff an, und Varin verdrehte die Augen gen Himmel.

Dreimal verfluchte Höllenpest! Hexen, Geisterhunde und …

Helm und Handschuhe fielen zu Boden. Schlanke, bloße Beine baumelten zwischen getrockneten Blätterbüscheln, die von der Decke hingen.

Wahrhaftig, es machte ganz den Eindruck, als trage Lady Roscelyn nichts als ihre Stiefel.

Varin duckte sich unter einem Balken hindurch und nahm die Lage genauer in Augenschein. Die zappelnden Beine fesselten seine Aufmerksamkeit so sehr, dass er nicht einmal auf die Idee kam, in den kleinen Kessel zu spähen, der in nächster Nähe hing. Der Allmächtige allein mochte wissen, welches Zeug darin schmorte.

Die Dame war so gut wie nackt, entschied er, als er neben ihr stand. Hemd und Tunika hatten sich beim Sturz oben an den Dachsparren verfangen. Und auch von ihren Unterhosen war nicht mehr viel zu sehen, sie bedeckten nur noch ihr …

Bei Christi blutigen Knochen! Vielleicht war es das Einzigartige dieser Situation oder es lag an dem Mangel an Bettgenossinnen in den letzten Wochen. Was immer auch der Grund war, er spürte, wie sich sein Schaft in der Hose aufstellte.

Varin räusperte sich, schluckte schwer und übertönte dann mit lauter Stimme das Kläffen des Hundes: »Könnt Ihr mich hören?«

Als er keine Antwort bekam, wiederholte er lauter: »Könnt Ihr mich hören?«

Ein leichtes Beben durchlief die schlanken Beine. Vom Stoff gedämpft ertönte eine Stimme: »Ja.«

»Wir wollen versuchen, Euch hochzuschieben.«

Die Beine bebten heftiger. Varin warf seinen Mantel über die Schulter zurück, leckte sich die Lippen und versuchte zu entscheiden, wo er seine Hände am besten anlegen sollte.

Dort vielleicht, direkt über den Knien? Hatte das die gewünschte Hebelwirkung? Ihre Beine waren zierlich, aber die Knie machten einen stabilen Eindruck. Nicht halb so anziehend allerdings wie die intimeren Partien ihres Körpers.

Oder boten die Oberschenkel seinen Händen einen besseren Halt? Mehr Fläche, um zuzupacken?

Je länger er hinsah, desto heftiger wurde sein Drang, sie zu berühren. Und desto ungestümer wurde die Reaktion seines Geschlechts. Schließlich griff er einfach zu.

Dafür wurde er mit einem Tritt gegen den Kopf reich belohnt.

»Hört auf zu treten!«, bellte Varin, und befühlte die kleine Beule, die sofort über seiner Braue entstand.

»Ihr ... seid ... ein ... I ... Idiot«, stotterte es von oben. »Eure Hände sind eiskalt.«

Varin rieb sich die Hände, damit sie warm wurden, und holte tief Luft, um sich zu beruhigen. Wenn er sich nicht unter Kontrolle hatte, würde er später rein gar nichts aus der Dame herausbekommen.

Erneut griff er nach den verlockenden Schenkeln.

»Besser so?«

Falls sie antwortete, konnte er es nicht hören. Er konnte ja nicht einmal sagen, ob der Hund immer noch bellte, denn er war völlig versunken in die Empfindungen, die die zarte Haut unter seinen rauen Händen in ihm auslöste.

Ihr Geschlecht war direkt auf seiner Augenhöhe und ihre

Unterhose so straff gespannt, dass sich ihre intimste Stelle und die schmollenden Lippen, die sie umgaben, deutlich abzeichneten.

Er sog ihren Geruch tief ein. Ob sie so süß schmeckte, wie sie roch? Würde sie sich unter seiner Zunge glatt wie eine Perle anfühlen?

Grunzend drückte er sie nach oben. Wenn er sich nicht vorsah, ergoss er sich gleich in seine Hose – ein Bravourstückchen, das er sich seit seinen Jugendtagen nicht mehr geleistet hatte.

Als von oben ein Stöhnen ertönte, hielt er inne. »Habe ich Euch wehgetan?«

»Ach … mh. Ja. Nein. I … Ich meine …«

Ja und Nein? »Eine Antwort genügt, Milady.«

Die Schenkel unter Varins Händen zitterten, obwohl sich die Haut sehr warm anfühlte. Ja, falls Beine erröten konnten, taten diese augenblicklich genau das. Sie waren von einem bezaubernden, rosigen Schimmer überhaucht.

Ungeduldig knirschte er mit den Zähnen. Glaubte das kleine Luder vielleicht, ein Mann könnte den ganzen Tag lang ihre niedlichen Schenkel festhalten, ohne dabei auf schlimme Gedanken zu kommen?

»Habe ich Euch nun wehgetan oder nicht?«, blaffte er schließlich.

»Ähh … Nein. Aber Euer Griff ist falsch.«

Warum musste die Person so stottern? Sie war kaum zu verstehen. »Mein Griff ist falsch?«

»Der Winkel!« Wieder geriet die Stimme ins Kreischen.

Varin blickte ins Dachgestühl. Die Lage des Rauchabzuges war tatsächlich problematisch. Vielleicht erwischte er einen günstigeren Winkel, wenn er an die Kehrseite der Dame ging. Dann musste er sich auch nicht mehr mit der Versuchung herumschlagen, direkt vor ihrem Geschlecht zu stehen.

Das war ein Fehler, erkannte er im selben Moment, als er

hinter ihr stand. Ihr rundes Hinterteil lag ebenso bloß wie ihre Vorderseite, ein fester, saftiger Pfirsich, in zwei perfekte Hälften gespalten, deren Wölbung der zum Zerreißen gespannte Stoff ihres hochgezogenen Höschens noch unterstrich. Der einladendste Hintern, den er je vor Augen gehabt hatte.

Er schnitt eine Grimasse, als sein Geschlecht unbequem heftig anschwoll.

Verfluchte Höllenpest!

Entschlossen legte er die Hände auf das seidige, kleine Gesäß und stemmte es fest nach oben.

Zwischen Wut und Scham schwankend stieß Roscelyn einen zornigen Schrei aus. Wie eine Aalfalle, in die man hinein, aber nicht wieder herauskam, leistete das Dach umso mehr Widerstand, je kräftiger der Normanne sie nach oben schob. Außerdem – gab es mittlerweile eigentlich noch eine Stelle an ihrem Unterkörper, die dieser froschfressende Klotzkopf nicht begrapscht hatte?

Sie stöhnte auf. Nach der Stoffmenge, die ihren Oberkörper umschloss und dem eisigen Luftzug, der über ihre Haut strich, zu urteilen, musste ihr Körper unterhalb der Balken völlig nackt sein. Überall umfing sie unten Kälte, außer an jenen erhitzten Stellen, wo sich die breiten Hände des Normannen um ihr entblößtes Hinterteil legten und die Unterhose zwischen den Schenkeln einschnitt.

Insbesondere das letztere machte sie so ... so ...

Unruhig, war das einzige Worte, das ihr einfiel, um die Gefühle zu beschreiben, die sie plötzlich erfüllten. Und durch diesen Varin de Brionne wurde es erheblich schlimmer. Nicht zu wissen, wo als Nächstes seine Pranken landen würden, machte sie derart nervös, dass ihr ganzer Leib nur noch eine bebende, erwartungsvolle Masse zu sein schien.

Zumindest hatte Poppit rechtzeitig mit Bellen aufgehört, bevor ihn jemand erschlug.

»Das ist doch nicht möglich«, rief der Mann schließlich gereizt.

Sogar seine Stimme übte eine beunruhigende Wirkung auf Roscelyns Haut aus. Sie war so rau wie das Blatt einer Säge, tief wie das Schnurren eines Katers und knirschend wie Kies. Als er seinen Griff jetzt löste, schmerzte ihr Unterkörper.

Nicht, dass er grob gewesen wäre. Dennoch kam es ihr vor, als hätten seine schwieligen Finger und seine breiten Handflächen tiefe Abdrücke auf ihrer Haut hinterlassen.

»Hebt die Arme über den Kopf!«, befahl er jetzt. »Wir wollen einmal versuchen, Euch nach unten zu ziehen.«

Roscelyn ächzte. »Aber meine Ripp … p … pen …«

Sie verstummte, als sie die eiskalten Ringe seines Kettenhemdes auf ihrer nackten Haut spürte. Er schlang die Arme um ihre Schenkel, und sein breiter Brustkasten drückte sich von hinten fest gegen sie. Sie spürte sein kratziges Kinn im Kreuz. Den Mund hatte er anscheinend gegen ihre Taille gepresst, denn sie fühlte, wie sein feuchtwarmer Atem über ihre Hüften strich.

Dieser Schuft! Wie gerne würde sie ihm Flüche ins Gesicht schleudern. Aber dazu war es noch zu früh. Wer konnte wissen, wozu sich so ein Haudegen entschloss, wenn sie ihn verärgerte, und außerdem hätte sie ihn fast schon als Idiot und Esel beschimpft.

»Macht Euch bereit!«, ordnete der Normanne jetzt an.

Gerade hatte sie noch Zeit, die Arme hochzureißen, bevor er sie mit einem Ruck nach unten beförderte. Für den Bruchteil einer Sekunde knirschten ihre Rippen zwischen den Balken. Dann fiel sie und riss dabei eine ganze Ladung Stroh mit sich. Der feindliche Ritter federte mit gebeugtem Rücken ihren Sturz ab und stellte sie anschließend auf die Füße.

Roscelyn torkelte nach vorn, betastete ihre Rippen und sandte ein Stoßgebet zum Himmel, dass sie ihren nächsten Atemzug noch erleben würde.

De Brionne packte sie um die Taille, die Stirn gegen ihren Rücken gedrückt. »Seid Ihr verletzt?«

Sie öffnete den Mund, um gegen die unsanfte Behandlung zu protestieren, brachte aber nicht mehr zu Stande als ein Stöhnen. Das Stechen auf ihrem Rücken und ihren Schenkeln, wo sie die Ringe seines Kettenhemdes gezwickt hatten, war nichts im Vergleich zu den Schmerzen an ihrem Brustkasten. Wahrhaftig, sie hatte das Gefühl, als hätte sie sich an den Balken die Haut abgezogen. Wunderlicherweise war ihr Busen noch an Ort und Stelle.

»Wo seid Ihr verletzt?« Die Finger des Mannes schoben sich unter ihre verschränkten Arme und tasteten ihre Rippen ab. »Könnt Ihr atmen?«

Roscelyn, die plötzlich bemerkte, dass sich ihr Hintern gegen seine Lenden drückte, zwang sich zu einer aufrechten Haltung. »Lasst mich los«, krächzte sie.

»Könnt Ihr allein stehen?«

Sie fegte seine Hand weg und schlurfte ein paar Schritte vor, ehe sie sich umdrehte, um ihn anzusehen. »Niemals«, zeterte sie erbost, »habe ich …«

Ihre Tirade endete, noch bevor sie richtig in Fahrt gekommen war. Ihr Mund fühlte sich mit einem Mal merkwürdig trocken an.

Nie zuvor hatte sie einen so hinreißenden Mann gesehen. Er hatte seinen tiefblauen Mantel über die Schulter zurückgeworfen, und auch ohne das ärmellose Kettenhemd wäre er auffallend breitschultrig gewesen. Seine Arme verrieten den mächtigen Krieger und die gesäumten ledernen Beinlinge betonten die Länge seiner muskelbepackten Beine.

Aber keiner dieser körperlichen Vorzüge war so anziehend wie sein Gesicht.

Augen, noch blauer als sein Mantel … Nase und Mund großzügig … die dunklen Bartstoppeln an seinem ausladenden Kinn standen im Kontrast zu dem blonden Schopf.

Als Roscelyn bewusst wurde, dass sie den aufgeblasenen Tölpel angaffte, wurde sie über und über rot. Unwillkürlich umfasste sie ihre schmerzenden Brüste.

Schnell nahm sie die Hände weg und zog ihre Röcke zurecht, die sich, wie sie verspätet feststellte, viel zu weit nach oben geschoben hatten.

»Ich ...« Ihr Blick wurde plötzlich magisch angezogen vom Blut, das der Schnittwunde an ihrem Arm entquoll. »Ich ...«

Der Boden schien in die Schräge zu kippen, und Roscelyn schwankte.

Verflucht. Sie würde sich nicht vor diesem Normannen übergeben, schwor sie sich. Und auch nicht in Ohnmacht fallen. Ganz gewiss würde sie sich nicht hinsetzen und den Kopf zwischen die ...

Schwer plumpste sie zu Boden. »Aufhören«, zischte sie der Dunkelheit zu, die sich um sie auszubreiten drohte. »Ich lasse es nicht zu.«

Sie umklammerte ihre Schienbeine und presste die Knie gegen die Schläfen. »Nein«, flüsterte sie wieder und wieder.

Alles war so ungerecht. Es war ungerecht, dass sie durch Lufus Dach stürzen musste. Ungerecht, dass dabei die Hälfte ihres Körpers entblößt wurde. Ungerecht, dass sie kein Blut sehen konnte.

»Ganz ruhig!« Die Stiefel des Normannen tauchten in ihrem Blickfeld auf, gefolgt von seinen Knien, als er vor ihr in die Hocke ging. »Das wird schon wieder.«

Seine tiefe Stimme hatte einen verdächtig sanften Unterton, fast als ...

Ehe sie entscheiden konnte, ob es Mitleid war, was sie in seiner Stimme zu hören glaubte oder nicht, strich er ihr mit der Hand übers Haar.

Sie zog den Kopf weg und rückte gleichzeitig von ihm ab. Was hatte er vor?

»Habt keine Angst.« Er blieb in der Hocke und hob die Hände. »Ich will Euch nichts tun.«

Wahrhaftig, hoffte er ernstlich, sie würde ihm vertrauen? Niemals! Doch seine Stimme klang sehr besorgt, und sein Blick war offen.

Er deutete auf ihren Arm. »Ihr blutet.«

Sie schüttelte den Kopf und hielt sich gerade noch rechtzeitig zurück, bevor sie ihm von ihrer fatalen Neigung erzählte. Diesem Affen würde sie keine ihrer Schwächen eingestehen.

Er runzelte die Stirn. »Habt Ihr Euch den Kopf angestoßen?«

»Den Kopf angestoßen?«, wiederholte sie verständnislos.

»Erlaubt mir, nachzusehen.«

Der Feind legte den Zeigefinger unter ihr Kinn, hob ihren Kopf an und musterte ihn mit seinen blauen Augen prüfend ...

Plötzlich war Roscelyn müde.

So furchtbar müde.

Müde davon, sich um ihr Dorf zu sorgen, müde, sich um ihre Schwester zu sorgen, müde, sich Sorgen um eine ungewisse Zukunft zu machen.

Es war, als saugte seine Berührung alle Kraft aus ihr heraus. Wie sie sich danach sehnte, die Lider zu schließen und für einen Augenblick, nur ganz kurz, die Wange in der großen, schwieligen Handfläche dieses Mannes ruhen zu lassen.

Jemand , der wissen wollte, ob sie verletzt war. Ein mitfühlender Mann?

Sie konnte die Überraschung in ihrer Stimme nicht ganz unterdrücken, als sie leise erwiderte: »Mit meinem Kopf ist alles in Ordnung.«

Kaum hatte sie die Worte ausgesprochen, als sie begriff, was er vor sich sah: eine erwachsene Frau, die mit zwischen die Knie gepresstem Kopf auf dem Boden saß und Selbstgespräche führte.

Roscelyns ganzer Körper wurde steif vor Ärger. Dieser

froschfressende Varin de Brionne dachte offenbar, sie hätte durch ihren Sturz vom Dach den Verstand verloren.

»Verzeiht, dass ich Euch enttäuschen muss, Milord«, fuhr sie auf, »aber ich bin im vollen Besitz meiner geistigen Kräfte.«

Mit einem Satz sprang sie auf die Füße. Sie kämpfte den darauf folgenden Schwindelanfall nieder und stapfte an dem Normannen vorbei, der sich ebenfalls erhoben hatte. Am liebsten hätte sie ihm einen kräftigen Tritt versetzt, aber bei dem schwammigen Gefühl in ihrem Kopf würde sie bei einer heftigen Bewegung sicher danebentreten.

Als sie an der Tür stehen blieb und nur mühsam das Gleichgewicht hielt, packte de Brionne sie am Ellbogen.

»Gewiss, ich bin überzeugt, dass Ihr im Vollbesitz Eurer geistigen Kräfte seid.« Sein Ton war aalglatt. »Nur ein vernunftbegabter Mensch würde Gottes ewige Verdammnis auf sich ziehen, indem er eine Hexe vor einem Prediger verteidigt.«

»Zauberkundige«, betonte sie. »Nicht, dass Ihr etwas damit …«

»Nur ein Mensch im Vollbesitz seiner geistigen Kräfte würde auf ein Dach klettern, das in Brand gesteckt werden soll.«

»Immerhin habe ich damit Lufus Hütte gerettet.«

Tief in seiner Brust ertönte ein Knurren. »Nur ein Mensch im Vollbesitz seiner geistigen Kräfte würde Hilfe ablehnen, wenn er durch ein Dach bricht.«

»Ich brauche keine Hilfe von einem Normannen.«

Mit einem Ruck befreite sie ihren Arm aus seinem Griff und stieß die Tür auf. Als sie ins Freie taumelte, beachtete sie weder Lufu noch die normannischen Recken, die auf die Schlacht warteten.

Poppit folgte ihr, als sie den Weg zum Herrenhaus einschlug.

Gunderic durfte keine Zeit mehr verschwenden, gesund zu

werden. Er musste schnellstens dafür sorgen, dass Wulfwyn und die Schriftrolle in die Saint Dunstan Abtei gebracht wurden.

3

Kein besonders verheißungsvoller Anfang, überlegte Varin später, als sich der Himmel in der Abenddämmerung purpurn färbte. Er hatte Lady Roscelyn keinesfalls verärgern wollen mit seinem Hinweis auf ihren Mangel an gesundem Menschenverstand. Wenn er sie über ihren Mann und seine dänischen Verbündeten aushorchen wollte, war es bestimmt nicht klug, ihr vorher Beleidigungen ins Gesicht zu schleudern. Aber bei allem was recht und heilig war, diese Frau besaß wirklich einen Dickschädel. Schlimmer noch, ihre zierliche Gestalt, ihre großen Augen, so honigfarben wie die eines Kitzes, die Tollkühnheit, mit der sie ihr Leben aufs Spiel gesetzt hatte, dies alles weckte einen absurden Beschützerinstinkt in ihm, von dessen Existenz er bis jetzt nicht das Geringste geahnt hatte.

Es gelang ihm einfach nicht, das Bild auszulöschen, wie sie, in ein Selbstgespräch vertieft, vor ihm auf dem Boden hockte. Als sei die Dame mondsüchtig, obwohl sie auch irgendwie das Gegenteil bewiesen hatte.

Er runzelte die Stirn. Es war zwar von größter Wichtigkeit, dass er alles über ihren Gatten und dessen Machenschaften erfuhr, aber war es nicht Unrecht, eine Frau mit einem verwirrten Verstand zur Preisgabe von Geheimnissen zu verleiten?

»Was glaubst du?«, fragte er Arnulf, während sie von den Ställen zur Halle gingen. »Ist Lady Roscelyn noch ganz bei Trost?«

Arnulf zuckte die Achseln. »Ich weiß nicht recht. Sie ist so klein. Wenn ich nicht gehört hätte, wie sie den Prediger anschrie, hätte ich sie für ein Kind gehalten.«

»Kind«, murmelte Varin und rieb sich die schmerzende Beule am Kopf, die von ihrem Knie stammte. »Sie ist so stur wie ein ausgewachsenes Maultier. Klettert auf Dächer, als hätte sie Flügel.«

»Ja, das wirkte etwas sonderbar. Aber wie du schon sagtest, sie hat die armselige Hütte der Hexe gerettet.«

»Der Zauberkundigen«, verbesserte Varin säuerlich. »Außerdem habe ich das nicht gesagt. Das hat *sie* gesagt.«

»Hexe, Zauberkundige, wo liegt da der Unterschied?«

»Keine Ahnung«, erwiderte Varin achselzuckend, »aber die Dame nimmt offenbar Unterschiede wahr, die groß genug sind, um sich mit dem Prediger anzulegen. Und dann noch dieses plötzliche Stottern!« Bedeutungsvoll unterstrich er mit dem Zeigefinger seine folgenden Worte, als er sich zu Arnulf umdrehte. »Ich sage dir, ich konnte die Frau kaum verstehen, während ich versuchte, sie irgendwie aus diesem Dach zu befreien.«

Der Riese schnaubte. »Sogar du musst zugeben, dass die Umstände, unter denen ihr euch begegnet seid, ungewöhnlich waren. Die meisten Frauen sind von Natur aus etwas empfindlich, wenn sie … wenn sie unfreiwillig nichts anhaben.«

»Pah! Du hast ja nicht den leeren Blick in ihren Augen gesehen, als sie auf dem Boden saß und mit sich selbst redete. Und dann steht sie unversehens auf und marschiert mir nichts, dir nichts zur Tür hinaus, als wäre überhaupt nichts geschehen.«

Arnulf legte die Stirn in nachdenkliche Falten. »Vielleicht ist sie wie Lord Robert. Du erinnerst dich doch noch an seine Anfälle von Wahnsinn aus heiterem Himmel? Danach konnte er sich an nichts mehr erinnern.«

Varin rieb sich über den Stoppelbart. Vielleicht hatte Arnulf Recht. Niemand hätte Lord Roberts Intelligenz bestritten oder seine überragenden Fähigkeiten als Feldherr in einer Schlacht angezweifelt. Dennoch hätte auch niemand leugnen können, dass Lord Robert gelegentlich unter geistiger Umnachtung litt.

Varin holte tief Luft und rümpfte dann die Nase.

»Wonach riecht es hier?«

»Ich glaube, es ist der Schafspferch«, mutmaßte Arnulf. »Oder der Taubenschlag.«

Prüfend musterte Varin den baufälligen Taubenschlag, der sich gefährlich nahe einem Schafspferch zuneigte. »Allein der Gestank dieser zwei Scheußlichkeiten bringt ja schon das Holz zum Verwittern!«

Er verzog die Miene und erinnerte sich an den Nachmittag, als er den Hof und alles, was unmittelbar dazugehörte, inspiziert hatte: die klapprigen Ställe, die vernachlässigten Weiden und die altersschwachen Gebäude. »Ich weiß nicht, ob ich mich jetzt an den Aufbau des Lotteranwesens machen soll oder ob ich nicht besser einen Überfall der Angelsachsen und Dänen abwarte. Aber ein Blick in dieses Jammertal – und die Dänen ziehen sich wahrscheinlich sowieso wieder aufs offene Meer zurück.«

Varin unterbrach sich angesichts einer matronenhaften Dienstmagd in Begleitung von zwei Jungen, die Wassereimer schleppten. Die Magd knickste schnell in Varins Richtung und zog die beiden Lümmel, die glotzend stehen geblieben waren, weiter.

»Ein Ungeheuer!«, tuschelte der eine Junge, während das Trio in der Dämmerung davonhuschte.

»Haste dem sein Gesicht gesehen?«, keuchte der andere. »Ich glaub, der hätt' mich am liebsten mit Haut und Haaren zum Abendessen runtergeschluckt.«

»Still, ihr zwei«, schalt die Magd. »Wenn wir die Eier nicht einsammeln, dann …«

Trotz seiner schlechten Laune musste Varin grinsen. Morgen Früh würde sein riesenhafter Lehnsmann weit und breit als einäugiges, Feuer spuckendes, kinderfressendes Ungeheuer verschrien sein. »Du hast offenbar ein paar Dienstboten aufgetrieben«, bemerkte Varin.

»Nur Bauern. Ich habe Roger ins Dorf geschickt.«

»Hast du Simon beauftragt, die Herrin des Hauses nicht aus den Augen zu lassen?«

Arnulf wies mit dem Kopf in Richtung Herrenhaus, und Varin entdeckte sofort den dunkelhäutigen jungen Lehnsmann, der sich an den Eingangstüren herumdrückte.

»Irgendwas Besonderes?«, fragte Varin und blieb vor Simon stehen.

Der schlanke, junge Mann schüttelte den Kopf.

Varin spürte, wie seine Enttäuschung wuchs. Er hatte natürlich nicht damit gerechnet, dass der Herr des Hauses sich in der Nähe befinden würde. Höchstwahrscheinlich hatte Lady Roscelyn ihm eine Botschaft gesandt, um ihm die Besetzung Cynings durch die Normannen mitzuteilen.

»Ich bin sicher, du hast noch anderes zu erledigen«, entließ er den Lehnsmann.

Arnulf öffnete eine der beiden quietschenden Türen, und Varin trat ein. Auf der Schwelle blieb er abrupt stehen. Obwohl er schon vorher in die Halle gespäht hatte, war er zu beschäftigt gewesen, um ihre Armseligkeit zu bemerken.

Kein Stroh war auf dem Boden aufgeschüttet. An den fensterlosen, rußgeschwärzten Wänden hing kein einziger Wandteppich. Über der Feuerstelle war einfach ein Loch ins Dach geschnitten worden, und die brennenden Scheite, die abwechselnd krachten und zischten, erfüllten den Raum mit dichtem Qualm.

Mitten in diesem Schmutz und Rauch, der in dichten Wolken vor dem matten Licht der Binsenlichter umhertrieb, mitten in der Kälte, die durch die Ritzen der Mauern ins Innere der Halle drang, stand Lady Roscelyn.

Sofort begriff Varin, dass sie ihn beobachtet hatte, denn sie wandte hastig den Blick ab. Sie war soeben dabei gewesen, mit einer Fackel mehrere Binsenlichter in einem Wandleuchter an der Rückwand der Halle anzuzünden. Der Saum ihres weißen Hemdes leuchtete hell unter dem braunen Stoff der Tunika.

Varin runzelte die Stirn. Gab es hier keine Diener, oder weshalb musste sie sich selbst um das Licht kümmern?

Und warum, fragte er sich gereizt, interessierte ihn das überhaupt?

»Deine Schwester is' schwer beschäftigt. Bring mir mal'n Eimer klares Wasser und schick den Nichtsnutz Ricberth los, der soll'n Bier holen.«

Die Zauberkundige.

»Verfluchte Höllenpest!« Varin blickte sich um und wollte einen verärgerten Blick mit Arnulf wechseln, stellte aber fest, dass sein furchtloser Hüne von Lehnsmann eifrig damit beschäftigt war, sich zu bekreuzigen. Täuschte er sich, oder murmelte das einäugige, Feuer speiende, kinderfressende Ungeheuer etwa Gebete vor sich hin?

Das war doch nicht zu fassen. Vergeblich kniff Varin die Augen zusammen, um die alte Hexe in dem Dunst und Qualm auszumachen. Ihrer Stimme nach zu urteilen, befand sie sich irgendwo an der anderen Seite der Feuerstelle.

Mit entschlossenen Schritten durchmaß er die Halle. »Verschwinde, Hexe!«

Als sich ein junges Mädchen im Lichtschein der Feuerstelle erhob, blieb Varin stehen. Ihr leuchtend rotes Haar war ungekämmt, und die grüne Tunika starrte vor Schmutz.

Eine schmuddelige kleine Dienstmagd, entschied er. Er war auch keineswegs überrascht, als er den großen Hund bemerkte, der sich neben ihr aufgerichtet hatte. Bestimmt wäre es interessant herauszufinden, wer von den beiden die meisten Flöhe mit sich herumschleppte.

Angewidert verzog er das Gesicht, als er sich vorstellte, wie sie ihm sein Essen auftragen würde. Zweifellos waren ihre Fingernägel schwarz vor Dreck.

Das Mädchen stieß unvermutet einen spitzen Schrei aus. Daraufhin begann der Hund sofort zu bellen, und als sich die beiden schrillen Stimmen vermischten, spürte Varin, wie seine Zähne heftig aufeinander schlugen.

Dann stürzte sich das Mädchen wie ein wutbebendes, schmutziges, rotgrünes Bündel auf Varin, dicht gefolgt von dem Hund.

»Wulfwyn!«, rief Lady Roscelyn. »Halt!«

Varin blinzelte verwirrt. So ein freches Ding! Im Schein der Binsenlichter leuchtete ein Schwert in der Hand des Mädchens auf, und die Klinge zeigte …

Er packte das kleine Biest, als es den Schwertarm hob, um seine Brust zu durchbohren. Gurgelnd wand sie sich wie ein Aal unter seinem festen Griff, trat ihm gegen das Schienbein und versuchte, ihn in die Hand zu beißen, während der Hund aufgeregt kläffend hin und her sprang.

»Es reicht!«, schnaubte Varin schließlich. Er umklammerte ihren anderen Arm und blickte sie drohend an. »Du hörst sofort mit diesem Unfug auf.«

Der Hund setzte sich vor Schreck hin, und das Mädchen warf den Kopf zurück. Ihre grünen Augen blinzelten. Als ihre Arme erschlafften, löste er seinen Griff, um ihr das Schwert zu entwenden. »Na siehst du, das ist …«

Blitzschnell wie eine Natter bohrte sie die Klinge in Varins Unterarm. Blut spritzte auf, und ein jäher Schmerz schoss hoch bis in seine Schulter.

»Bei Christi blutigen Wunden!«, brüllte er, und riss ihr das Schwert aus der Hand.

»Wenn Ihr sie verletzt …«, keuchte Lady Roscelyn, »werdet Ihr … den Morgen … nicht mehr erleben!«

Varin blickte auf und stellte fest, dass sich die zierliche Frau vergebens aus Arnulfs Umklammerung zu befreien versuchte.

Er hatte sie um die Taille gepackt, und ihre Füße zappelten in der Luft. Währenddessen hockte der Hund immer noch da und jaulte mittlerweile kläglich.

»Still!«, fuhr Varin das Tier an und war erleichtert, als es ihm gehorchte.

Er wandte seine Aufmerksamkeit wieder dem Mädchen zu. »Zu wem gehört diese ungezogene Göre?«

»Sie ist meine Schwester!«, fauchte die Herrin von Cyning.

Varin packte das Mädchen im Nacken und hielt sie auf Armeslänge von sich. Schwester? Die zwei sahen einander überhaupt nicht ähnlich.

Aber das ist doch jetzt vollkommen unwichtig, tadelte er sich.

Er musste sein Land verteidigen, Informationen einholen und seinen guten Ruf festigen, der ihm eine Heirat mit einer Nichte des Königs einbringen würde. Stattdessen schlug er sich mit diesem kratzbürstigen Balg und einem übergroßen Köter herum.

»Lasst sie frei!«, ertönte jetzt die kraftlose, heisere Stimme eines Mannes hinter dem Schatten am Herdfeuer.

Varin wirbelte herum. Ein angelsächsischer Leibwächter? Waren er und Arnulf etwa blindlings in einen Hinterhalt getappt?

Noch während Arnulf sein Schwert zog und sich schnell umdrehte, riss Varin das Mädchen an sich. Er hielt ihre Arme fest und drückte ihr seine Klinge an die Kehle.

Natürlich wollte er sie nicht töten, nicht einmal eine Tracht Prügel würde er ihr verabreichen – obwohl sie es wirklich verdient hätte. Aber das konnte der Mann mit der dünnen Stimme ja nicht wissen. Lady Roscelyn und ihre Schwester würden ausgezeichnete Geiseln abgeben; so garantierten sie seine und Arnulfs Sicherheit, bis er genau wusste, wie viele Leibwächter sich noch in der Halle befanden.

Zu guter Letzt schlurfte jedoch nur ein einziger Alter in

den Lichtkreis des Herdfeuers. Er war ausgemergelt, hatte dünne, ergrauende Haare und hielt ein einfaches Schwert zum Angriff erhoben in der Hand.

»Bleib stehen, Gunderic«, rief Lady Roscelyn.

»Lasst sie frei«, wiederholte der klapprige Restposten, dessen Mund noch tiefer in seinem Gesicht eingesunken war als die Augen.

»Soll ich ihn erschlagen?«, erkundigte Arnulf sich.

»Nein!«, kreischten das Kind und Lady Roscelyn gleichzeitig.

Varin stöhnte auf, als auch noch der Hund bellend in das Geschrei einstimmte. »Ruhe!«, herrschte er alle an.

Schweigen senkte sich über die Gruppe, und Varin schickte Roscelyn einen wütenden Blick. »Wie viele Männer habt Ihr noch hier versteckt?«, knurrte er mit absichtlich tiefer Stimme.

»Keinen einzigen«, keuchte sie. »Ich schwör's.«

Varin musterte den Leibwächter. Er sah aus, als könnte ihn der nächste Luftzug umwehen.

Er senkte das Schwert, ließ das Mädchen los und stieß sie von sich. »Leg dein Schwert nieder«, befahl er dem Leibwächter, »dann wird mein Lehnsmann die Dame des Hauses loslassen.«

Als der Mann zögerte, trat die Hexe aus dem Schatten. Ihr runzliges Gesicht war zu einer ärgerlichen Grimasse verzogen. »Wenn du fertig damit bist, alle zu Tode zu erschrecken, dann wär's vielleicht an der Zeit, dass sich mal einer um die Fackel kümmern tät, die ihre Ladyschaft fallen gelassen hat – sonst geht hier nämlich bald mal die ganze Halle in Flammen auf.«

Varin wirbelte herum. Von einem kleinen Tisch, der an der Wand lehnte, stieg Qualm auf, und Flämmchen knisterten bereits auf der Tischplatte.

Mit einem Satz war Varin an der Brandstelle und schob sein

Schwert in den Gürtel. Er erwürgte sich fast, als er sich hastig den Umhang von den Schultern reißen wollte. Und dass der Hund den Saum davon fest in seinem riesigen Maul gepackt hielt, machte es auch nicht besser.

Als er sich endlich befreit und den Mantel aus den Fängen des Tieres gezerrt hatte, drückte er den schweren Stoff auf die Flammen. Arnulf eilte herbei, und gemeinsam pressten sie den Umhang auf die Brandstelle, bis das Feuer erstickt war.

»Fass mal mit an«, befahl Varin, dessen Arm vor Schmerzen zu pochen begann. »Wir tragen den Tisch ins Freie ...«

Er schnappte nach Luft, als ihn plötzlich von hinten ein eiskalter Wasserschwall traf.

»Tochter des Satans!« Wütend ging er auf das Mädchen los, das ihn mit einem leeren Wassereimer in der Hand unschuldig anlächelte. Neben ihr stand der Leibwächter, der den Knauf des erhobenen Schwerts mit beiden Händen umfasste und damit auf Arnulfs Kopf zielte.

Varin spürte, wie sich sein Magen zusammenzog und erstarrte.

Arnulf, der immer noch den Tisch fest hielt, blickte erst auf den Angreifer und dann wieder zu Varin zurück. »Soll ich ihn jetzt töten?«

»Wenn du zuschlägst, wirst du es bitter bereuen!«, drohte Varin dem Leibwächter mit heiserer Stimme.

Der Mann lächelte verächtlich und holte aus.

»Gunderic! Leg die Waffe nieder.« Lady Roscelyn schwankte heran. Sie schleppte zwei Holzeimer, die mindestens ebenso viel wogen wie sie selbst. »Die Normannen sind doch weit in der Überzahl.«

Der Leibwächter zögerte. »Lieber sterbe ich und nehme zwei dieser verfluchten Bastarde mit in den Tod, als noch länger mit ihnen die gleiche Luft zu atmen!«

Roscelyn stellte die Eimer rasch ab und sprang entschlossen zwischen Arnulf und Gunderic. »Ich bin die Herrin von

Cyning, und du hast meinem Befehl zu gehorchen. Senke dein Schwert!«

Der Leibwächter errötete, und die Waffe zitterte in seinen Händen.

Varin ließ den Tisch los und riss sein eigenes Schwert aus der Scheide. Dieser Mann brannte vor Verlangen, Arnulf einen tödlichen Hieb zu versetzen, und würde sich nicht durch die Worte einer Frau davon abhalten lassen.

»Wenn du den Normannen töten willst …«, sagte Lady Roscelyn mit fester Stimme, »dann töte mich zuerst. Ich möchte nicht unter den Folgen deiner Tat leiden.«

Varin spannte den Kiefer an und unterdrückte den Wunsch, die Hände um den Hals der Frau zu schließen und sie einfach zu erwürgen. Ihre Unnachgiebigkeit konnte sie das Leben kosten.

Er war erst einen Schritt auf den Leibwächter zugetreten, als dieser verärgert schnaubte und Arnulf sein Schwert vor die Füße warf.

Als Varin langsam zu dem übereifrigen Verteidiger hinübergehen wollte, stieß er dabei fast mit Roscelyn zusammen, die ihre Eimer wieder aufgehoben hatte und sich jetzt zu ihm umdrehte. »Verzeiht, Milord! Würdet Ihr einen Schritt beiseite treten?« Dann machte sie eine ausholende Bewegung, um Wasser über den immer noch qualmenden Tisch zu schütten.

Da Arnulf sich inzwischen auf Gunderic geworfen hatte, blieb Varin jedoch stehen.

»Beiseite treten?«, wiederholte er.

Vorerst überzeugte er sich mit einem weiteren Blick davon, dass Arnulf die Hände des Leibwächters mit dem eigenen Gürtel des Mannes hinter dessen Rücken gefesselt hatte, dann widmete er der Dame des Hauses seine volle Aufmerksamkeit.

»Warum sollte ich beiseite treten? Ich bin bereits völlig durchnässt. Und falls ich nicht erfriere, werde ich wahrscheinlich verbluten!« Zum Beweis hielt Varin ihr den muskulösen Unterarm dicht vors Gesicht.

»Schafft mir unverzüglich Eure unheilige, dämonische Schwester aus den Augen«, fuhr er fort, »und sorgt dafür, dass dieser grässliche Köter aus der Halle verschwindet.«

Er wartete darauf, dass sie seinem Befehl folgte, aber sie blieb unbeweglich stehen und starrte wie gebannt auf seinen verletzten Arm vor ihrer Nase.

Man konnte an ihrem schlanken Hals sehen, wie sie vergeblich zu schlucken versuchte, und ihre vollen Lippen öffneten sich, als wollte sie etwas sagen. Sie blinzelte, und für einen kurzen Augenblick trafen sich ihre Blicke.

Dann verdrehte sie die honigfarbenen Augen. Der Wassereimer rutschte ihr aus der Hand, krachte mit einem dumpfen Schlag zu Boden, und sie fiel in Ohnmacht.

Varin spürte, wie heftige Schuldgefühle seinen Zorn verdrängten. Die Geißel der Hölle sollte seine Buße sein! Hatte er sie derart erschreckt, dass sie einen Anfall bekam? Würde sie gleich Schaum vorm Munde haben wie Lord Robert?

Sollte er sie aufheben oder liegen lassen, bis es ihr besser ging?

Bevor er einen Entschluss fassen konnte, war die teuflische Schwester bereits an Lady Roscelyns Seite geeilt und sank neben ihr auf die Knie. »Aufwachen, Ros. Ach, bitte!« Sie tätschelte das Gesicht der Bewusstlosen.

Als diese nicht reagierte, blickte das Mädchen Varin wütend an. »Seht selbst, was Ihr angerichtet habt!«

»Ich habe überhaupt nichts angerichtet«, gab er barsch zurück. »Es ist ja nicht meine Schuld, dass die Dame unter dickem Blutfluss leidet.«

»Dicker Blutfluss!« Die grünen Augen des Mädchens funkelten hasserfüllt. »Sie ist ohnmächtig, Klotzkopf! Sie kann kein Blut sehen!«

Varin hob eine Braue. Er musste sich verhört haben. Das

Mädchen konnte unmöglich Klotzkopf zu ihm gesagt haben. »Was hast du da eben zu mir …«

Aber er sprach den Satz nicht zu Ende. Erstaunt betrachtete er die am Boden Liegende. Sie konnte kein Blut sehen? Eine Frau, die alles daransetzte, um eine Hexe zu retten, die ewige Verdammnis riskierte, indem sie sich mit einem Prediger stritt, und die ihr Leben in die Hände ihres mordlustigen Leibwächters legte?

Diese Frau wurde schwach beim Anblick von ein paar Blutstropfen?

Er erinnerte sich an ihren leeren Blick in der Hütte der Hexe. Sie hatte aus einer Schnittwunde geblutet. Und er hatte sie darauf hingewiesen.

Dafür sollte er büßen, indem er zum *Sohn* einer Hündin wurde! Gereizt erwiderte er den Blick der kleinen Dämonin. »Sieh mich nicht so vorwurfsvoll an. Wenn sie kein Blut sehen kann, dann bist du Schuld – weil du mich erstechen wolltest.«

Eigensinnig schob das Mädchen ihr spitzes Kinn vor. »Du hast unseren Vater und unsere Brüder auf dem Gewissen! Jetzt nimmst du uns auch noch unser Zuhause. Du sagst, meine Schwester sei dumm, während sie doch in Wirklichkeit hundert Mal klüger ist als du, Klotzkopf!«

Varins Nasenflügel bebten. »Wenn du mich noch ein einziges Mal so nennst, dann stopfe ich dir einen alten Stofffetzen in dein Lästermaul und hänge dich in die Latrine!«

Überraschend packte ihn jemand an der Schulter, und er wirbelte herum.

»Lass den Unsinn«, befahl die Hexe und deutete mit ihrem Stock auf ihn. Bevor er antworten konnte, fuchtelte sie damit vor der Nase der Dämonin herum. »Und du entschuldigst dich gefälligst bei Seiner Lordschaft! Dann verdrückste dich mitsamt dem verdammten Köter ins Dorf. Golde soll mir mal fix meine Salben und Nadel und Faden beibringen. Mach bloß schnell! Wenn der hier zu Tode verblutet is', brauch ich sein' Arm schließlich nich' mehr zunähen.«

»Nein, Lufu«, ertönte die dünne Stimme Lady Roscelyns, die sich mühsam in eine wacklige, halb kauernde Position aufgesetzt hatte. »Ich erlaube es nicht, dass Wulfwyn allein ins Dorf …«

»Tut mir Leid!«, schnitt ihr die Dämonin das Wort ab. Blitzschnell sprang sie auf die Füße, huschte an Varin vorbei und war auch schon zur Tür hinaus, den großen Hund auf den Fersen.

»Und du da …« Die Hexe richtete ihren Stock jetzt auf Arnulf, der den Leibwächter immer noch fest im Griff hatte, »… geh mal in die Meierei! Dort iss'n Mann namens Ricberth, höchstwahrscheinlich sternhagelvoll. Dem kannste sagen, er soll mal paar Biere bringen.«

»Und du hältst jetzt deinen zahnlosen Mund, Alte!« Endlich hatte der überraschte Varin die Sprache wieder gefunden. »Ich bin jetzt der Herr und erteile die Befehle.«

Er schnappte nach Luft, als der Griff der Hexe um seinen verwundeten Arm fester wurde.

»Hier geht's lang!« Sie schob ihn zum Binsenlicht. »Sonst kann ich das Loch in deinem Arm nich' mal sehn.«

Vergebens versuchte Varin, sich aus dem erstaunlich kräftigen Griff der alten Frau zu befreien. »Mein Lehnsmann wird nichts tun, solange ich ihm nicht den Auftrag erteile …«

»Geht da hinten raus«, sagte die Hexe zu Arnulf, der den Leibwächter gerade zum Eingang schleppen wollte. »Da seid Ihr nämlich näher an der Küche dran.«

Wie ein folgsames Hündchen machte Arnulf kehrt und steuerte zum anderen Ende der Halle hinüber, wobei er den Gefesselten vor sich herschob.

»Ich habe dir keinen Befehl zum Abtreten erteilt«, protestierte Varin.

»Gestattest du?«, quiekte Arnulf und marschierte dabei weiter in Richtung Seitentür.

»Hör mit dem Gestöhne auf«, herrschte die Hexe jetzt Lady Roscelyn an und lenkte Varin ab. »Reiß dich zusammen und lass mal'n Bad für deinen neuen Herrn herrichten.«

Er beobachtete, wie sich Lady Roscelyn wackelig erhob. Erst als sie aufrecht stand, merkte er, dass er der Hexe erlaubt hatte, ihn zu führen.

Varin blieb stehen. »Ich hab jetzt wirklich genug von deinem Kommando. Verschwinde, oder ich befehle Arnulf ...«

Er drehte sich um und verstummte. Sein Lehnsmann war nirgends mehr zu sehen. Und war da nicht soeben eine Tür hinter dem Herd ins Schloss gefallen?

»Komm schon, Junge!« Die alte Frau zog ihn mit sich. »Meine Augen sind auch nich' mehr das, was sie mal waren.«

»Lass mich. Das ist doch nur ein Kratzer.«

»Tsss tsss. Männer!«, murmelte die Hexe. »Wenn's auf's Schlachtfeld geht, dann sind sie nich' zu bremsen, da wird nich' mit der Wimper gezuckt, wenn die Säbel rasseln und die Köpfe rollen. Aber wenn's mal drum geht, dass 'ne alte Frau ihnen 'ne Nadel wo 'reinsticht, dann ...«

Sie blieb stehen und musterte ihn prüfend. »Hast doch nich' etwa Angst, oder, Junge?«

Varin, der sich langsam fragte, ob er vielleicht die unsichtbare Grenze zur Hölle bereits überschritten hatte, schüttelte sprachlos den Kopf. Dann folgte er der Hexe so folgsam wie ein Schaf, das zur Schlachtbank trabt.

Wozu sollte er sich noch herumstreiten? Argumente und Drohungen waren die reinste Kraftvergeudung. Verglichen mit dem Chaos, das in Cyning herrschte, verlief ein Gefecht auf dem Schlachtfeld in wohl geordneten Bahnen.

Plötzlich musste Varin an sich halten, um nicht laut herauszulachen. Ein einäugiges, Feuer speiendes, Kinder fressendes Ungeheuer hatte ihn feige im Stich gelassen. Ein vorlautes Gör, obendrein noch ein Mädchen, hatte ihn besiegt. Die Versorgung seiner Wunde hing von der Gnade einer zahnlosen alten Hexe und einer jungen Dame ab, die schon beim Anblick von Blut in Ohnmacht fiel.

Die Hexe war jetzt neben einem Binsenlicht stehen geblieben und untersuchte seinen Arm. »Du musst nich' genäht werden. Das is' kein langer Schnitt, nur ziemlich tief. Ich mach dir'n Umschlag, damit sich's nich' entzünden tut. Dann biste bald wieder obenauf.«

Mit diesen Worten ließ die Alte ihn los und schlurfte schwerfällig zum Herdfeuer hinüber.

Varin schickte ein stummes Dankgebet gen Himmel. Von nun an würde er darauf achten, nie mehr in Reichweite der Hexe zu kommen.

»Wenn Ihr mir folgen wollt«, ertönte eine leise Frauenstimme. »In der Küche ist es am wärmsten und besten geeignet für ein Bad.«

Lady Roscelyn.

Im vollen Besitz ihrer geistigen Kräfte? Hundertmal klüger als er selbst?

Mit einem Mal spürte Varin wieder die Schmerzen in seinem Arm, die eisige Kälte, die seine Kleider an den Stellen durchdrang, wo ihn die dämonische Schwester mit Wasser übergossen hatte und den heftigen Hunger, der in seinem Bauch rumorte. Er warf Roscelyn einen streitsüchtigen Blick zu.

Mit Ausnahme ihrer Augen, die auch im trüben Licht der Halle auffallend golden schimmerten, war sie außerordentlich bleich. Sie hatte die schmalen Schultern fast bis an die Ohren hochgezogen und umklammerte ihren Oberkörper. Als sie fröstelte, stellte er fest, dass auch eine Seite ihrer Tunika nass war – wahrscheinlich weil sie Wasser verschüttet hatte, bevor sie in Ohnmacht gefallen war.

Varin unterdrückte gerade noch rechtzeitig den spontan in ihm aufsteigenden Impuls, sie zu trösten.

Na und, dann sah sie eben elend und verlassen aus! Er

konnte sich lebhaft vorstellen, welche Katastrophen ihn erwarteten, wenn sie sein Bad vorbereitete. Die Haut würde sich von seinen Knochen schälen, weil sie kochend heißes Wasser in den Zuber goss – wenn schon nicht absichtlich, dann eben aus lauter Zerstreutheit. Er würde das Bewusstsein verlieren, weil sie versehentlich einen Holzeimer gegen seinen Schädel schmetterte, und auf schäbige Weise beim Baden ertrinken. Zumindest würde er einigen Seifenschaum in die Augen bekommen.

»Wenn Ihr mir erklärt, wo die Küche ist, kümmere ich mich selbst um mein Bad.«

Sie blinzelte überrascht und runzelte dann die Stirn. »Gewiss, wie Ihr wünscht, obwohl ich selbstverständlich gern …«

»Nicht nötig.« Varin hob die Hand, bevor sie weitere Hilfsdienste anbot. »Ich komme schon zurecht.«

»Nun gut.«

Während sie ihm den Weg erklärte, stellte er fest, dass sie keine Mühe beim Sprechen hatte. Im Gegenteil, ihre vollen Lippen bewegten sich höchst anmutig. Er riss den Blick los und ließ ihn höher wandern. Obwohl sie müde war, blickten ihre Augen, die von dichten, dunklen Wimpern gesäumt waren, klar und konzentriert.

»Milord?«, riss sie ihn aus seinen Betrachtungen.

Sie musterte ihn mit gehobenen Brauen, und Varin bemerkte jetzt erst, dass er sie angestarrt hatte. Er deutete eine leichte Verbeugung an und wandte sich der Eingangstür zu.

»Verzeiht, Milord, aber das ist der falsche Weg. Wie gesagt, die Küche liegt hinter dieser Tür.«

Er blickte über die Schulter zurück und sah, wie ihr Finger in dieselbe Richtung wies, die Arnulf vorher eingeschlagen hatte. War das etwa ein amüsiertes Schmunzeln, oder warum zuckten ihre Mundwinkel?

Verfluchte Höllenpest! Er hatte ihr überhaupt nicht zugehört, und sie fand es auch noch lustig.

»Wenn Ihr nichts dagegen habt«, erwiderte er so gelassen wie möglich, »suche ich erst meinen Knappen, bevor ich ein Bad nehme. Und hol mir frische Kleidung«, fügte er hinzu, damit es noch überzeugender klang.

Mit diesen Worten trat er durch die Eingangstür ins Freie hinaus und beglückwünschte sich selbst zu seiner geschickten Ausrede. Lady Roscelyn würde es sich von nun an zweimal überlegen, bevor sie sich über ihn lustig machte. Zur Hölle mit dem beunruhigenden Vorgefühl, dass es sich hierbei erst um den Anfang handelte und sie noch häufig genug etwas zu lachen haben würde … wie unsinnig, so etwas zu befürchten. Schließlich war er ein Mann oder etwa nicht? Ein mächtiger Mann, mit einem starken Körper und hoch entwickelter Intelligenz. Die zierliche Lady Roscelyn bildete sich doch nicht etwa ernsthaft ein, dass sie es mit ihm aufnehmen konnte?

Seine Zähne klapperten, als ihn ein eisiges Frösteln überrann. Es war verdammt kalt, und er hatte nicht die leiseste Ahnung, wo sein Knappe steckte.

Varin runzelte finster die Stirn. Ob es wohl schwierig sein würde herauszufinden, wo diese verfluchte Küche lag?

4

»Bei allen tausend Teufeln«, knurrte Lufu am nächsten Morgen, stellte eine Kerze auf den kleinen Tisch und zog sich den schwarzen, zerlumpten Schal um die Schultern. »Die Sonne is' ja noch nich' mal aufgegangen. Kann 'ne alte Frau wie ich denn keine Sekunde Ruhe vor euch haben?«

Wulfwyn sank auf einen Stuhl am Tisch neben der Tür, und Roscelyn entspannte sich. In Lufus Hütte waren sie in Sicherheit.

Auf dem Weg vom Herrenhaus bis hierher hatte sie ständig das Gefühl gehabt, als folgte ihnen jemand.

Was für ein Unsinn, schalt sie sich selbst. Poppit hätte sofort losgejault, wenn ihm etwas Merkwürdiges aufgefallen wäre. Aber nach der sorglosen Stimmung zu urteilen, in der er davongesprungen war, um die anderen Dorfköter zu begrüßen, hatte er offenbar nichts Ungewöhnliches bemerkt.

Andererseits war es höchst eigenartig, wie schnell Poppit sich an de Brionne gewöhnt hatte. Erst letzte Woche hatte der Hund mehrere Dorfbuben in die Ecke getrieben, als sie mit ihren Schleudern auf Wulfwyn zielen wollten. Aber wie der Normanne dem Mädchen das Schwert an die Kehle gesetzt hatte, war Poppit ungerührt sitzen geblieben.

»Verzeih die frühe Stunde«, sagte Roscelyn und senkte den Kopf in Lufus Richtung. »Ich konnte nicht länger warten. Die Normannen werden bald aufstehen.«

»Und du hast es einfach nich' ertragen, dass ich noch schön schlaf, während du schon putzmunter bist, stimmt's?«

»Hör bitte auf, Lufu!« Roscelyn rieb sich die Schläfen. »Kannst du dies eine Mal auf deine bissigen Bemerkungen verzichten? Ich habe die ganze Nacht kein Auge zugetan.«

»Da kann ich doch nix für!«

»Du würdest vermutlich sogar besonders gut schlafen, wenn du von lauter Feinden umgeben bist – ich weiß.« Roscelyn bemühte sich, ihren aufkeimenden Zorn zu unterdrücken. »Du würdest dir vermutlich auch nie Sorgen machen, man könnte dich im nächsten Moment umbringen. Und genauso wenig würdest du um die Sicherheit deiner Schwester bangen, wenn ihr ein Mann eine Schwertklinge an die Kehle hält ...«

»Zum Glück hab' ich keine Schwester!« Die Hexe schlurfte zur Herdstelle, um ein Feuer zu entfachen. »Und falls doch, dann würd' ich die bestimmt nich' mitten in der Nacht draußen 'rumscheuchen, nur, damit sie bei andern Leuten am Tisch in Schlaf fällt.«

Roscelyn warf einen Blick über die Schulter und stellte fest, dass Wulfwyn tatsächlich an dem kleinen, wackligen Tisch eingeschlummert war, den Oberkörper auf die verschränkten Arme gelegt.

»Das Kind ist völlig erschöpft, Lufu. Außerdem ist es nicht mitten in der Nacht, sondern früh am Morgen.«

Wie aufs Stichwort ertönte das Krähen eines Hahnes.

Lufu schnaubte und füllte einen Topf mit Wasser. »Was willste denn nun eigentlich von mir?«

Roscelyn unterdrückte ein Lächeln. Dass die Zauberin immer so schlechte Laune markierte, war nur der Beweis dafür, wie viele Gedanken sie sich machte. Je tiefer die Zuneigung der Alten war, desto knurriger gab sie sich.

»Ich hab' heut noch was andres vor«, drängelte Lufu.

Roscelyn senkte den Kopf, während sie die grauen Falten ihres Umhangs am warmen Herdfeuer ausschüttelte. »Ich hätte gern ein betäubendes Schlafmittel, und zwar ausreichend viel für ein Dutzend Männer und einen Riesen.«

»Haste denn jetzt völlig den Verstand verloren?« Lufu sah aus wie ein Vogel, der kurz davor ist, einen fetten Wurm zu verspeisen, und gierig sein Gefieder plustert.

Unwillkürlich wich Roscelyn vor der aufgebrachten Alten zurück. »Wie lange wird der Normanne Gunderic noch leben lassen, deiner Meinung nach?«

»Bis jetzt hat er ihm jedenfalls noch nich' den Hals umgedreht.«

»Nein, aber er hat ihn gefesselt und an einem Pfeiler im Stall festgebunden. Es ist nur eine Frage der Zeit. Ich kann schließlich nicht alle Normannen umbringen, deswegen ist ein Schlafmittel das einzige, was mir einfällt, um Gunderic zu retten.« Roscelyn warf einen Blick auf Wulfwyn und senkte die Stimme. »Gunderic muss meine Schwester unbedingt zur Saint Dunstan Abtei begleiten.«

»Jetzt hör mir mal genau zu, Mädchen!« Lufu hatte drohend die Stimme erhoben, während sie mit dem Finger auf Roscelyn deutete. »Deine Zukunft is' genau hier in Cyning und nich' in irgend 'ner Abtei.«

»Psst!« Roscelyn sah zu Wulfywn hinüber, aber glücklicherweise hatte ihre Schwester einen gesegneten Schlaf. »Beruhige dich, Lufu! Es geht um Wulfwyn und die ...«

Gerade noch rechtzeitig hielt sie inne. Über die Schriftrolle wollte sie lieber schweigen.

Nicht, dass sie Lufu misstraute. Sie fürchtete vielmehr, dass die Hexe darauf bestehen würde, ihre Runen zu lesen, um herauszufinden, was die Zukunft für Roscelyns Pläne mit der Schriftrolle bereithielt – und in Lufus fortgeschrittenem Alter war das Runenlesen nicht ungefährlich.

Deshalb räusperte Roscelyn sich und fuhr ruhiger fort: »Ich mache mir Sorgen um Wulfwyn und Gunderic. Im Kloster sind die beiden in Sicherheit. Ich bleibe in Cyning und kümmere mich darum, dass es den Dörflern an nichts fehlt.«

»Na klar«, sagte Lufu und schlug sich gegen die Stirn. »Die Normannen machen sich natürlich überhaupt nix draus, wenn sie mit Magenkrämpfen aufwachen tun und feststellen, dass du ihnen 'n giftiges Schlafmittelchen gegeben hast. Tschuldige, hab ganz vergessen, wie genau du alles durchdenkst mit dem messerscharfen Verstand von dir!«

Plötzlich hatte Roscelyn einen Kloß in der Kehle. Sie schluckte schwer. Dem bösen Ton nach zu urteilen, sorgte sich die Alte halb zu Tode um sie.

»Ich schaffe das schon«, versicherte sie.

Lufu verdrehte die Augen gen Himmel. »Süße gesegnete Mutter Gottes, beschütz du dieses närrische Kind!«

»Hör auf!« Herrisch hob Roscelyn die Hand. Lufus Sorge um sie fand sie lächerlich. »Das ist unsere einzige Chance. Wulfwyn darf nicht in Gefahr geraten.«

Ebenso wenig wie die Schriftrolle, schwor sie sich im Stillen. Obwohl sie mit dem derzeitigen Versteck noch nicht zufrieden war, konnte sie sich nicht vorstellen, dass jemand das Dokument finden würde. Die Normannen machten nicht den Eindruck, als würden sie Gräber plündern.

»… unsre einzige Chance!« Lufus erboste Stimme lenkte sie von ihren Gedanken ab. »Es gibt noch jede Menge andrer Möglichkeiten, Mädel. Wenn du's schlau anfangen willst, dann kümmer du dich mal lieber um den neuen Herrn von Cyning.«

Roscelyn sah Lufu an und runzelte die Stirn. Sie verstand beim besten Willen nicht, was die Alte damit sagen wollte. »Um den neuen Herrn von Cyning kümmern?«

»So isses«, gab Lufu barsch zurück. »Die Runen sagen, dass der Junge mehr für dich übrig hat, als er selber weiß – und von ihm hängt nämlich deine Zukunft ab.«

Roscelyn presste die Lippen aufeinander, als ihr die Bedeutung von Lufus Mitteilung klar wurde.

Lufu war überhaupt nicht besorgt um sie. Sie wollte, dass … dass …

Roscelyn begann, vor Wut zu zittern. »Glaubst du wirklich, ich würde mein angelsächsisches Erbe für eine Zukunft mit einem erbärmlichen Normannen verleugnen? Mein Vater würde …«

»Dein Vater tät sich 'ne sich're Zukunft für seine Töchter wünschen.«

»Wie du daherredest!« Roscelyns Stimme bebte und sie krampfte die Faust in die Falten ihres Umhangs. »Lieber sterbe ich, als Schutz bei einem Mann zu suchen, der das Leben meines Vaters und meiner Brüder auf dem Gewissen hat. Mein Vater würde lieber in der Hölle schmoren, als zu sehen, wie ich mich mit einem Normannen einlasse.«

»Pah«, schnaubte Lufu verächtlich. »Glaubst du wirklich, der Junge hätte deine Familie eigenhändig erstochen? Es war Krieg, Mädel, ein Männergeschäft, und jetzt isser vorbei. Deshalb sieh mal zu, dass du dir und Wulfwyn 'ne schöne Zukunft aufbaust, und dein Vater wär auch froh, wenn er euch zwei in Sicherheit wüsst.«

Roscelyn wollte soeben bekannt geben, dass sie tatsächlich dabei war, sich eine schöne Zukunft aufzubauen – jedoch eine ohne ungehobelte Normannen!

Aber gerade als sie den Mund öffnete, erstickte Hufgetrappel auf dem Weg jedes Wort.

Bange Vorahnung schnürte ihr die Kehle zu. Suchten die Normannen nach ihr, nachdem sie erwacht waren und sahen, dass sie sich aus dem Staub gemacht hatte? Würden sie ihr Hände und Füße binden, genau wie sie es mit Gunderic getan hatten?

»Wir brauchen ein Schlafmittel«, zischte sie leise, damit etwaige Lauscher sie nicht hören konnten. »Wenn ich es nicht selbst tun kann, musst du dafür sorgen, dass es in die Trinkbecher der Normannen gelangt.«

»Ich denk ja gar nich' dran.« Lufu machte nicht einmal den Versuch, die Stimme zu senken. »Hast du denn nich' gehört, was ich gesagt hab? Und was soll außerdem dieser Lärm?«

Lufu marschierte an Roscelyn vorbei zur Tür, an die Faustschläge donnerten.

»Du tust gefälligst, was ich sage, Lufu«, beharrte Roscelyn.

Ohne auf sie zu achten, presste die Dorfälteste das Ohr an die Tür.

»Hier gehen Dinge vor, von denen du überhaupt nichts weißt. Ich besitze nämlich ...«

Jemand schlug so wüst gegen die Tür, dass Lufu zurückwich und sich die Ohren zuhielt.

»Was is' denn nu wieder los?«, erkundigte sie sich.

»Seine Lordschaft befiehlt allen Bewohnern des Dorfes, sich am Brunnen zu versammeln.«

Lufu riss die Tür auf. »Wozu das?«

Im rosigen Licht der aufgehenden Sonne trat ein schlaksiger, bewaffneter Normanne mehrere Schritte zurück und bekreuzigte sich. »Er will sich als euer neuer Herr vorstellen.«

Damit eilte der Mann, so schnell er konnte, zur nächsten Hütte weiter, und Roscelyn hörte ihn seine Aufforderung wiederholen.

Sie atmete erleichtert auf. Die Normannen suchten sie also nicht? Ihre Abwesenheit war ihnen demnach nicht aufgefallen.

»Kommste mit, oder willste lieber hier Wurzeln schlagen?«, fragte Lufu barsch.

»Ich komme schon«, murmelte Roscelyn und streckte den Arm aus, um ihre Schwester wach zu rütteln, die sich nicht vom Fleck rührte.

Aha, der froschfressende de Brionne wollte sich also als neuer Lord von Cyning vorstellen. »Pah!« Sie konnte sich genau vorstellen, was das bedeutete. Er würde Lebensmittel und Geld fordern, als hätten die Dörfler irgendetwas zu geben. Er würde ihnen befehlen zu arbeiten, obwohl die Hälfte der Bauern zu krank dafür war. Und was würde mit den jungen Frauen des Dorfes geschehen? Würden sie die niederen Gelüste der Eroberer befriedigen müssen?

»Wulfwyn!« Sie schüttelte ihre Schwester heftiger. Wahrhaftig, es war einfacher, Tote aufzuwecken als dieses Kroppzeug!

»Ich mach mich dann schon mal auf'n Weg!« Lufus Stimme troff vor Hohn. »Wer weiß, ob ihr zwei es bis zum Abend geschafft habt.«

Roscelyn warf der Alten einen finsteren Blick nach.

Sich mit dem neuen Herrn von Cyning beschäftigen, du liebe Zeit! Natürlich würde sie das. Und zwar so, dass seine Herrschaft über Cyning so schnell wie möglich endete.

In der Zwischenzeit würde sie die Dörfler beschützen und Lufus Worte darüber, was *der Junge für sie übrig hatte*, ignorieren. Hol es doch die Pest, dass Lufu sich nur selten irrte, wenn es darum ging, Runen zu lesen …

Ihre Runen?

Roscelyn wirbelte herum und schaute aus der geöffneten Tür. Auf dem Weg trabten einige Dörfler vorbei, aber die Alte war bereits außer Sicht.

Lufu hatte Roscelyns Runen gelesen?

Was dachte sich die alte Frau eigentlich dabei, ihr Leben derart in Gefahr zu bringen?

Wulfwyn erwachte erst, als Roscelyn ihr einen Eimer kaltes Wasser über den Kopf schüttete, und dann beklagte sie sich sofort: »Ich will gar nicht sehen, wie der Klotzkopf sich den Leuten vorstellt.«

»Wenn ich noch einmal dieses Wort aus deinem Mund höre …«

»Außerdem kenne ich ihn schon!«

Roscelyn zog ihre Schwester unsanft auf die Füße. »Dies ist *unser* Dorf, und es ist *unsere* Pflicht, an dieser Versammlung teilzunehmen. Du hörst jetzt sofort mit dem Gejammer auf und benimmst dich wie ein gut erzogenes, adliges Fräulein.«

Sie funkelte Wulfwyn drohend an und schob sie zur Tür hinaus. Ihre Schwester sollte es nur wagen, ihr jetzt zu widersprechen!

Vor der Tür tauchte sofort Poppit auf, und Wulfwyns Laune hob sich. »Hat dich der Klotz … äh, der neue Herr von Cyning auch zu der Versammlung beordert?« Sie kraulte den Hund hinter den Ohren, während sie voranging. »Armer Kerl.«

Es war unmöglich, mit Wulfwyn vernünftig über ihre Abneigung zu reden, dachte Roscelyn, während sie hinter dem Tuchwalker Hogarth und seiner Familie herstapfend den Weg zum Brunnen einschlugen.

»Ist's denn wahr, Lady Roscelyn?«, fragte dessen jüngster

Sohn. »Hat der neue Herr wirklich einen Riesen als Diener? Frisst er kleine Jungs?«

»Ja«, erwiderte Wulfwyn, bevor Roscelyn antworten konnte. »Und er mahlt ihre Knochen …«

Roscelyn bohrte ihrer Schwester warnend den Ellbogen in die Rippen. »Hör nicht auf Wulfwyn. Da ist ein großer Mann, ein Lehnsmann, aber er frisst niemanden auf.«

»Hast du den Riesen wirklich mit dem Schwert verletzt, Wulfwyn?«, fragte Hogarths mittlerer Sprössling mit unüberhörbarer Hochachtung in der Stimme.

»Hm. Ich habe den neuen Herrn mit meinem Schwert verletzt. Und beim nächsten Mal schlitz' ich ihm die Gurgel auf.«

»Wulfwyn!«, stieß Roscelyn entrüstet hervor.

»Wie ist denn der neue Herr?«, fragte Brunhilde und wurde rot. Sie war mit dreizehn Jahren das älteste Kind. »Stimmt's, dass er der schönste Mann is', der je den Fuß in unser Dorf gesetzt hat?«

»Sei still, Mädchen«, zischte die Frau des Tuchwalkers. »Deine vorlaute Zunge is' noch mal dein Untergang.«

Wahrhaftig, wie schnell sprachen sich doch Gerüchte herum, dachte Roscelyn. Sie fühlte sich unangenehm berührt von all diesen Bemerkungen und den tollkühnen Aussagen ihrer Schwester. Sie zog Wulfwyn am Umhang, damit sie langsamer ging, und bald hatte die Familie sie überholt.

Kaum waren sie außer Hörweite, warf sie ihrer Schwester einen ernsten Blick zu. »Hör gut zu, Wulfwyn! Ich weiß nicht, warum de Brionne gestern Abend dein Leben verschont hat, aber du solltest das Schicksal kein zweites Mal mit deinem losen Mundwerk herausfordern.«

Wulfwyn sah sie verdrossen an. »Du … du willst, dass ich vor diesen normannischen Schweinen krieche?«

»Zumindest so lange, bis du sicher in der Saint Dunstan Abtei aufgehoben bist.«

Wulfwyn schnappte entsetzt nach Luft. Sie schüttelte den Kopf und versuchte, sich aus Roscelyns Griff zu befreien. »Ich geh niemals ins Kloster.«

Verflucht, schalt Roscelyn sich selbst. Da hatte sie etwas angerichtet. Wulfwyn würde sich das wohl kaum gefallen lassen.

Sie zog das Mädel an den Rand des Weges, zu dem abgeschieden liegenden Gemüsebeet neben der Hütte des Werkzeugmachers.

»Hör mir bitte einen Augenblick zu«, flüsterte sie, und betrachtete das eigensinnige Gesicht ihrer Schwester, mit dem spitz zulaufenden, kleinen Kinn, der Stupsnase und den grünen Augen, die in Wulfwyns kurzem Leben schon viel zu viel Elend gesehen hatten.

Wie sollte sie es ihr begreiflich machen?

Sie war ein zehnjähriges, heranwachsendes Mädchen, mahnte ihre innere Stimme leise. Es war an der Zeit, wenn nicht schon fast zu spät, Wulfwyn in das Geheimnis der Schriftrolle einzuweihen. Wenn sie die Wahrheit nur ein kleines bisschen zurechtrückte, konnte sie bestimmt auf Wulfwyns Mitarbeit zählen.

»Du weißt doch, dass ich dich sehr lieb habe?«

Misstrauisch kniff Wulfwyn die Augen zusammen. »Du … kriegst mich nicht herum, in die Abtei zu gehen.«

»Ich will dich nicht herumkriegen«, log Roscelyn, »sondern ich brauche deine Hilfe, und außer dir kann ich niemandem vertrauen. Nur Gunderic sollte erst gesund sein, damit du dich nicht ängstigst.«

Jetzt hatte sie die volle Aufmerksamkeit ihrer Schwester.

Roscelyn blickte sich um, um sicherzugehen, dass sie nicht belauscht wurden, und wandte sich dann wieder Wulfwyn zu.

»Es gibt ein geheimes Dokument«, begann sie leise und hastig. »Eine Schriftrolle, die England von den Normannen befreien wird …«

Zuerst spiegelten Wulfwyns Gesichtszüge Abenteuerlust wider, aber je länger Roscelyns Geschichte dauerte, desto ernster wurde sie. Als sie ihrer Schwester berichtete, wie sie Gunderic befreien wollte, wirkte diese furchtbar erschrocken.

»Bist du von allen guten Geistern verlassen, Ros? Die Normannen müssen denken, du hättest sie vergiftet, genau wie Cerdic.«

Schon zweimal war heute Morgen ihr Verstand angezweifelt worden, zuerst von Lufu und jetzt von Wulfwyn. »Im Dorf grassiert ein böses Fieber«, gab Roscelyn barsch zurück. »Ist doch nicht meine Schuld, wenn die Normannen sich anstecken.«

Als sie Wulfwyns verschlossene Miene sah, ärgerte sie sich über sich selbst. Es war keinesfalls ihre Absicht gewesen, ihre Schwester durch scharfe Worte zu kränken.

In maßvollerem Ton fuhr sie fort: »Ich werde die Dörfler nicht im Stich lassen. Und ich traue mich auch nicht, jemand anderem als dir und Gunderic die Schriftrolle anzuvertrauen. Du musst dich jetzt um etwas höchst Wichtiges kümmern und endlich damit aufhören, den Normannen mit diesem Gerede darüber, wie du ihm die Gurgel aufschlitzen willst, zu verärgern. Wenn Gunderic etwas zustößt, dann liegt das Schicksal Englands allein in deiner Hand.«

Wulfwyn schlug die Augen nieder. »Du bist sehr klug. Ich hätte wissen müssen, dass du bereits einen Plan hast, Cyning zu retten.«

Roscelyn musterte die entmutigte Miene ihrer Schwester. Seit Roscelyns Hochzeitsfest hatte Wulfwyn sich angewöhnt, zu reden wie die einfachen Leute – als hielte sich das Mädchen ihrer adligen Herkunft für unwürdig. Aber jetzt …

»Wahrhaftig, es ist ein Segen, dich einmal so vernünftig sprechen zu hören«, flüsterte sie, während sich ihr die Kehle zusammenschnürte.

Wulfwyn warf ihr einen kriegerischen Blick zu. »Hab keine Angst. Ich werde aufpassen und dich nicht enttäuschen. Diese Schriftrolle wird zur Abtei gelangen, oder ich werde …«

Sie presste die Lippen zusammen, als sich das Donnern von Hufen näherte.

Sekunden später preschte de Brionne in vollem Galopp an den beiden Mädchen vorbei. In seinem scharlachroten, pelzgefütterten Umhang war er so prächtig gekleidet wie ein König. Sein riesenhafter Lehnsmann begleitete ihn.

Roscelyn packte Wulfwyns Arm und eilte den letzten Dörflern auf dem Weg zum Brunnen hinterher. Sie hoffte inständig, dass Varin weder sie noch ihre Schwester bemerken würde.

Wulfwyn presste ihre Hand zusammen. »Weiß Gunderic von deinem Plan?«, flüsterte sie, während leises Stimmengewirr die Luft wie ein Bienenschwarm erfüllte.

»Nein«, murmelte Roscelyn zerstreut. Der Anblick, der sich ihren Augen bot, nahm sie völlig gefangen.

Die Sonne war über hohlwangigen Müttern aufgegangen, die Säuglinge in zerfetzten Wickelbändern auf dem Arm trugen. Väter und Söhne mit vom Hunger gezeichneten Gesichtern warteten in gedrückter Stimmung, die dünnen Lippen verdrossen zusammengekniffen. Kinder hatten Stofffetzen um die Füße gewickelt und scharten sich ängstlich um ihre Eltern.

Roscelyn wandte die Augen ab. Sie konnte den Anblick des Elends kaum ertragen.

Wie widerwärtig, dass de Brionne in so luxuriöser Kleidung vor diesen in Lumpen gehüllten Menschen herumstolzieren musste, besonders weil eindeutig die Normannen die Schuld an ihren jämmerlichen Lebensbedingungen trugen. Wenn Frieden in England herrschte, wäre Cyning ein wohlhabendes Dorf. Die Bauern hätten genug zu essen, trügen ordentliche Kleider, und ihre Hütten wären repariert und bereit, dem nahenden Winter zu trotzen. Und sie selbst wäre ihren gewöhnlichen Beschäftigungen nachgegangen …

Jäh unterbrach sie ihre Überlegungen. Hätten die Normannen England nicht erobert, wäre sie gezwungen gewesen, Cerdic zu töten, und Cyning hätte sich wohl im Krieg mit seiner Familie befunden.

Ungebeten hallten plötzlich Lufus Worte in ihr wider. *Glaubst du wirklich, dieser Junge hätte deine Familie eigenhändig erstochen? Es war Krieg, Mädel, ein Männergeschäft, und jetzt isser vorbei.*

Um die Wahrheit zu sagen, war es wirklich ziemlich unwahrscheinlich, dass de Brionne auf einem Schlachtfeld, wo Tausende von Männern kämpften, ausgerechnet ihren Vater und ihre Brüder niedergemetzelt hatte. Und sie konnte sich auch nicht einreden, dass Cyning von einem Krieg verschont geblieben wäre, selbst wenn die Normannen nicht gekommen wären.

Eine kalte Brise wehte plötzlich über die kleine Versammlung hin und raubte den Sonnenstrahlen die Wärme. Roscelyn zog den Mantel eng um die Schultern. Als sie aufblickte, bemerkte sie, dass de Briones leuchtend blaue Augen sie von der Mauer aus, die er erklommen hatte, beobachteten.

Von seinem erhöhten Standpunkt aus, umflattert von seinem roten Mantel, wirkte er wie ein Racheengel, den ein erzürnter Gott ihnen gesandt hatte.

Roscelyns Lippen öffneten sich, und es gelang ihr einfach nicht, wegzusehen. Dieselbe verstörende Schwäche, die sie willenlos machte, und die sie schon bei ihrem ersten Treffen mit de Brionne in Lufus Hütte überwältigt hatte, breitete sich erneut in ihr aus und erfüllte sie mit namenloser Sehnsucht.

Noch einmal die sanfte Berührung seiner Hände auf ihrem Gesicht zu spüren, sich ihm anzuvertrauen und in Sicherheit zu sein …

Plötzlich wurde sein Blick abweisend und wanderte über

die Menge. Nacheinander musterte er jeden Dörfler, bis sie schließlich alle verstummten.

Als er sprach, war seine Stimme fest und voller Autorität. »Als Herr und Meister über Cyning ist es mein Wille, dass dieses Dorf wieder zu Wohlstand kommt. Ihr werdet von nun an meinen Befehlen gehorchen, und ich werde euch mit meinem Schwert vor euren Feinden verteidigen.«

Als zustimmendes Gemurmel erklang, schwieg de Brionne einen Moment. Wieder sah er die Leute nacheinander an, und sein durchdringender Blick verlieh seinen Worten Nachdruck.

Es war das Versprechen eines mächtigen Feldherrn. Eines Mannes, dem es weder an Stärke noch an Intelligenz fehlte, um seinen Willen durchzusetzen. Unerklärlicherweise sehnte sich Roscelyn danach, de Brionne möge sie noch einmal anblicken, um auch ihr mit seinen Augen zu sagen, dass er ihren Feinden ebenso entgegentreten würde wie denen der Dörfler.

Dass er sie aber keines Blickes mehr würdigte, verstärkte ihre Sehnsucht noch. Genauer gesagt verzehnfachte sich ihr Wunsch, von ihm beachtet zu werden. Wüsste sie es nicht besser, dann würde sie annehmen, die Elfen hätten sie verzaubert.

Der schönste Mann, der je den Fuß in unser Dorf gesetzt hat.

Vergeblich versuchte Roscelyn, diese Behauptung abzustreiten. Im Gegenteil – vielleicht musste man de Brionne überhaupt den schönsten Mann nennen, der je England betreten hatte.

Und dieser Mann sollte leidenschaftliche Gefühle für sie hegen?

Sie schnaubte verärgert über ihre abschweifenden Gedanken.

Der gesunde Menschenverstand sagte ihr, dass de Brionne kein unerfahrener Jüngling war, was Frauen betraf. Warum sollte er Leidenschaft für sie empfinden, wenn er nur unter den schönsten Frauen der Normannen zu wählen brauchte?

Dieser Frage folgte rasch eine zweite. War er verheiratet?

Ein Gedanke, der sie noch mehr niederschmetterte als alle anderen.

Es war schon schlimm genug, dass de Brionne das Schlafgemach ihres Vaters für sich beanspruchte. Auch die Vorstellung, dass er im Bett ihres Vaters normannische Kinder zeugen würde, erschien ihr absolut unerträglich. Aber keine dieser beiden Möglichkeiten war so bitter wie die Überlegung, dass eine normannische Frau ihren Platz als Herrin von Cyning einnehmen würde.

Säuglingsgeplärr riss Roscelyn aus ihren Selbstquälereien. Sie sah auf und stellte fest, dass Dunne, die Witwe eines Leibwächters, mit ihrem kleinen Sohn zu kämpfen hatte.

Roscelyns Verzweiflung wuchs.

Wann hatte sie Dunne zum letzten Mal besucht oder sich danach erkundigt, wie es ihr ging?

Trotz aller Bemühungen der Frau wollte es ihr nicht gelingen, ihren eigensinnigen Nachwuchs davon abzuhalten, sich aufzustellen. Stirnrunzelnd beobachtete Roscelyn, wie die streng dreinblickende Mutter dem Kleinen einen kräftigen Klaps auf die viel zu dünnen Beinchen versetzte.

Daraufhin stimmte er ein noch lauteres Gebrüll an, und Dunne, die es nicht fertig brachte, ihn in Zaum zu halten, brach in Tränen aus.

Hilfsbereit wollte Roscelyn zu ihr eilen. Es sah der sonst so ausgeglichenen Dunne gar nicht ähnlich, ihren geliebten Kleinen grob zu behandeln.

Aber bevor sie sich durch die dichte Menge gedrängt hatte, stand bereits der riesenhafte Lehnsmann neben der schluchzenden Frau.

»Nein«, flehte Dunne, als er ihr das Kind abnehmen wollte. »Er ist gleich still, ich schwöre es.«

Roscelyn spürte, wie ihr das Herz bis zum Hals schlug, und schubsend und drängelnd zwängte sie sich noch hastiger zwischen den Bauern hindurch. Wenn dieser Wüstling es wagen sollte, sich an dem Kind zu vergehen …

»Ich will ihm nichts tun«, flötete der Riese mit seiner seltsam hohen Stimme und nahm den Kleinen aus Dunnes Armen.

»Na, na!« Besänftigend sprach er auf den Jungen ein und trug ihn zu seinem Pferd, während Dunne den Fuß ihres Kindes krampfhaft umklammerte. »Wie kann ein so niedliches Bürschchen nur so laut heulen? Komm und streichle mein Pferd. Das Fell ist ganz weich, fühlst du?«

Wie durch Zauberei verstummte der Junge, und Roscelyn blieb überrascht stehen.

»Ist das nicht ein besonders schönes Pferd?«, fragte der Hüne den Kleinen, der jetzt die Hand ausstreckte, um das Tier zu streicheln. »Vielleicht möchtest du mal im Sattel sitzen, hm?«

Roscelyn, die eingekeilt in der Menge stand, hörte, wie sich ringsum leises Gemurmel erhob. Sie musterte prüfend das Gesicht des Riesen nach Anzeichen von Verrücktheit. Kein Mann, den sie kannte, kümmerte sich auch nur einen Deut um sein weinendes Kind, ganz zu schweigen von den greinenden Bälgern anderer Leute.

»Wenn Ihr erlaubt, Sir Edelmut«, unterbrach de Brionne jetzt das kleine Zwischenspiel. Seine barsche Stimme klang übertrieben sanft.

Als der Riese nickte, fuhr de Brionne wieder in befehlsgewohntem Ton fort: »Als Gegenleistung für meinen Schutz werden sich alle gesunden Männer und Jungen für weitere Anweisungen an meinen Lehnsmann wenden.« Er wies auf Arnulf. »Um den Hügel, auf dem das Herrenhaus steht, muss ein Graben ausgehoben und ein Schutzwall errichtet werden.«

Die wohlwollenden Rufe verstummten, und Roscelyn fragte sich, ob sie richtig gehört hatte. Hatte de Brionne wirklich die Absicht, die gesamte Arbeitskraft der Dörfler dafür zu beanspruchen, dass er Gräben schaufeln ließ und Mauern baute?

»Außerdem brauchen wir zusätzliche Dienstmägde, alte und junge, die sich im Herrenhaus einzufinden haben.«

Der neue Herr von Cyning hatte offenbar keine Ahnung, was er da forderte. Seine Befehle machten jede Feldarbeit unmöglich, und das würden die Bauern sofort begreifen. Im Frühjahr würde es nichts zu essen geben, wenn die Wintersaat nicht ausgesät wurde.

»Milord«, rief Roscelyn, bevor de Brionne weiterreden konnte. »Darf ich das Wort an Euch richten?«

De Brionne warf nur einen kurzen Blick in ihre Richtung. »Später!« Er wandte seine Aufmerksamkeit wieder der Menge zu. »Jeder Mann soll …«

»Verzeiht, Milord, aber was ich zu sagen habe, kann nicht warten«, beharrte Roscelyn.

De Brionne, der ihren Einwurf jetzt absichtlich ignorierte, setzte erneut an: »Jeder Mann soll …«

»Vergebt mir, Milord, aber die tüchtigen Bauern von Cyning werden Eure Bemühungen, unserem Dorf wieder zu Wohlstand zu verhelfen, nicht würdigen können, wenn sie alle verhungern.«

Hochbefriedigt nahm Roscelyn das zustimmende Gemurmel der Menge zur Kenntnis, obwohl die Bauern in ihrer Nähe von ihr abrückten und plötzlich ein leerer Kreis um sie entstand.

»Diese ganzen Arbeiten an Cynings Verteidigungsanlagen«, knirschte de Brionne, »dienen Eurem eigenen Schutz, falls das Dorf angegriffen wird.«

»Euer Volk ist das einzige, das England überhaupt angreift«, erklärte Roscelyn mit fester Stimme. »Soll das heißen, dass wir uns mit diesen Mauern und Gräben vor Euren eigenen Leuten schützen müssen?«

»Sie werden euch vor Dänen und allen anderen Gefahren schützen!«

Der Mann befürchtete offenbar eine Bedrohung durch die Angelsachsen, aber im Augenblick wollte Roscelyn keine überflüssigen Worte verschwenden. »Na schön, wir werden alle überleben, aber was dann? Werdet Ihr die Bauern auch ernähren?«

»Aber ja«, fauchte de Brionne.

Sie neigte den Kopf und sprach dann mit betont vernünftiger Stimme weiter: »Und womit, bitte, werdet Ihr uns ernähren? Korn von Euren Feldern? Ihr werdet feststellen, dass es nichts zu ernten gibt. Niemand hat Korn gesät. Es leuchtet Euch doch gewiss ein, dass nicht einmal in einem besonders fruchtbaren Jahr der Ertrag von den Obstbäumen Euch und Eure Männer ernähren kann. Trotzdem glaube ich«, hier legte sie den Kopf noch schräger und verzog besonders nachdenklich ihre Miene, »dass es an Fleisch nicht fehlen wird. Da Ihr ja auch kein Futter für das Vieh haben werdet, seid Ihr gezwungen, alles, was vier Beine und Hufe hat, zu schlachten, Euer eigenes Pferd eingeschlossen.«

De Brionnes blaue Augen loderten so zornig auf, dass Roscelyn fürchtete, die Hitze würde ihr die Haut von den Knochen abschälen. Unwillkürlich trat sie einen Schritt zurück. Das war kein Racheengel, nein, Satan selbst stand vor ihr.

Sie schluckte trocken. Bei allem, was ihr heilig war, sie würde sich ihre Furcht nicht anmerken lassen, auch wenn ihr die Knie schlotterten. Also erwiderte sie seinen Blick mit kühler Selbstsicherheit, jedenfalls hoffte sie das.

Plötzlich hob de Brionne sein Gesicht zum Himmel, und …

Begann vor Wut zu brüllen?

Mitnichten. Lautes Gelächter drang aus seinem Mund. Roscelyn knirschte mit den Zähnen, als ihr plötzlich aufging, dass sie einen schrecklich dummen Fehler begangen hatte.

Als de Brionne sie schließlich wieder anblickte, waren seine Mundwinkel noch immer zu einem breiten Grinsen verzogen. »Wenn Ihr mir gestattet hättet, zu Ende zu sprechen, Lady Schnattergans, so würdet Ihr sehen, dass Eure Sorgen unberechtigt sind.«

Lady Schnattergans?

Vor Entrüstung schoss ihr das Blut in den Kopf. Noch bevor sie fertig war, würde de Brionne den Tag verfluchen, an dem er das Licht der Welt erblickte. Sie würde ...

Während sie noch fieberhaft überlegte, was sie alles anstellen sollte, um Rache an diesem froschfressenden Einfaltspinsel zu nehmen, drang die unterdrückte Heiterkeit der Dörfler an ihre Ohren. Sie sah sich um und bemerkte, wie alle vor ihrem prüfenden Blick die Augen niederschlugen und die Hände vor den Mund hielten, um ihr Grinsen zu verbergen.

Roscelyn betrachtete die Menge hocherhobenen Hauptes. Sollten sich die Dörfler doch für einen Augenblick auf ihre Kosten amüsieren. Wenn sie nur noch Gräben und Mauern hatten, um sich damit die Bäuche zu füllen, würden sie zweifellos an ihre Worte denken.

»Genug jetzt!« Drohend hob de Brionne die Hand. »Eure Herrin spricht für euch, während die meisten Herrschaften sich nicht um euer Schicksal kümmern würden. Vielleicht ist ihre Zunge ein wenig schneller als ihr Verstand, aber sie will nur euer Bestes. Falls jemand schlecht über sie spricht, ist es genauso, als spräche er schlecht über mich!«

Entschlossen wehrte Roscelyn die Sympathie ab, die bei diesen Worten in ihr aufwallte. Ein paar freundliche Worte reichten nicht aus, um sie zu versöhnen, nachdem dieser Affe sie vor allen zum Narren gemacht hatte.

»… kein jämmerlicher Angelsachse«, hörte sie ihn soeben sagen. »Ich bin ein reicher Mann, und keiner, der mir dient, wird hungern.«

»Milord!«, erschallte jetzt eine weibliche Stimme.

Roscelyn, die die Ruferin sofort erkannt hatte, rümpfte die Nase.

Elswyth drängte sich aus der Menge nach vorn und knickste hastig vor de Brionne. »Ich werde es als Ehre betrachten, Eure Wünsche zu erfüllen.«

Jetzt verdrehte Roscelyn die Augen. Sie konnte sich genau vorstellen, welche Wünsche Elswyth zu erfüllen beabsichtigte. Nun, nicht dass sie das interessierte …

»Gott segne Euch, Euer Gnaden!« Der Heuwender machte eine Verbeugung und schob sich ebenfalls in die erste Reihe. »Ich und meine mutterlosen Kinder, sechs an der Zahl, Euer Lordschaft, wir ham seit zwei Wochen nix als wässrige Grütze im Bauch. Ich steh tief in Eurer Schuld, wenn Ihr uns für unsre Dienste dann ein wenig Fleisch geben tätet.«

»Aber selbstverständlich«, willigte de Brionne wohlwollend ein.

»Mir geht's nich' anders, Euer Lordschaft.« Auch der Fallensteller trat jetzt mit gesenktem Kopf an den Brunnen. »Nich', dass meine Frau nich' ihr Bestes gegeben hätt': aber jetzt isse krank, und da musst ich mein ganzes Mehl und Bier hergeben, um Medizin von der Dorfältesten zu kaufen.«

Misstrauisch kniff de Brionne die Augen zusammen. »Die Dorfälteste?«

Doch bevor er weiterreden konnte, drängten alle übrigen Dörfler gleichzeitig in seine Richtung. Bitten um Hilfe erhoben sich aus allen Ecken und jeder versuchte, den anderen zu übertönen.

Roscelyn schürzte die Lippen. Ein von einem Kriegsgott gesandter Eroberer?

Im Augenblick schien es sich eher um einen Wurm zu handeln, den ein hungriger Amselschwarm aufpicken wollte. Jeder Bauer des Dorfes würde nun seine Notlage schildern, ob es stimmte oder nicht.

Aber sie nahm es den Leuten nicht übel. De Brionne hatte es sich selbst zuzuschreiben, weil er ihren Wünschen so leichtfertig entgegenkam.

Was aber, wenn seine angebliche Sorge um die Dörfler nur ein Vorwand war? Würde er auch noch großzügig sein, nachdem die Gräben ausgehoben und die Mauern errichtet waren? Oder würde er dann plötzlich beschließen, seinen Reichtum doch für sich zu behalten?

Suchend sah sie sich nach Wulfwyn um.

Während der Normanne derart Hof hielt, ergab sich vielleicht eine Gelegenheit, mit Gunderic zu reden.

Wenn es ihr doch nur gelänge, Lufu davon zu überzeugen, dass sie ihr ein Schlafmittel geben musste!

5

Im Schutz der Dunkelheit kroch Cerdic an einem Graben am Feldrand entlang. Er hatte weder Lampe noch Fackel bei sich. Es würde seine Pläne und wahrscheinlich auch sein Leben beenden, wenn man ihn entdeckte. Aber sein Bedürfnis nach Information und Nahrung war übermächtig. Er hatte keine andere Wahl, als sich zu Elswyth zu schleichen.

Wie es hieß, hatte nur Gunderic die Schlacht von Hastings überlebt. Cerdic, der an nichts anderes denken konnte als an die Schriftrolle und daran, Cyning so schnell wie möglich in seinen Besitz zu bringen, bevor die Normannen sich beides schnappten, hatte zehn Männer um sich geschart und war von der Marschlandschaft im Nordosten Englands bis hierher geprescht.

Seine Lippen kräuselten sich verächtlich, was ihm leider nicht weiterhalf.

Heute Nachmittag hatte er bei seiner Ankunft feststellen müssen, dass es in Cyning von Normannen nur so wimmelte. Außerdem hatte er auch keine Ahnung, was mit der Schriftrolle passiert war, die sein Schwiegervater seiner Tochter, Cerdics Gemahlin, anvertraut hatte – und obendrein wusste er nicht einmal, wo seine Gemahlin jetzt steckte.

Schlimmer noch: Als er durch das Dickicht der Wälder ritt, an die die Felder grenzten, entging ihm die emsige Tätigkeit rund um das Herrenhaus selbst aus dieser Entfernung nicht. Die Eindringlinge waren bereits damit beschäftigt, Gräben auszuheben, und würden in Kürze einen Schutzwall bauen. Mit diesen Bauten verteidigten die Normannen mittlerweile den gesamten Süden der Insel und machten es fast unmöglich, Cyning ohne Hilfe aus dem Herrenhaus selbst einzunehmen.

Plötzlich stolperte er über eine unebene Stelle am Boden und taumelte einige Schritte, bevor er das Gleichgewicht wieder fand. Verdammt noch mal! Wahrscheinlich brach er sich den Hals, bevor er das Dorf erreicht hatte.

Vorsichtig arbeitete er sich vorwärts. Im Moment waren er und seine zehn Männer vor Hunger entkräftet, und er musste so schnell wie möglich Essen beschaffen. Aber dann …

Sein Blut brodelte vor Rachegelüsten. Zwar würde die Schriftrolle den angeblichen Anspruch der Normannen auf den englischen Königsthron widerlegen und ihn, Cerdic, zu einem reichen Mann machen – aber trotzdem ahnte er, dass die Normannen England nicht kampflos aufgeben würden. Deswegen musste er Cyning unbedingt erobern, um den angelsächsischen und dänischen Streitkräften einen geschützten Standort zu sichern, von dem aus sie den normannischen Abschaum über den Kanal zurücktreiben konnten.

Ungeduldig strebte er weiter, um endlich Elswyths Hütte zu erreichen, und spähte prüfend durch die Dunkelheit. Eigentlich musste er sich doch bereits in nächster Nähe des Dorfes befinden.

Aber es war nichts zu sehen. Nicht einmal der Mond oder die Sterne schafften es, die dicke Wolkendecke zu durchdringen.

Verflucht, er hatte fest damit gerechnet, Roscelyn und Wulfwyn allein im Herrenhaus anzutreffen. Denn so sah sein ursprünglicher Plan aus: die Schriftrolle einfach an sich zu nehmen.

Er hätte dem verdammten Normannenkönig fälschlicherweise Gefolgschaft gelobt und insgeheim den Aufstand gegen die Normannen vorangetrieben. Und Roscelyn hätte mit dem Leben für ihr übles Schlafmittel bezahlt!

Hundegebell unterbrach Cerdics Gedanken. Weiter vorn tauchten jetzt undeutlich mehrere Hütten des Dorfes auf, deren Umrisse sich trotz der Nähe nur schwach abzeichneten.

Blinzelnd umrundete er ein halb umzäuntes, kleines Grundstück. Es gehörte dem alten Ansel, wie Cerdic unschwer an dem scharfen Geruch der mit Urin gefüllten Eimer feststellen konnte, mit denen der Alte Hautkrankheiten zu kurieren pflegte.

Entschlossen eilte er an einem halben Dutzend Türen vorbei, bis er vor Elswyths Hütte anlangte. Cerdic zog sein Schwert. Falls diese dämliche Schlampe heute Nacht ihr Bett mit einem anderen teilte, musste dieser Mann jetzt sterben.

Vorsichtig schob er die Hand durch ein Loch im Flechtwerk, umfasste von innen die Türklinke, zog sie nach oben und verschaffte sich selbst Einlass. Obwohl es innen stockfinster war, kannte er nur zu gut Elswyths Schlafplatz.

Er hockte nieder, ertastete auf dem Boden ihr Lager, überzeugte sich davon, dass sie allein war und presste ihr dann die Hand auf den Mund. »Ich bin's«, zischte er, als sie einen erstickten Schrei ausstieß.

»Cerdic«, keuchte sie überrascht, als er die Hand wegnahm.

Bettdecken raschelten, dann spürte er ihre Arme um seinen Hals. »Gunderic hat gesagt, Ihr wärt tot.«

»Gunderic lebt?«

»Er sagte, Ihr wärt durch ein normannisches Schwert gefallen.«

Wie so oft schnaubte Cerdic verächtlich. Die Erinnerung an die Schlacht fachte seinen Zorn noch mehr an. »Das Schwert hat mich nur leicht verletzt. Ich ging durch einen Schlag auf den Kopf zu Boden. Was gibt's Neues von Gunderic?«

»Sie halten ihn in den Ställen gefangen.«

Cerdic erhob sich und zog Elswyth auf die Füße. Sie umklammerte noch immer seinen Hals. »Was ist mit meiner Frau?«

Sofort spannte sich ihr Körper an. »Ihr kommt in mein Bett und fragt nach Eurer Frau?«

Er packte eine Hand voll Haare und riss ihren Kopf nach hinten, bevor sie zurückweichen konnte. Ihr schmerzerfülltes Keuchen gefiel ihm. »Hüte deine vorlaute Zunge und berichte mir von Roscelyn!«

»Was kümmert Euch Eure Frau?« Sie stieß die Fäuste gegen seine Brust. »Ihr wolltet sie doch gar nicht heiraten!«

Daraufhin zog er Elswyths Kopf so weit zurück, dass sie zu wimmern begann, und ließ den Finger über ihre bloße Kehle gleiten. »Stell meine Geduld nicht auf die Probe«, schmeichelte er mit seidenweicher Stimme, »du kennst ja meine Vorlieben!«

»Ros ist am Leben und wohlauf«, wisperte Elswyth und begann zu zittern.

»Und Wulfwyn?«

»Der geht es ebenfalls nicht schlecht.«

Cerdic lächelte im Dunkeln. Also hatte ihn sein guter Stern doch nicht verlassen. Nun musste er nur noch Elswyth überreden, ihm zu helfen – eine leichte Aufgabe, der er bereits mit einer gewissen Vorfreude entgegensah.

Er ließ sie los. »Hol Licht und Bier«, befahl er.

Einen Augenblick später flackerte ein Kienspan auf, und er setzte sich an einen niedrigen Tisch, auf dem eine Kerze brannte. Elswyth drehte sich um und goss Bier in einen Becher, während Cerdic ihren langen Zopf betrachtete, der sich wie ein dunkler Pfeil auf ihrem weißen Hemd abzeichnete.

»Es tut mir Leid, dass dein Vater gestorben ist.« Er zwang sich absichtlich zu einem mitfühlenden Ton, da er sie auf diese Weise mit Sicherheit wütend machte.

Elswyth wirbelte herum und stellte den Becher mit Bier so heftig auf dem Tisch ab, dass die Hälfte davon überschäumte. »Der alte Esel ist tot, und seht selbst, was er mir hinterlassen hat!« Sie wies ringsum. »Eine elende Hütte und ein paar Streifen Land.«

»Immer mit der Ruhe, Milady«, besänftigte Cerdic sie. Es war sein Vorteil, dass Elswyth über Besitztümer klagte, um die die meisten Bauern sie beneideten. »Die mageren Zeiten sind für dich bald vorbei.«

Sie verschränkte die Arme über der Brust und schürzte die Lippen. »Und wie soll das zugehen?«

Cerdic strich sich über den dunklen Bart. »Sagen wir einfach mal, dass König William die Krönungsfeierlichkeiten am Weihnachtstag nicht mehr erleben wird.«

»Wollt Ihr ihn umbringen?« Elswyth machte runde Augen vor Überraschung und keuchte leise auf.

Ohne ihre Frage zu beantworten, neigte Cerdic den Kopf. »Hast du etwas Brot und Käse für mich?«

Innerhalb von Sekunden stand das Essen vor ihm auf dem Tisch.

»Wollt Ihr den normannischen König auslöschen?«, wiederholte sie.

Ohne sie einer Antwort zu würdigen, begann Cerdic gemächlich zu essen und kaute jeden Bissen sorgfältig, wohl wissend, dass sich mit jeder Minute, die verstrich, ihre Neugier – und ihre Gereiztheit – ins Unerträgliche steigern würden.

»Wann werdet Ihr ihn töten?«, forderte sie ihn schließlich heraus.

Cerdic leckte sich die Finger und tat ihre Frage mit einer Handbewegung ab. »Ich sage nur so viel, dass Cyning bald eines der mächtigsten und reichsten Königreiche Englands sein wird.«

»Ein Königreich?«

»Ein Königreich. Und ich bin der Herrscher.«

Elswyth musterte ihn gründlich und fuhr sich mit der Zunge über die Lippen. »Wie?«

Im Stillen beglückwünschte Cerdic sich zu seiner Taktik. Sie sass so fest in seiner Falle wie ein Hase in der Schlinge. »Setz dich und lass uns über *unsere*« – er machte eine Kunstpause – »Zukunft reden.«

»*Unsere* Zukunft?« Eilfertig zog sie einen Stuhl heran und nahm ihm gegenüber Platz.

»Du musst schwören, niemandem zu erzählen, dass ich hier bin.«

»Nicht einmal Eurer hoch geschätzten Frau?«, höhnte sie.

Cerdic blickte so unbeteiligt wie möglich, während er ein paar Krümel von seiner grünen Tunika fegte. »Ich fürchte, ich bin in unserer Hochzeitsnacht ein bisschen zu forsch mit der lieben Roscelyn umgesprungen«, log er. »Deshalb bezweifle ich, dass sie mir im Augenblick besonders zugetan ist.«

»Wirklich?« Elswyths blaugrüne Augen glitzerten zufrieden, dann wurde ihr Blick wieder wachsam. »Was hat das mit *unserer* Zukunft zu tun?«

»Wie viele Normannen halten im Moment Cyning besetzt?«

Nachdenklich runzelte sie die Stirn. »Ein Dutzend und ein Junge.«

Nicht so schlimm, überlegte Cerdic. Aber sobald der Graben und die Mauer gebaut waren, bedurfte es auch nicht mehr vieler Streitkräfte, um Cyning zu verteidigen. Andererseits gefährdete er den geplanten Aufstand, wenn er zum Angriff überging, bevor die Dänen bereit waren.

»Weißt du, was im Herrenhaus vor sich geht?«, erkundigte er sich.

»Wer wüsste das nicht?«, gab sie ungehalten zurück. »Der neue normannische Lord hat allen befohlen, in seine Dienste zu treten und beim Ausheben der Gräben zu helfen. Sogar mich zwingt er, ihm aufzuwarten.«

»Wie furchtbar für dich!« Cerdic blickte sie mit gespieltem Entsetzen an.

Böse kniff sie die Augen zusammen und erwiderte entrüstet. »Erst sprecht Ihr von *unserer* Zukunft, und dann macht Ihr Euch über mich lustig. Ich muss dem neuen Herrn von Cyning nicht nur dienen, sondern ich weiß auch nicht, wie lange ich seinen ungebetenen Annäherungsversuchen noch entkomme.«

Sofort gab Cerdic sich alle Mühe, so eifersüchtig wie möglich auszusehen. »Der Lump wagt es, dir zu nahe zu treten?«

»So ist es«, antwortete sie, sehr von oben herab.

Süße, gebenedeite Jungfrau, es war immer eine Geduldsprobe, sich mit Elswyth auseinander zu setzen, und bezeichnend für ihre Dummheit, dass sie sich nicht entblödete, ihm einen solchen Bären aufzubinden. Cerdic kannte Elswyths schwachen Punkt nur zu genau und konnte sich deutlich vorstellen, wer hier wem ungebetene Annäherungsversuche machte.

Aber bis er Roscelyn auf seiner Seite hatte …

Plötzlich erwärmte er sich für diesen Gedanken. Wulfwyn war der Schlüssel zu Roscelyn. Er musste das Kind als Geisel nehmen, dann würde seine Frau alles tun, was er verlangte.

»Keine Angst, meine Schöne!« Nun konzentrierte er sich wieder ganz auf Elswyth. »Das Normannenschwein wird dich nicht mehr lange belästigen!«

»Das sagt Ihr, Cerdic. Aber Ihr werdet mir nicht verraten können, wie und wann dieses Wunder geschehen soll. Und in der Zwischenzeit ist *unsere* Zukunft nur für Euch von Vorteil.«

Er konnte gerade noch verhindern, dass seine Lippen amüsiert zuckten. Die Brünette forderte ihn voller Absicht heraus, mit allzu großer Plumpheit. Aber wenn sie ihn, wie auch immer erregen wollte, würde er sie nicht enttäuschen.

Ohne Vorwarnung packte er ihre Hand, sprang auf, und drückte ihren Oberkörper auf den Tisch. Dann trat er hinter die Keuchende und riss ihr die Arme hoch.

Erregung breitete sich in seinen Lenden aus, als sein Blick über ihre Hüften wanderte und an ihrem Hinterteil hängen blieb. Sie hatte den Kopf zur Seite gedreht, sodass eine Wange auf der Tischplatte lag, und bleckte die Zähne unter seinem schmerzhaften Griff.

»Glaubst du vielleicht, ich würde meine geheimen Pläne zum Aufstand einem Weibsbild verraten?«

Stöhnend kniff Elswyth die Augen zusammen.

»Gehorche mir, und ich werde dich mit ungeahntem Reichtum überhäufen.« Er ließ einen Finger über ihren Unterleib gleiten und schob ihr dann das Hemd über die Hüften hoch.

»Nicht, Cerdic«, bettelte sie.

Er lächelte. Ihre Bitte wäre ohne den erwartungsvollen Unterton wesentlich glaubwürdiger gewesen. Außerdem strafte die feuchte Hitze zwischen ihren Beinen ihre Worte Lügen. Keine andere Frau fand so viel Gefallen an grober Behandlung wie Elswyth.

»Gehorchst du mir jedoch nicht …«, hier hob Cerdic seine Tunika und nestelte das Band der Beinlinge auf, »dann wird nichts von dir übrig bleiben, was man noch begraben könnte.«

»Ich habe Euch so vermisst«, keuchte sie nur Sekunden später. »Für Euch würde ich alles tun!«

6

Trotz der Schmerzen in seinem Unterarm, wo ihn die Schwester der Herrin von Cyning verletzt hatte, grub Varin weiter. Das Kratzen der Schaufeln und das dumpfe Dröhnen der Äxte zerteilte die Erde ringsum, während die schwer atmenden Männer und Jungen sich gelegentlich Bemerkungen zuriefen.

Noch immer bereitete ihm der Gedanke, Lady Roscelyn für ihre Unhöflichkeit gestern Morgen an der Gurgel zu packen und zu schütteln, ungeahnte Erregung, und diese musste er erst irgendwo loswerden, bevor er erneut mit ihr sprach.

Varin warf eine Schaufel voll Erde über die Schulter und verzog das Gesicht.

Die Erinnerung an ihren niedlichen Körper kühlte ihn auch nicht gerade ab. Er hatte nicht wenig Zeit damit verbracht, sich ihre Brüste vorzustellen und sich zu fragen, ob sie sich wohl genauso köstlich anfühlten wie der Rest.

»Pah!« Er sollte sich lieber um die Verteidigung des Dorfes kümmern.

»Milord?«

Varins Herz schlug schneller, als er Simon im Morgennebel vor sich stehen sah. Hatte der Mann Lady Roscelyn beim Verrat ertappt?

»Was ist?«

Sein Lehnsmann nickte bedeutungsvoll, und Varin folgte seinem Blick, der zu den beiden Männern wanderte, die neben ihm arbeiteten.

Verfluchte Höllenpest! In seinem Eifer, so schnell wie möglich zu erfahren, was Simon ihm sagen wollte, hatte er völlig die beiden Dörfler vergessen, die sich in seiner nächsten Nähe im Schweiße ihres Angesichts abrackerten. »Einen Augenblick«, sagte Varin.

Dann schlug er dem Dörfler, der direkt neben ihm grub, auf den kräftigen Rücken. »Ulric, nicht wahr?«

Der Mann mit dem Stiernacken richtete sich auf und wischte sich den Schweiß ab, der ihm trotz des eisigen Nebels von der hellen Stirn tropfte. »Ganz recht, Ulric«, bestätigte er zögernd.

»Wenn du mich kurz entschuldigen würdest, Ulric. Ich bin bald zurück.«

Die Brauen des Mannes zogen sich zusammen, und er blinzelte verwirrt.

»Ich muss mich um eine wichtige Angelegenheit kümmern«, erklärte Varin. »Du und ... Hogarth, oder?«

Der drahtige Mann an Varins anderer Seite blickte auf und nickte langsam, während sich seine Stirn in Sorgenfalten legte.

»Bitte, lasst euch nicht bei der Arbeit stören.« Varin bemühte sich, den Mann, der sich offenbar unbehaglich fühlte, durch lobende Worte zu beruhigen. »Ihr seid sehr tüchtig. So schnell wie möglich bin ich zurück.«

Damit bohrte er seine Schaufel in die Erde, kletterte aus dem Graben, blieb stehen und sah sich aufmerksam um.

Was machte Arnulf eigentlich dort drüben?

Er hielt die Zugstangen einer kleinen Karre, vor die man normalerweise einen Ochsen spannte, und rief einer Gruppe Dorfjungen herausfordernd zu: »Mehr, mehr! Ist immer noch so leicht wie eine Feder.«

Zwischen den Erdhaufen, die sich neben den Gräben aufzutürmen begannen, liefen Kinder hin und her und schleppten Steine herbei, die sie auf den Karren hievten.

Ein einäugiger, Feuer speiender, Kinder fressender Riese! Varins Nasenflügel blähten sich. Nicht einmal eine Maus würde vor Arnulf erschrecken. Wie der Riese das Geschrei so vieler ausgelassener Rangen ertragen konnte, ging über Varins Verstand.

Trotzdem war er dankbar. Die kleinen Jungen verrichteten eine wertvolle Arbeit. Steine waren hier so rar, dass jeder einzelne davon verwendet werden musste. Sie wurden gebraucht, um die Grabenwände zu befestigen.

Er bedeutete Simon, ihm zu folgen, und schlug den Weg zu einem Nebenfluss ein, der hinter dem Herrenhaus in die größere Ouse mündete.

Hier war der Nebel noch undurchdringlicher und trieb in so dichten Wirbeln über dem Wasser, dass er die Männer, die hier gruben, kaum erkennen konnte.

»Was gibt's?«

»Nichts, Milord. Die Lady und ihre Schwester sind aus dem Dorf zurückgekehrt und jetzt bei den Schafen. Angesichts der vielen Arbeit dachte ich, ich könnte Euch woanders vielleicht nützlicher sein.«

Varin schüttelte erstaunt den Kopf. Damit hatte er nun wirklich nicht gerechnet. »Bei den Schafen?«

Simon nickte.

»Was machen sie dort?«

Der junge Lehnsmann zuckte die Achseln. »Sie binden den Tieren rote Schnüre um den Hals.«

Varin senkte die Lider und rieb sich die Schläfen. Warum, um alles in der Welt, band jemand rote Schnüre um Schafshälse?

Er schlug die Augen wieder auf und atmete tief aus. »Nun gut. Du übernimmst meinen Platz im Graben. Ich kümmere mich um die Damen.«

Mit einer kurzen Verbeugung eilte Simon davon, und Varin schlenderte ans Flussufer.

Gestern Abend hatte er Lady Roscelyn, die beim Abendessen neben ihm gesessen hatte, mit voller Absicht keines Blickes gewürdigt. Hätte er den Mund geöffnet, so hätte er damit nur das Gift freigesetzt, das er schon bei ihren Kommentaren gestern Morgen so freigebig verspritzt hatte, als er sich den Dörflern am Brunnen vorstellte. Damit hätte er sich die letzte Aussicht, sie jemals zur Preisgabe wichtiger Informationen zu bewegen, ruiniert.

Der wespengleiche Stich ihrer spitzen Zunge hatte ihn die ganze Nacht verfolgt und seine Träume nicht gerade versüßt. Als sie heute Morgen aus der Halle verschwunden war, hatte dies seinen Zorn so angefacht, dass er sogar beim Graben mithalf, trotz des heftigen Pochens, das unverzüglich in seinem verletzten Arm einsetzte.

»Geduld!«, ermahnte er sich ächzend.

Geduld.

Varin konnte es sich doch nicht gefallen lassen, wie die Frau seine Befehle vor allen Bauern des Dorfes in Frage stellte. Damit entstand nur Zwietracht unter den Dörflern.

Geduld.

Er würde ihr deutlich zu verstehen geben, dass er ihr ihre Aufsässigkeit nicht durchgehen ließe; aber er würde das mit Umsicht und Geschick bewerkstelligen. Zumindest wusste er seit gestern Morgen, dass die Dame klüger war, als er zuerst angenommen hatte.

Er starrte in den dichten Nebel über dem Fluss. Nicht, dass ihn ihre Einwände bezüglich der Leute überzeugt hätten. Felder, Obstbäume und Tiere, pah!

Die Dame hatte sich seinen Verteidigungsplänen nur deshalb widersetzt, weil es dadurch für ihren Ehemann und seine dänischen Verbündeten schwieriger wurde, Cyning zu erobern.

Diese Vorstellung entfachte aufs Neue seine Wut, die er sich so verzweifelt zu unterdrücken mühte. Varin knirschte mit den Zähnen.

Geduld, bei allen Heiligen.

Hielt diese Frau ihn wirklich für derart einfältig, oder warum glaubte sie, ihn mit so schwachen Argumenten überzeugen zu können? Nahm sie wirklich an, sie könnte ungestört seine Autorität unterlaufen?

Ohne Vorwarnung legten sich auf einmal zwei Pfoten so schwer auf Varins Schulter, dass er beinahe in den Fluss gestolpert wäre.

»Bei Christi Knochen!«, schrie er und hob schützend die Schultern vor der nassen Zunge, die ihm über den Nacken fuhr. Er schüttelte den Zottelbär ab und drehte sich um, um das Tier zu verscheuchen. »Scher dich fort, du Flohfänger, bevor ich dir einen kräftigen Tritt versetze!«

Der Hund, von der Drohung völlig unbeeindruckt, wedelte begeistert mit dem Schwanz, und in den braunen Augen lag ein Ausdruck überschäumender Freude. Tatsächlich hätte man meinen können, der Hund lächelte, so wie ihm die Zunge aus dem offenen Maul hing.

Denselben Ausdruck hatte er oft bei Lack gesehen.

»Pah! Räudiger Köter«, knurrte Varin und schwor sich, den dringenden Verdacht, dieser Hund sei tatsächlich der wieder geborene Lack, nicht weiter zu beachten. Das war einfach unmöglich. Er hatte das Tier ja eigenhändig begraben.

Trotzdem musterte er prüfend dessen Rückenfell und suchte nach der Narbe des Schwerthiebs, der Lack damals getötet hatte. Das Fell war zu dicht und er widerstand der Versuchung, genauer nachzusehen.

Stattdessen blickte er den Hund böse an. »Weißt du denn nicht, dass es sich für Männer nicht gehört, einander zu küssen? Aber was soll man schon von einem Hund namens Poppit erwarten. Keiner guter Name für ein …«

»Da steckst du also, Junge!«

Varin erstarrte. Die Dorfhexe.

Gab es denn nirgendwo ein Entkommen vor der Alten?

»Ich bring dir'n frischen Umschlag.«

Varin dankte es ihr mit einem säuerlichen Blick. »Mir fallen viele Worte für deine Umschläge ein, aber *frisch* gehört nicht dazu.«

Obwohl er sich über sie ärgerte, hatte er es mittlerweile aufgegeben, die Alte an ihren Samariterdiensten zu hindern. Er rollte den Ärmel hoch und hielt ihr den Arm zur Begutachtung unter die Nase.

»Ist ja alles ganz geschwollen. Was haste denn angestellt?«

»Ich habe ...«

Die Worte blieben ihm im Hals stecken, als er das hoch gewachsene, spindeldürre Geschöpf dicht hinter der Hexe bemerkte. Was mochte das wohl sein? Vielleicht ein Mädchen?

Wie auch immer, ihre Augen jedenfalls hatten unterschiedliche Farben, eines war grün und das andere schwarz.

Varin starrte sie an. Wenn Arnulf sich schon vor der Hexe fürchtete, dann würde er beim Anblick dieser ... dieser ... Bohnenstange tot umfallen. Mit ihrem schwarzen Haar und den knochigen Armen erinnerte sie ihn an eine Spinne.

Als hätte das Geschöpf seine Gedanken gelesen, hob es jetzt eine schwarze Braue und kräuselte die Lippen.

Im selben Augenblick klatschte die Hexe kräftiger als nötig einen neuen Umschlag auf Varins Arm.

»Bei Christi blutigen ...«

»Pass auf, was du da sagst, Junge! Nich', dass meine Urenkelin dich fluchen hört.«

Varin klappte den Mund zu. Es war ihm selbst ein Rätsel, warum er es sich gefallen ließ, dass die Hexe so ungeniert mit ihm umsprang.

Allerdings musste er zugeben, dass ihre Umschläge, auch wenn sie noch so stanken, die Schmerzen in seinem Arm beträchtlich linderten.

»Gib am besten Ruhe. Die Schwellung da is' nämlich ganz schlecht fürs Heilen.«

Mit diesen Worten machte die Alte auf dem Absatz kehrt und ging zum Herrenhaus, dicht gefolgt von ihrer spinnenhaften Urenkelin.

Varin wandte seine Aufmerksamkeit wieder dem Hund zu, der immer noch neben ihm hockte.

Ein nutzloser Riesenköter, den keiner fürchtete, eine übellaunige Hexe mit Spinnenverwandschaft, ein dämonisches Kind, das ihm mit dem größten Vergnügen bei lebendigem Leib das Herz aus der Brust schneiden würde, und eine spitzzüngige, junge Frau, die auf Dächer kletterte und Schafen Schnüre um den Hals band.

Varin reckte die Arme gen Himmel. Auf Ehre! Er wusste nicht, welche abscheuliche Sünde er begangen hatte, um so hart bestraft zu werden.

Roscelyn rieb sich den Rücken, der vom Kampf mit den Schafen schmerzte. Obwohl sie schlecht auf Lufu zu sprechen war, hatte sie die alte Frau heute Morgen um Hilfe bitten müssen.

Eigentlich hätte sie das bereits gestern Abend tun sollen, als ihr auffiel, dass einige der Schafe krank waren.

Aber nein. Ihr Temperament hatte die Oberhand behalten, und sie weigerte sich, mit Lufu zu reden, nachdem die Dorfälteste es gestern zum dritten Mal abgelehnt hatte, sie mit einem Schlafmittel auszustatten.

Schmollend schürzte Roscelyn die Lippen. Es war ihre Schuld, wenn die Schafe starben. Obwohl sie noch vor dem Frühstück zu Lufu gegangen war, konnte es für die kranken Tiere schon zu spät sein.

Sie zuckte zusammen, als hinter dem Herrenhaus, wo ein halbes Dutzend Männer damit beschäftigt war, massive Balken ineinander zu fügen – Roscelyn hatte nicht die geringste Ahnung, wozu das gut sein sollte – ein besonders lauter Axthieb ertönte. Aber das spielte jetzt auch keine Rolle mehr. Wenn die Schafe nicht alle an der Räude eingingen, dann bestimmt durch den unaufhörlichen Lärm.

»Verfluchte Höllenpest, bei dem Krach fliegen mir noch mal alle meine Ohren ab!«

Roscelyn vernahm die gereizte Stimme der Dorfältesten

hinter ihrem Rücken, und als sie sich umdrehte, sah sie, wie Lufu und Golde sich dem Schafspferch näherten.

Wulfwyn öffnete ihnen eilig das Gatter.

»Ich seh schon, du hast die Kranken markiert«, bemerkte Lufu, während sie den Pferch betrat.

Roscelyn nickte und musterte prüfend die Anzahl der Tiere mit roten Schnüren um den Hals. »Es sind so viele, dass ich denke, wir sollten vielleicht besser die ganze Herde behandeln.«

»Da haste Recht, glaub ich!« Lufu trat näher, um die Schafe genauer zu beäugen. »Haste noch Schnüre mit 'ner andern Farbe?«

Mit dem Kopf wies Roscelyn zu einer Stelle am Zaun, wo unterschiedlich lange, blaue Schnüre hingen. »Wir können diese zurechtschneiden.«

Lufu nickte. »Dann wolln wir mal mit denen anfangen.«

Sobald Wulfwyn die Schnüre vorbereitet hatte, wandte sich die Dorfälteste an ihre Urenkelin. »Gib mir jetzt die Medizin.«

Und damit fing die Arbeit an.

Wulfwyn schlang ein Seil über den Kopf eines Mutterschafs und zog es mit aller Kraft stramm, während das Schaf sich störrisch dagegen wehrte.

Roscelyn holte tief Luft, packte die flohverseuchten, grauen Ohren des Tieres und schwang sich rittlings auf seinen Rücken. Es begann zu blöken, während sich seine wolligen Gefährten aneinanderdrängten und unter lautem Gebrüll einen Ausweg aus der Umzäunung suchten, um der Tortur zu entgehen, der das Mutterschaf soeben unterzogen wurde.

Angewidert verzog Roscelyn die Miene, als ihr der Gestank von Kot und Urin in die Nase stieg.

»Drück den Kopf weiter nach oben«, befahl Lufu.

Roscelyn legte die Hand unter den faltigen Hals des Tieres

und drückte seinen Kopf gewaltsam hoch. Keine leichte Aufgabe, denn immerhin hatte das Schaf die Hälfte ihres eigenen Gewichts.

»Wie viel Medizin soll ich ihm geben?«, fragte Lufu Golde.

Roscelyn stöhnte auf. »Jetzt ist keine Zeit für eine Unterrichtsstunde, Lufu.«

»Sei still. Wie viel?«

Prüfend musterte Golde das Tier. »Einen Löffel.«

Lufu schob einen Löffel der braunen, sirupartigen Flüssigkeit in das Maul des Schafes und nickte. Dann knüpfte Golde ihm die rote Schnur vom Hals und ersetzte sie durch eine blaue.

Wulfwyn löste das Seil, und Roscelyn sprang hastig zur Seite, als das Tier mit einem Satz davonhüpfte.

So ging es weiter, bis schließlich die ganze Herde blaue Schnüre um den Hals trug.

»Waren das alle?«, fragte Wulfwyn.

»Nein«, erwiderte Golde. »Ich habe noch eine blaue Schnur.«

Jetzt wischte sich Roscelyn die Hände an den Falten ihrer braunen Tunika ab und warf ihren Zopf über die Schulter. Sie kniff die Augen zusammen und spähte nach einem Schaf ohne blaue Schnur aus.

»Ich seh's!«, rief Wulfwyn und schoss wie der Blitz mitten in die Herde.

»Was tust du alles in die Medizin?«, wollte Lufu von Golde wissen, während Roscelyn beobachtete, wie Wulfwyn das Seil ein letztes Mal warf.

»Lupinien …« Goldes tiefe Stimme verstummte für einen Augenblick, bevor sie fortfuhr: »Bärlauch, Fenchel …«

»Nein!«, kreischte Lufu, womit sie Roscelyn aus ihren Gedanken riss. »Das is' der Trank für plötzlichen Tod. Kannst du dir denn gar nix merken?«

»Reg dich nicht auf«, entgegnete Golde ungerührt. »Ich

wollte nur prüfen, ob dein Verstand noch so scharf ist wie immer. Hab sagen hören, dass er bei älteren Leuten manchmal nachzulassen beginnt.«

»Undankbares Gör«, schnaubte Lufu. »Glaubste vielleicht, ich hätt nix Besseres zu tun, als mir dein Geschwätz anzuhören?«

Geschickt wich Golde dem Hieb aus, den Lufu ihr auf den Arm versetzen wollte, und Roscelyn lächelte trotz ihrer Rückenschmerzen. Niemand sonst wagte es, so mit der knurrigen Alten umzuspringen.

»Beruhig dich, Mimskin«, meinte Golde jetzt besänftigend. »Ich weiß, welche Zutaten man für das Gebräu braucht.«

»Dann raus mit der Sprache«, schnappte Lufu.

»Für Pocken und Räude bei Schafen«, leierte Golde herunter, »Lupinien, den unteren Teil des Farns, den oberen Teil des Scharbockskrautes und große, gemahlene Bohnen.«

»Weiter, weiter«, drängte Lufu.

»Zerstampfe alles, mische es mit Honig und Wasser. Dosiere je nach Größe des erkrankten Schafes und Krankheit jeden Tag eine Woche lang.«

»Bist doch Fleisch von meinem Fleisch«, knurrte Lufu. »Aber woher du deine spitze Zunge hast, weiß ich wahrhaftig nich'.«

»Jedenfalls ganz bestimmt nicht von dir«, erwiderte Golde, und entging knapp einem zweiten Klaps. »Weißt du, Mimskin, jemand muss doch von Zeit zu Zeit deinen Verstand auf die Probe stellen, sonst würde er ja völlig verkümmern. Eigentlich solltest du mir dankbar sein.«

»Ros«, keuchte Wulfwyn, die das letzte Schaf gefangen hatte.

Roscelyn hob ihre Röcke an und eilte zu ihrer Schwester, um sich auf das Tier zu setzen.

Plötzlich hatte sie eine Idee. Golde! Warum hatte sie nicht schon früher daran gedacht? Bestimmt kannte Lufus Urenkelin die Zutaten für ein Schlafmittel, genauso, wie sie die Zutaten der Medizin gegen Räude wusste.

Wulfwyn lockerte das Seil, und Roscelyn hatte das Bein schon halb über den Rücken des Tiers geschwungen, als plötzlich ein lautes Splittergeräusch ertönte. Das Tier bäumte sich auf, und Roscelyn verlor das Gleichgewicht.

Einen Augenblick lang schwankte sie und ruderte haltsuchend mit den Armen durch die Luft. Dann fiel sie mit einem dumpfen Plumps auf den Rücken.

»Alles in Ordnung?«, erkundigte Golde sich.

Roscelyn sah die hoch gewachsene junge Maid an. Es war ihr gleichgültig, dass Goldes Mundwinkel vor unterdrückter Heiterkeit zuckten. Genauso wenig kümmerte es sie, dass Wulfwyn in haltloses Gelächter ausgebrochen war. Und es spielte nicht die geringste Rolle, dass sie mitten im Dreck hockte.

Golde war die Lösung ihrer Probleme!

Sie versuchte sich aufzurichten, ohne dabei die schleimige Substanz zu berühren, die den Boden des Pferchs bedeckte. Schließlich packte Golde ihren Arm und zog sie auf die Füße.

»Besten Dank!« Sie neigte leicht den Kopf in Richtung der Halbwüchsigen und nickte anschließend Lufu zu. »Und auch dir vielen Dank für deine Mühe!«

Sie hielt den Saum ihres Rockes so weit wie möglich von sich entfernt, als sie sich auf den Weg zum Gatter begab. »Wulfwyn, schaff zur Sicherheit die roten Schnüre noch in den Stall hinüber. Dann sei so nett und bring mir eine Tunika und ein frisches Hemd in die Küche.«

Jetzt ein schnelles Bad, ein Kleiderwechsel – anschließend würde sie Golde …

Roscelyns Schritte wurden langsamer. Wenn sie Golde um ein Schlafmittel bat, zwang sie das Mädchen damit, die eigene Urgroßmutter zu hintergehen. Sie warf einen Blick über die

Schulter und sah, wie Lufu und Golde langsam über den Hof des Herrenhauses schlenderten.

Sie ließ die Schultern hängen. Nein. Das durfte sie einfach nicht tun. Es war nicht nur Unrecht, sondern brachte Golde obendrein auch in Gefahr, falls die Normannen …

»Uff!« Plötzlich stieß Roscelyn mit de Brionne zusammen.

Sie taumelte rückwärts, und er packte sie am Ellbogen, um zu verhindern, dass sie stürzte. Wahrhaftig, sein Körper hatte sich angefühlt, als sei sie gegen eine Steinmauer gerannt.

»Verzeiht, Milord! Ich habe Euch nicht gesehen.«

Er hob spöttisch eine Braue und schüttelte dann nachsichtig den Kopf. »Ich würde gerne mit Euch sprechen.«

»Später«, gab sie zurück. Der Gedanke an die Badewanne in der Küche war zu verlockend.

Sein Griff um ihren Ellbogen wurde fester. »Jetzt.«

Allmächtiger! Sie blinzelte zu de Brionnes entschlossenem Kinn hinauf und blickte in seine zornigen Augen. Es war gar nicht ihre Absicht gewesen, ihn zu verärgern.

»Verzeiht«, sie schlug ihren unterwürfigsten Ton an, »ich habe …«

»Ihr werdet Euren Mund halten und nur sprechen, wenn ich es Euch gestatte«, blaffte er und zerrte sie in Richtung Halle.

Widerspenstig bohrte Roscelyn die Hacken in den Boden. »Aber Milord …«

Sie schnappte nach Luft, als de Brionne sie herumwirbelte, bis sie vor ihm stand. »Ruhe!«, brüllte er und seine blauen Augen funkelten.

Mit einem Mal herrschte auf dem Hof des Herrenhauses Totenstille, und als Roscelyn um sich blickte, stellte sie fest, dass alle Umstehenden das Schauspiel gebannt beobachteten.

Vor Wut richtete sie sich kerzengerade auf und biss die Zähne zusammen. Als de Brionne sie vor sich herschubste, leistete sie keinerlei Widerstand. Sie war viel zu sehr damit beschäftigt, sich die unterschiedlichsten Todesarten für ihn auszudenken.

Hätte sie jetzt ein Schwert zur Hand, so würde sie keine Sekunde zögern und es ihm tief in sein arrogantes, schwarzes Herz stoßen!

Als sie schließlich die Halle erreichten, war ihr Kiefer so verklemmt, dass sie Zweifel hatte, ob sie überhaupt noch reden konnte. Er drückte sie auf eine Bank; sie legte die geballten Fäuste in den Schoß und starrte geradeaus.

Die Hände in die Hüften gestemmt, stand Varin vor ihr. Er musterte ihre flammenden Wangen, das eigensinnig vorgeschobene kleine Kinn und das wölfische Glitzern in ihren goldfarbenen Augen.

Ihr Zorn brachte ihn natürlich noch mehr auf.

»Meine Geduld mit Euch ist erschöpft, Weib«, fauchte er. »Ihr widersprecht mir mit jedem Wort, was ich einfach nicht länger hinnehmen werde. Von jetzt an werdet Ihr auf der Stelle zu mir kommen, wenn ich das wünsche. Ihr habt augenblicklich und ohne Zögern meinen Befehlen Folge zu leisten!«

Roscelyn rutschte auf der Bank hin und her, den Blick unverwandt in die Ferne gerichtet.

»Und ab sofort behaltet Ihr Eure Ansichten über Nahrung, Ernten und Pferde gefälligst für Euch. Ihr werdet meinen Anordnungen nicht widersprechen und auch keine Unzufriedenheit unter den Bauern schüren!«

Varin runzelte die Stirn. War Roscelyn eben noch nur unruhig hin- und hergerutscht, so wand sie sich jetzt derart heftig, dass er sich fragte, ob überhaupt ein Wort von dem, was er gesagt hatte, in ihre Ohren gedrungen war.

Falls sie ihn gehört hatte, ließ sie sich jedenfalls davon nichts anmerken.

Er legte ihr die Hand unter das Kinn und hob ihr Gesicht gewaltsam hoch. »Hört endlich mit dem Gezappel auf!«

»Ooooh!«, schrie Roscelyn.

Sie sprang auf die Füße und sauste an ihm vorbei.

»Nehmt sie weg!«, kreischte sie und schüttelte ihre Röcke aus.

»Was soll ich denn wegnehmen? Eure Kleider?«, donnerte er. Das war ja nicht zu fassen!

»Oooh! Oooh!« Sie drehte sich um sich selbst und zerrte dabei krampfhaft an ihrer Tunika. »Die Mistwürmer! Nehmt sie weg!«

Allmächtiger, sie sah aus wie eine Katze, die ihrem eigenen Schwanz hinterherjagte.

Varin packte sie bei den Schultern und hielt sie fest. »Mistwürmer?«

Sie erschauerte, während sie unablässig von einem Fuß auf den anderen hüpfte. »Ich bin im Schafspferch hingefallen. Sie krabbeln überall auf mir herum … Oooh!« Wie von Sinnen schlug sie sich auf den Rücken.

Varin drehte sie schnell herum und sah sofort die weißen Würmer, die sich über ihre Tunika wanden. »Bei Christi blutigen Knochen! Haltet still!«

Er fegte mit der Hand über den braunen Stoff und rümpfte die Nase, als dabei ein widerlicher Gestank aufstieg. »Warum habt Ihr denn nichts gesagt?«

»Ich habe es ja versucht«, stammelte sie mit bebender Stimme. »Aber Ihr wolltet mir einfach nicht zuhören.«

Varin schüttelte den Kopf. *Verfluchte Höllenpest!* Sie würde ihn nicht dazu bringen, dass er Schuldgefühle empfand. »Was hattet Ihr denn im Schafspferch verloren?«

»Ich musste die Schafe gegen Räude behandeln.«

»Habt Ihr dafür denn keinen Schäfer?«

»Doch«, schniefte sie.

»Warum hat dann nicht er diese Arbeit erledigt?«

»Mein Schäfer hilft Euch dabei, Euren Graben auszuheben – genau, wie Ihr es befohlen habt.«

»Hättet Ihr mir nicht ständig widersprochen, hätte ich

Euch auch zugehört«, murmelte er, abgelenkt vom Anblick ihres sich hin und her drehenden Hinterteils.

Trotz der Würmer, trotz des Gestanks, trotz einer warnenden inneren Stimme, die er ignorierte, konnte er einfach nicht anders, als an den reizenden Anblick ihres niedlichen Hinterns in der Hütte der Hexe zu denken und daran, wie sich ihre seidenweiche Haut und das feste, runde Fleisch angefühlt hatten.

Varin spürte, wie sich seine Männlichkeit bei diesem Gedanken anspannte. Ihre schlanken Beine, der Druck ihres Hinterns gegen seine Lenden, als er sie durch das Loch im Dach gezogen hatte …

Die Pest möge ihn zum Sohn einer Hündin machen. Er musste so schnell wie möglich etwas gegen seinen keuschen Lebenswandel der letzten Zeit unternehmen.

»Ros?«

Als Varin aufblickte und Roscelyns Schwester im Türrahmen stehen sah, hielt er mitten im Abfegen ihrer Kleider inne.

»Soll ich ein sauberes Gewand und ein frisches Hemd bringen?«, fragte das Mädchen mit unsicherer Stimme.

Varin richtete sich auf. »Ja, beeil dich! Lady Roscelyn wird gleich ein Bad nehmen.«

Wulfwyn eilte blitzschnell in den durch einen Vorhang abgetrennten Teil der Halle, wo sie gemeinsam mit ihrer Schwester schlief.

»Wir unterhalten uns später noch«, wandte er sich dann grummelnd an die Dame des Hauses. »Wenn Ihr nicht mehr so viel zappelt und quietscht.«

7

Als er am nächsten Abend an einem Tisch in der leeren Halle saß, rollte Varin einen hölzernen Becher zwischen den Händen.

Irgendein Fluch musste auf ihm liegen. Es gab keine andere Erklärung für das Pech, das ihn in letzter Zeit verfolgte. Auf unabsehbare Zeit würde sein Seneschall von jetzt an damit beschäftigt sein, den englischen Grundbesitz König Williams zu berechnen. Ein Bote des Königs hatte Varin die Nachricht heute Morgen direkt nach dem Frühstück überbracht.

Er setzte den Becher an die Lippen und leerte ihn erst mal bis zur Hälfte. Das Bier schmeckte sauer, und er rieb sich die Kehle.

Kein Seneschall! Niemand, der sich um sein Lehen kümmerte! Niemand, der ihm sagte, wie viel Hufe Land er besaß, wie viel Wald darauf lag, und was ihm die Bauern an Pacht oder Arbeitskraft schuldeten. Und das war nur der Anfang.

Lady Roscelyns Bemerkungen über Vorräte, Nahrung, Futter und Vieh schwebten über seinem Haupt wie ein Henkersbeil.

Varin konnte zwar kaum rechnen, aber blind war er trotzdem nicht. Er hatte die Vorräte des Herrenhauses bei seiner Ankunft gesehen. Nachdem der Bote davongeritten war, hatte er die Vorratskammern ein zweites Mal aufgesucht, um zu prüfen, wie lange alles ausreichen würde. Der Unterschied war unübersehbar gewesen. Grob geschätzt nahm Varin an, dass mindestens jeder zwölfte Sack Mehl oder Korn fehlte.

Bei dieser Geschwindigkeit würden die Scheuern bald leer sein. Obendrein wusste er nicht, wie viele Lebensmittel er für sein Geld bekommen würde.

Voller Selbstverachtung kräuselten sich Varins Lippen, und er stürzte das restliche Bier hinunter. Als besonders bitter empfand er es, dass nur ein einziger Mensch hier ihm weiterhelfen konnte. Lady Roscelyn hatte während seiner Rede am Brunnen bewiesen, dass sie sich in den Belangen des Dorfes bestens auskannte, und er hatte bereits Arnulf nach ihr geschickt.

Finster runzelte Varin die Stirn. Es blieb ihm nichts anderes übrig, als um die Gunst der Dame zu bitten und betteln. Sonst hatte er keine Aussichten, sich als Herr von Cyning durchzusetzen. Er wusste so wenig über seine neuen Aufgaben und Pflichten, dass er ebenso gut unbewaffnet und ohne Rüstung auf ein Schlachtfeld ziehen könnte, dessen genauen Standort er nicht kannte. Entschlossen schob er diese düsteren Gedanken beiseite, bevor sie ihn völlig entmutigten.

»Pahh!« Varin schüttelte den Kopf. Hätte er doch bloß den Arbeitern keine tägliche Mahlzeit zugestanden.

Er verdrehte die Augen. Hätte er doch bloß Lady Roscelyn nicht als Schnattergans bezeichnet!

Energisch versuchte er, die Erinnerung an seinen jüngsten Fehler zu verdrängen.

Hätte er doch um alles in der Welt genügend Höflichkeit besessen, Lady Roscelyn gestern Morgen ausreden zu lassen, bevor er ihr in so *wohlgesetzten Worten* eine Rüge erteilte. Jetzt war es *ihm* äußerst unangenehm, dass er sie gezwungen hatte, vor ihm sitzen zu bleiben, während ihre Kleider von Würmern nur so wimmelten, und er seine schlechte Laune an ihr ausließ. Es überstieg jedoch sein Vorstellungsvermögen, sich auszumalen, wie wütend Lady Roscelyn gewesen sein musste.

»Noch mehr Bier, Milord?«

Varin, der glaubte, Roscelyn sei gekommen, straffte den Rücken und wollte sich erheben. Aber es war nur die Brünette, die ihm ihre Dienste schon neulich am frühen Morgen so freigebig angeboten hatte. Dieselbe mannstolle Person, die er irrtümlich für Lady Roscelyn gehalten hatte.

»Milord?« Mit dem Bierkrug in der Hand erwartete sie jetzt offenbar seinen nächsten Befehl.

Varin nahm wieder eine bequemere Haltung an und hielt ihr den Becher hin. »Danke, Edith.«

»Elswyth«, verbesserte sie.

»Ja, nun …« Er räusperte sich. »Stell den Krug auf den Tisch und bring noch einen zweiten Becher her. Lady Roscelyn wird mir Gesellschaft leisten.«

»Ach ja?« Die blaugrünen Augen der Dienerin glitzerten neugierig. »Ich hoffe, es ist alles in Ordnung?«

»Gewiss«, erwiderte Varin zerstreut.

In Anbetracht seines niederträchtigen Benehmens würde er Lady Roscelyn zuerst um Entschuldigung bitten. Das war das Mindeste. Sollte sie sich jedoch weigern, ihm zu verzeihen …

»Milord?«, unterbrach die Brünette seine Gedanken.

»Was gibt's denn noch?«

»Ich fragte, wie es Eurem Arm geht.«

»Von Tag zu Tag besser«, beschied er ihr und sah sich dabei misstrauisch um.

Tauchte etwa gleich wieder die alte Hexe aus dem Nichts auf, um einen dieser stinkenden Umschläge auf seine Wunde zu klatschen?

»Soll ich mir Eure Verletzung einmal ansehen?«

»Ansehen?« In der Ecke hinter dem Herdfeuer schien sich plötzlich etwas zu bewegen, und Varin kniff witternd die Augen zusammen.

»Euren Arm ansehen!«

Nein, es war nur der Schatten eines Stützpfeilers gewesen, der im Licht des Herdfeuers zu schwanken schien. Er war allein mit diesem lästigen Weib. »Danke, dass du dich so um mich kümmerst, Elspen …«

»Elswyth.«

Elswyth, Elswyth, Elswyth. Varin versuchte, sich ihren

Namen fest einzuprägen und entließ sie dann mit einer Handbewegung. »Ich brauche nur einen zweiten Becher.«

»Wie Ihr meint, Milord.«

Die Brünette beugte sich genau in dem Augenblick vor, um den Krug auf dem Tisch abzusetzen, als die Eingangstür zur Halle geöffnet wurde.

Lady Roscelyn.

Als Varin sich erhob, um sie zu begrüßen, schlug er der Dienerin dabei versehentlich den Krug aus der Hand.

»Verzeih, Elspen.« Er packte sie am Unterarm, als sie zurücktaumelte. Die Vorderseite ihres Gewandes war von Bier durchtränkt.

»Elswyth«, verbesserte sie etwas atemlos und klammerte sich haltsuchend an seine Tunika. »Es war meine Schuld. Ich hätte besser aufpassen sollen.«

Sie ließ Varins Tunika los und tätschelte seine Brust. »Zumindest habe ich kein Bier über Euch gegossen. Aber schaut nur, wie ich aussehe.«

Mit tadelndem Schnalzen befühlte sie den feuchten Stoff und ließ dabei die Hände über ihre Brüste gleiten.

Varin wurde immer klarer, was sie im Schilde führte. Er betrachtete ihre leuchtend blaues Gewand. Mindestens um die Hälfte zu klein, schätzte er. Ihre Brustwarzen traten außerdem so deutlich unter dem Stoff hervor, dass sie offenbar auch kein Hemd trug.

Unwillkürlich lächelte Varin. Das musste wirklich ein schwarzer Tag sein, wenn er nicht einmal mehr bemerkte, dass eine Frau ihn verführen wollte. Und um die Wahrheit zu sagen, wäre Lady Roscelyn nicht gekommen und hätte er sich deswegen nicht erhoben und das Bier verschüttet, so hätte er auch jetzt noch nicht das Geringste von Eldreds Plänen bemerkt.

»Schick jemand anderen mit einem Becher und einem neuen Krug«, befahl er. »Dann kannst du dich um dein Kleid kümmern.«

Die Brünette warf ihm einen kecken Blick zu und stolzierte mit wiegenden Hüften zur Seitentür.

Kopfschüttelnd wandte Varin seine Aufmerksamkeit …

… Lady Roscelyn zu, die mit verschränkten Armen, Schmollmund und hocherhobener Nase im Türrahmen stehen geblieben war.

Für einen Augenblick musste Varin der Versuchung widerstehen, schuldbewusst das Haupt zu senken. Die Dame schien tatsächlich sehr entrüstet über sein gestriges Verhalten.

»Stimmt etwas nicht, Milady?«, fragte er und hoffte, dass sein besorgter Ton ihren Zorn vielleicht etwas besänftigen würde.

»Ihr habt mich zu Euch befohlen, oder etwa nicht?«, wollte sie wissen.

»Ich habe Euch zu mir …« er betonte das Wort mit besonderem Nachdruck, »… gebeten.«

»Ihr erwartet mich also«, sagte sie herausfordernd, als könnte er das am Ende abstreiten.

Varin zuckte die Achseln und schüttelte den Kopf, um seine Ahnungslosigkeit, worauf sie hinauswollte, zu überspielen.

»Oder etwa nicht?«

Um Himmels willen, was sollte er darauf bloß erwidern?

»Selbstverständlich habe ich Euch erwartet. Ich verstehe gar nicht …«

»Vielleicht bin ich für Euch nur ein angelsächsisches Weibsstück …« sie funkelte ihn zornig an, »… aber ich bin es nicht gewohnt, zuzusehen, wie ein Mann und eine Frau miteinander schäkern.«

»Schäkern?«

»Glaubt ja nicht, dass Ihr mich mit Eurem erstaunten Blick zum Narren halten könnt! Es war doch deutlich, dass Ihr und … Ihr wart offenbar damit beschäftigt, zu … jedenfalls hat es Euch Vergnügen bereitet …«

»Ihr vermutet, dass Eldreth und ich …«

»Elswyth«, verbesserte sie kurz angebunden.

Varin fletschte die Zähne und flehte um Geduld. Ihr anklagender Ton war schon deswegen besonders aufreizend, weil er jeglicher Grundlage entbehrte.

»Wahrhaftig, Milady, Ihr klingt wie eine eifersüchtige Ehefrau!« Die Worte waren heraus, ehe er es verhindern konnte.

Roscelyns Augen weiteten sich überrascht. Sie sperrte den Mund auf, als sie empört nach Luft schnappte.

Plötzlich verflog Varins Ärger und verwandelte sich in Heiterkeit. Wie bezaubernd sie doch in ihrer Entrüstung aussah, die ihre Augen golden funkeln ließ und den Wangen einen rosigen Schimmer verlieh. Ihr Blick war heiß genug, um den Frost einer Winternacht aufzutauen.

»Ich bin eifersüchtig!«, entfuhr es Roscelyn schließlich.

»Ihr gebt es also zu.«

Das Rot auf ihren Wangen wurde noch tiefer, und sie ließ plötzlich die Arme an den Seiten herunterfallen. »Wa ... Ihr ... nichts dergleichen gebe ich zu!«

Varin bedeckte den Mund und hüstelte, um sein Grinsen zu verbergen. Wahrhaftig, dieser Lady lag das Herz auf der Zunge. Seit seiner Ankunft in Cyning, hatte er sich nicht so köstlich amüsiert.

Wahrscheinlich würde das auch der einzige Spaß sein, den es hier für ihn gab, dachte er ernüchtert. Er musste jetzt unbedingt mit ihr über die verschwundenen Vorräte reden.

»Verzeiht, Milady. Ich war nur etwas zum Scherzen aufgelegt. Um die Wahrheit zu sagen, Eldreth ...«

»Elswyth«, zischte sie.

»Eldred, Elspen, Edith, das ist doch gleichgültig, oder? Das Weib hat mir einen Krug Bier gebracht. Ich habe sie nur angewiesen, auch für Euch noch einen Becher zu holen. Das war alles. Jetzt aber setzt Euch bitte zu mir.« Er deutete einladend auf die Bank ihm gegenüber. »Es gibt wichtige Dinge zu besprechen.«

Roscelyn nickte langsam und ging, wie sie hoffte, mit besonders würdevollen Schritten zum Tisch. Das war gar nicht so einfach, denn sie wünschte sich nichts sehnlicher, als sich umzudrehen und so schnell wie möglich die Halle zu verlassen. Die Gegenwart des Mannes verstörte sie und brachte sie dazu, sich gleichzeitig wütend, furchtsam und schwach zu fühlen.

Der riesenhafte Lehnsmann hatte Roscelyn nicht verraten, aus welchem Grunde de Brionne sie zu sprechen wünschte. Auf dem Weg zur Halle hatte sie sich das Gehirn zermartert und sich gefragt, ob jemand sie belauscht hatte, als sie Lufu um das Schlafmittel bat, oder, noch schlimmer, ob jemand die Schriftrolle gefunden hatte. Ja, sie grämte sich sogar, ob Gunderic etwas zugestoßen war.

Als sie schließlich die Halle erreichte und den lüsternen Lord und Elswyth in einem frechen Geplänkel vorfand, gingen ihre ohnehin angeschlagenen Nerven mit ihr durch.

Sie umrundete die Bank, sank darauf nieder und beobachtete dabei de Brionne wachsam, der ihr gegenüber Platz nahm. Während er mit dem Ärmel das Bier vom Tisch wischte, wartete sie gespannt darauf, was er ihr zu sagen hatte.

»Ich, ähm …«, er hielt inne und räusperte sich, den Blick auf die Tischplatte geheftet. »Zuerst einmal sollte ich Euch um Verzeihung bitten.«

Um Verzeihung bitten?

»Es war nicht Recht von mir, dass ich Euch kürzlich als Lady Schnattergans bezeichnet habe.«

»Wie bitte?« Roscelyn blinzelte überrascht.

Endlich hob er den Kopf und sah sie an. »Es ist wichtig, dass niemand meine Autorität vor den Dörflern untergräbt. Sie werden keinem Mann dienen, den sie nicht achten. In Zukunft möchte ich, dass Ihr mir Eure Einwände unter vier Augen mitteilt.«

Das war alles? Er wollte sich nur entschuldigen?

»Vergebt mir, Milord! Von jetzt an sind meine Bedenken nur mehr für Eure Ohren bestimmt. Kann ich jetzt gehen?« Sie machte Anstalten, sich zu erheben.

Er hob jedoch die Hand. »Leider bin ich noch nicht fertig.«

Warum denn nicht? Sie sank wieder auf die Bank zurück.

Einen Augenblick lang schien es, als zögerte de Brionne. Doch dann lächelte er Roscelyn plötzlich an, und nicht einmal die heißen Strahlen der Julisonne hätten sie mit mehr Wärme erfüllen können. »Man rühmt Eure Kenntnisse in der Wirtschaftsführung des Dorfes! Wie kommt es, dass Ihr in diesen Dingen so bewandert seid?«

Entschuldigungen, gefolgt von Komplimenten? Die wohlige Wärme, die sein Lächeln in ihr ausgelöst hatte, wurde von dunklen Wolken des Misstrauens verdrängt. Sie lehnte sich zurück, als könnte ein größerer Abstand zwischen ihnen ihr helfen, seinen Ränken zu entkommen.

»Meine Mutter hat es mir beigebracht. Als sie starb, übernahm ich ihre Aufgaben.«

Varin rieb mit dem Zeigefinger über die Tischplatte. »Es ist ungewöhnlich für eine Frau, solche Kenntnisse zu besitzen.«

Roscelyn schürzte die Lippen, während sie über diese Bemerkung nachdachte. »Wollt Ihr damit sagen, dass ich lüge?«

Sein Blick wanderte wieder zu ihrem Gesicht zurück. »Nein, durchaus nicht! Aber normalerweise sind es Männer, die sich mit der Bewirtschaftung der Ländereien beschäftigen.«

»Ihr denkt also, dass bei Frauen der Verstand dafür nicht ausreicht?«

Varin schlug mit der flachen Hand auf den Tisch, und der Ausdruck in seinen blauen Augen wurde hart. »Ich will Euch keineswegs herabsetzen, und trotzdem sucht Ihr in allem, was ich sage, nach einer Beleidigung.«

»Was soll ich denn davon halten, wenn mich ein Normanne unvermutet mit Entschuldigungen und Komplimenten überhäuft?«

»Ich frage mich langsam, warum ich mich überhaupt an Euch gewandt habe«, knurrte er. »Es wäre viel einfacher, wenn ich Euch Befehle erteilte, und mit dem Tod Eures Leibwächters drohe, falls Ihr nicht gehorcht!«

Lähmende Angst breitete sich in Roscelyn aus. Obwohl sie keine Ahnung hatte, worauf de Brionne anspielte, hatte sie offenbar Gunderic in Gefahr gebracht. Sie öffnete den Mund, um sich zu entschuldigen und seinen Zorn zu besänftigen, aber die Seitentür, die geöffnet wurde und dann mit lautem Krachen wieder ins Schloss fiel, hinderte sie daran.

»Hier is' Euer Bier!« Afled, die Milchmagd, eilte geschäftig herein. Sie trug einen Krug und einen Becher, und ihre runden Wangen waren erhitzt. »Tut mir Leid wegen der Verspätung, aber man hat ja so viel zu tun mit Kochen.«

De Brionne warf ihr einen säuerlichen Blick zu. »Du ahnst gar nicht, wie rechtzeitig du kommst.«

Afled stellte Krug und Becher auf den Tisch und musterte Roscelyn besorgt. »Kann ich Euch noch was andres bringen?«

De Brionne schüttelte den Kopf.

Die Magd sah noch einmal zu Roscelyn hinüber und verkündete: »Dann geh ich mal wieder zurück zur Küche!«

Roscelyn sah ihr nach und wünschte sich insgeheim, die mütterliche junge Frau könnte hier bleiben, damit sie nicht allein bei de Brionne ausharren müsste.

»Bier?«

Zögernd wandte sie ihre Aufmerksamkeit wieder dem Normannen zu und nickte.

Er schenkte ihr ein, schob den Becher dann über den Tisch und stürzte dann selbst rasch zwei Becher hinunter.

»Wo waren wir stehen geblieben?«, fragte er, während er sich zum dritten Mal nachschenkte. »Ach richtig! Ich glaube, wir sprachen über Beleidigungen.«

Roscelyn befeuchtete ihre Lippen. »Verzeiht ...«

»Es ist meine Schuld«, unterbrach er. »Durch meine eigene Unwissenheit verursacht. Ich bitte Euch um Entschuldigung, und der Gedanke ...«

Er hielt inne und holte tief Luft. »... und ich brauche Eure Hilfe.«

Überrascht öffnete Roscelyn den Mund. Entschuldigungen, Komplimente, Drohungen – und jetzt gab dieser Mann auch noch zu, dass er ihre Hilfe brauchte?

Verwirrt musterte sie de Brionne und versuchte, an seiner Miene zu erkennen, ob er es ehrlich meinte. Offen erwiderte er ihren Blick. Kein Zucken seines festen, glatt rasierten Kinns verriet, dass er log.

»Mein Seneschall steht mir für einige Zeit nicht zu Diensten«, erklärte er schließlich. »Deshalb hoffte ich, Ihr würdet mir mit Euren Kenntnissen über die Ländereien von Cyning aushelfen.«

Roscelyn blieb die Spucke weg. Er wollte, dass sie ihm bei der Bewirtschaftung von Cyning half?

Obwohl sein Ton aufrichtig war, beschlichen sie doch Zweifel. Hatte er vor, sie irgendwie hereinzulegen?

»An welche Hilfe dachtet Ihr denn?«, forschte sie vorsichtig.

»Ich bin ein Krieger. Die einzigen Felder, auf denen ich mich auskenne, sind Schlachtfelder. Mit Bauern habe ich bis jetzt nur so viel zu tun gehabt, dass ich bei ihnen über meine Diener Fleisch und Wein bestellte. Und das einzige Tier, mit dem ich umgehen kann, ist mein Pferd.«

»Aber Eure Familie? Gewiss haben ...«

»Ich bin Waise.« Sein Ton war schroff, lud nicht zu weiteren Fragen ein, »und wurde bei Hofe erzogen.«

»Nein, ich verstehe«, murmelte Roscelyn, die überhaupt nichts verstand.

Was dachte sich dieser idiotische König dabei, einen derartig unerfahrenen Mann mit einem so ausgedehnten Besitz wie

Cyning zu belehnen? Allein würde es de Brionne niemals schaffen.

Sie faltete die Hände auf dem Tisch und senkte den Blick, als sie plötzlich ein unerklärliches Mitgefühl für de Brionne überkam.

Vielleicht lag es daran, dass er ihr so freimütig gestanden hatte, wie wenig er über die vor ihm liegende Aufgabe wusste, und aus seiner Verletzbarkeit keinen Hehl machte. Er konnte ja nicht wissen, dass er ihr damit genau das ermöglichte, was sie sich mehr als alles andere wünschte – sich weiterhin um das Wohl von Cyning zu kümmern.

Wie auch immer, plötzlich erfüllte sie Sympathie für den Mann, und ihre Brust schmerzte beinahe, als sie dieses Gefühl entschlossen niederkämpfte.

Für einen Normannen durfte sie nichts anderes als Hass empfinden. Es war ja nicht ihre Schuld, dass sein König ihn in eine so schwierige Lage gebracht hatte. Auf gut Glück hatte dieser schwachsinnige Regent auf alle englischen Güter Männer verteilt, die ebenso unfähig waren wie de Brionne.

Sie würde ohne zu zögern ihre größere Erfahrung ausnutzen.

Roscelyn blickte auf. »Lasst unverzüglich meinen Leibwächter frei!«

De Brionne wollte eben trinken, als sie ihre Forderung äußerste. Er verschluckte sich, schlug den Becher auf den Tisch und wischte sich mit dem Ärmel den Mund. »Euren Leibwächter freilassen! Das fehlte gerade noch!«

Er funkelte sie böse an und räusperte sich umständlich. Als er wieder zu Atem gekommen war, sagte er: »Ihr bringt Euch selbst in Gefahr, wenn Ihr mich für dumm verkaufen wollt, Milady! Ich weiß vielleicht nicht, wie man Landgüter verwaltet, aber ich habe schon mit unverschämten Frauenzimmern zu tun gehabt, deren Verstand weit schärfer war als Eurer – und ich habe noch nie den Kürzeren gezogen!«

»Unverschämt … weitaus klüger …« Roscelyn musste sich zusammennehmen, um ihre Wut zu zügeln. »Wie Ihr mit Frauen umspringt, geht nur Eure Gemahlin und den Priester etwas an. Aber wenn Ihr wollt, dass ich …«

»Ich bin nicht verheiratet …«

»Man kann sich leicht vorstellen, warum …«

»… und meine Hochachtung vor Priestern entspricht in etwa der Euren.«

Roscelyn schnappte nach Luft. »Was meint Ihr damit?«

»Ich habe genau gehört, was Ihr neulich zum Dorfprediger gesagt habt. Dass Ihr ihn dazu verleiten wolltet, die Hütte einer Hexe zu segnen, hat mir deutlich gezeigt, wie wenig Ihr von Kirchenmännern haltet.«

»Ach so?« Roscelyn hob eine Braue. »Ihr hättet ihm also erlaubt, Lufus Hütte abzubrennen?«

»Ohne zu zögern.«

»Und wer hätte dann die Heilumschläge für Euren Arm angerührt?«

»Wenn Eure Schwester nicht wäre, hätte ich auch keine Umschläge gebraucht.«

»Nun gut«, gab sie zu. »Aber wer hätte dann den Heiltrank für den Müller zubereitet, damit er weiterhin Euer Korn mahlen kann? Wer hätte dem Werkzeugmacher Umschläge gegen seine Gicht angelegt, sodass er auch weiterhin Schaufeln und Äxte herstellen kann, mit denen Ihr Eure Gräben aushebt? Wer hätte die Medizin für Eure Schafe gebraut, deren Fleisch Eure Männer essen wollen?«

De Brionnes verdrossener Blick bewies Roscelyn, dass sie ihn davon überzeugt hatte, wie wertvoll Lufu für Cyning war. Ihre Brust schwoll vor Zufriedenheit. Wenn es ihr noch gelang, dass er Gunderic freiließ, könnten der Leibwächter und Wulfwyn sich unbemerkt in der Nacht davonstehlen. »Wenn Ihr wollt, dass ich Eure Geschäfte für Euch führe, müsst Ihr meinen Leibwächter freilassen.«

»Es ist nicht meine Absicht, von Euch meine Geschäfte führen zu lassen. Ihr werdet mich in allem so unterweisen, dass ich mich selbst darum kümmern kann.«

Dieser froschfressende Klotzkopf!

Roscelyn versuchte es mit einer anderen Taktik. »Würdet Ihr Gunderic freilassen, wenn ich Euch mein Wort darauf gebe, dass nichts Unrechtes geschieht?«

»Pah! Ihr habt bestimmt andere Ansichten von Recht und Unrecht als ich, und daher zählt Euer Wort für mich nicht.«

Am liebsten hätte Roscelyn ihren Kopf auf die Tischplatte geschlagen. Oder noch besser, seinen! »Ihr vertraut mir, was die Verwaltung Eurer Ländereien angeht, und zweifelt gleichzeitig an meinem Wort?«

Varins Lippen verzogen sich zu einem grimmigen Lächeln. »Eure Spitzfindigkeit ist an mich verschwendet, Milady. Was Ihr sagt, beeindruckt mich nicht im Geringsten. Ich vertraue Euch so lange, wie Euer Leibwächter mein Gefangener ist. Ihr werdet mir alles erklären und zwar schnell und präzise, oder Euer Mann wird für Eure Halsstarrigkeit mit dem Leben bezahlen!«

Als Roscelyn ihre Aussichten, Gunderic zu befreien, dahinschwinden sah, hängte sie ihre Selbstbeherrschung sofort an den Nagel. »An dieser unwürdigen Erpressung erkennt man, was Ihr für ein hinterhältiger Feigling seid!«

»Ich werde zu jedem Mittel greifen, um *meine* Ländereien und die Leute, die für mich arbeiten, zu schützen.« De Briones Stimme klang rau vor Anspannung. »Ich glaube, in dieser Hinsicht ähneln wir einander, Milady.«

Roscelyn blickte zur Seite, damit er die Wut in ihren Augen nicht sah. Sollte er doch denken, dass sie klein beigab und seine Befehle unterwürfig akzeptierte. Sie würde Gunderic freibekommen, und wenn sie dafür …

»Macht Ihr immer ein so spitzes Mündchen?«, erkundigte sich de Brionne. »Oder wartet Ihr auf einen Kuss?«

Roscelyn starrte ihn an. »Ihr seid ein Schwein!«

»Ein gemeiner, dreckfressender Normanne«, ergänzte er bereitwillig, »aber ein Schwein, dem Ihr dienen werdet.«

»Wenn das alles ist, Milord Schwein«, schnaubte Roscelyn. »Ich habe mich für heute lange genug in Eurer dreckigen Gesellschaft gesuhlt.«

Sie wollte sich erheben, als seine breite Hand ihren Unterarm packte.

»Seid etwas besonnener, Milady! Ich verstehe Euren Zorn und werde für heute darüber hinwegsehen – aber glaubt nicht, dass ich in Zukunft immer so entgegenkommend bin.«

Der Stoff ihrer Tunika bot keinen Schutz vor de Briönnes Berührung. Wärme breitete sich in ihrem Arm aus, unterhöhlte ihre Kraft, forderte …

Sie wusste selbst nicht recht, was diese Berührung forderte. Es erschien ihr vollkommen ungereimt, dass sie plötzlich den heftigen Drang verspürte, sich ihm hinzugeben.

Roscelyn runzelte die Stirn.

Er verdiente nichts, und sie waren einander nicht ähnlich, auch wenn er etwas anderes behauptete. Niemals würde sie dieselbe Gleichgültigkeit dem Leben und den ihr anvertrauten Menschen gegenüber an den Tag legen wie de Brionne, der Krieger …

Ungebeten stiegen jäh quälende Erinnerungen an ihren Hochzeitstag in Roscelyn auf.

War sie damals nicht selbst bereit gewesen, eine Todsünde zu begehen? Hätte sie Cerdic nicht lieber getötet, statt Cyning und ihre Getreuen in einen Krieg zu verwickeln?

Sie blickte auf de Brionnes Hand, die immer noch ihren Arm umschloss. Würde sie nicht ihre Seele dafür verkaufen, dass Wulfwyn und die Schriftrolle sicher in die Abtei gelangten?

Im ersten Augenblick verstörte sie dieser Gedanke, doch im nächsten Moment entspann sich daraus ein neuer Plan.

Deshalb hob sie jetzt den Kopf und sah de Brionne fest in die Augen. »Macht mit meinem Leibwächter, was Ihr wollt«, bluffte sie. »Bringt ihn um, wenn es Euch Freude bereitet. Er ist für mich nur ein Mittel zum Zweck. Als Euer Gefangener ist er wertlos. Solange ich das, was ich tun muss, nicht tun kann, werde ich nicht einmal den kleinen Finger rühren, um Euch zu helfen.«

Dort, wo de Brionne gerade noch ihren Arm gepackt hatte, strich jetzt sein Daumen mit langsam kreisenden Bewegungen über ihren Ärmel. Sie war sich seiner Berührung auf einmal deutlich bewusst und spürte seine Überlegenheit qualvoll und warnend zugleich.

»Und was müsst Ihr tun, Milady?«, erkundigte er sich, vorsichtig wie eine Katze, die einem Vogel auflauert.

Ein kalter Schauder überrieselte sie, als er keine Bemerkung darüber machte, wie gleichgültig ihr das Leben ihres Leibwächters zu sein schien. War dieser Unmensch so verroht, dass er wehrlose Menschen einfach abschlachtete? Würden ihre Worte ihn dazu verleiten, seine Drohungen gegen Gunderic wahr zu machen?

»Was müsst Ihr tun, Milady?«, drängte er erneut.

Sie zwang sich, die Furcht, die ihr die Kehle zuschnürte, zu überwinden. »Meine Schwester ist als Braut Christi vorgesehen«, behauptete sie, die Fäden ihrer Eingebung wieder aufnehmend.

Plötzlich hörten die kreisenden Bewegungen seines Daumens auf. »Wie war das?« Er runzelte die Stirn und hielt ein Ohr in Roscelyns Richtung, als habe er ihre Worte nicht richtig verstanden.

»Wulfwyn ist einem Kloster versprochen …«

»Die Dämonin?« De Briones Miene und Ton spiegelten Fassungslosigkeit wider. »Eine Braut Christi? Ihr scherzt.«

»Ich scherze keineswegs«, gab sie barsch zurück und riss ihren Arm aus seinem Griff. »Gunderic sollte sie zur Saint

Dunstan Abtei begleiten. Ich wollte nur abwarten, bis Gunderics Verletzung geheilt ist, bevor ich ihn zusammen mit Wulfwyn dorthin schicke.«

De Brionne schnaubte. »Schon beim Anblick dieses Mädchens wird der Dachstuhl der Abtei einstürzen. Die Mauern werden zerbröckeln ... Setzt Euch, ich habe Euch noch nicht gestattet zu gehen!«

Wutbebend erhob Roscelyn sich. »Ich bleibe nicht sitzen und höre zu, wie Ihr meine Schwester beleidigt.«

Mit diesen Worten marschierte sie zum Ausgang. Was für ein unerträglicher Geselle! Höchstpersönlich würde sie ein Schlafmittel für ihn zusammenbrauen. Sie wusste zwar nicht mehr genau, wie sie die Zutaten bemessen musste, aber sie erinnerte sich noch recht gut daran, was Lufu benutzt hatte, um Cerdic einzuschläfern.

»Einen Augenblick, Milady«, rief de Brionne.

Als sie keine Anstalten machte, stehen zu bleiben, schlug er einen schmeichelnden Ton an. »Vielleicht können wir ja einen Handel miteinander abschließen ...«

Obwohl sie sich aus tiefstem Herzen danach sehnte, ihn einfach nicht zu beachten, hielt sie bei diesem Angebot doch inne.

Sie drehte sich zu ihm um und neigte fragend den Kopf. »Einen Handel?«

Varin lehnte sich zurück und verschränkte die Arme. »Wenn Ihr mir alles erklärt, was ich wissen muss, dann werde ich über Eure Forderung nachdenken.«

Entschlossen wandte Roscelyn sich wieder zur Tür.

»Nun gut«, knurrte er. »Ich werde mich darum kümmern, dass Eure Schwester in das Kloster gebracht wird.«

»Wann?«, fragte sie, wagte es aber nicht, ihn dabei anzusehen.

»Innerhalb von zwei Wochen.«

Roscelyn blieb stocksteif stehen. »Sofort.«

»Nächste Woche«, bot er widerstrebend an.

Den Rücken immer noch de Brionne zugewandt, achtete Roscelyn darauf, dass aus ihrer Stimme keinerlei Triumph drang, der in ihr aufstieg. »Morgen.«

»Abgemacht«, fauchte er und der Schlag, mit dem er seine Hand auf den Tisch schmetterte, hallte in Roscelyns Ohren geradezu lieblich wider.

8

Fünf Tage später erhob Roscelyn sich mühsam von ihrem Lager, und jeder einzelne ihrer schmerzenden Knochen protestierte gegen die Bewegung. Obwohl sie vom Ritt zur Abtei noch müde und angeschlagen war, durfte sie sich keine Atempause gönnen. Gestern hatte de Brionne keinen Zweifel daran gelassen, dass sie heute Morgen damit beginnen musste, ihm alles über die Bewirtschaftung von Cyning beizubringen.

Sie bestellte heißes Wasser und nahm saubere Kleider aus ihrer Truhe. Das frühmorgendliche Grunzen und Schnauben der Reisigen und das Poltern der Tische, die aufgebaut wurden, drang durch die Vorhänge, die ihren Schlafplatz von der Halle abtrennten. Es war ein einsamer Schlafplatz – ohne Wulfwyn.

Leise Melancholie erfüllte Roscelyn, während sie überlegte, welche Tunika sie anziehen sollte. Die grüne oder die braune? Schwarz würde am besten zu ihrer Stimmung passen, aber sie besaß kein Gewand in dieser düsteren Farbe. Schließlich entschied sie sich für die braune Tunika und nahm Seife und Leinen zur Hand, als das heiße Wasser eintraf.

Verfluchte Höllenpest! Statt Trübsal zu blasen, sollte sie sich lieber zu ihrem Sieg gratulieren. De Brionne hatte Wort gehalten und Wulfwyn in Begleitung von Arnulf und zwei weiteren Lehnsmännern nach Saint Dunstan geschickt. Er hatte Roscelyn sogar gestattet, ihre Schwester zu begleiten, als sie darauf beharrte, es sei ungehörig, Wulfwyn der Gesellschaft von drei Männern zu überlassen.

Von ihrem Muskelkater abgesehen, war es eine angenehme Reise gewesen, der Himmel bedeckt, aber ohne Regen. Zuerst hatte Wulfwyn sich geweigert, mitzukommen; aber die Unternehmung endete zuguterletzt damit, dass sie und Arnulf unter viel Gekicher drauflos schwadronierten: einer wollte den anderen im Erfinden blutrünstiger Geschichten überbieten.

Roscelyn, die sich gerade das Gesicht wusch, hielt inne und lächelte. Was Kinder anging, war der Riese wirklich mit Herzensgüte gesegnet. Zum ersten Mal seit ...

Ihr Lächeln erlosch, und sie umklammerte in einem Anfall von Wut den Waschtisch.

Zum ersten Mal seit dem Tod ihrer Brüder war ihr von Gräuelgeschichten aus dem Krieg schlecht geworden. Zum ersten Mal seit Roscelyns Hochzeit hatte sich Wulfwyn wieder so benommen wie früher.

Aufstöhnend tunkte sie den Waschlappen ins Wasser und beugte sich dann über die Schüssel, um ihr Gesicht zu schrubben. Sie würde es nicht zulassen, dass solche Gedanken ihr bei der Ausführung ihrer Pläne in die Quere kamen.

Wulfwyn befand sich in Sicherheit. Man hatte Gunderic in der Zwischenzeit keinerlei Schaden zugefügt. Die Schriftrolle war mittlerweile bereits auf dem Weg zum Papst, und die Normannen ...

Sie hörte auf zu schrubben.

Süße Gesegnete Mutter Gottes. Ächzend schüttelte sie den Kopf. Warum fiel ihr das ausgerechnet jetzt ein?

Mit weit offenen Augen starrte sie in das dampfende Wasser. Nein. Die unangenehme Wahrheit ließ sich einfach nicht verdrängen. In ihrer Hast, Wulfwyn zu beschützen und England zu retten, hatte sie nicht alle Konsequenzen ihrer Handlung bedacht.

Was war sie doch für eine Närrin gewesen, keinen Gedanken daran zu verschwenden, dass de Brionne sich bestimmt nicht friedlich aus Cyning zurückziehen würde.

Niemals.

Er würde bleiben und kämpfen … und sterben. Und der gutmütige Arnulf würde gemeinsam mit ihm in den Tod gehen.

Als hätten ihre Gedanken de Brionne herbeigerufen, hörte sie, wie die Tür zum Schlafgemach ihres Vaters geöffnet wurde und vernahm seine Schritte, als er ihren abgetrennten Schlafplatz passierte.

Zutiefst verstört beendete sie rasch ihre Morgenwäsche. Sie zog sich an, ergriff ihren grauen Umhang und ging zu den Tischen hinüber, wo de Brionne darauf bestand, dass sie sich neben ihm niederließ.

»Wie geht es Euch heute Morgen, Milady?«, erkundigte er sich.

»Ich glaube, sie ist müde«, bemerkte Arnulf, der auf der Bank gegenüber Platz genommen hatte.

Roscelyn senkte den Blick, als de Brionne sie durchdringend musterte. »Mir geht es ganz gut.«

»Pff! Ihr seht so trübsinnig aus wie Euer Hund mit den Hängebacken.«

Er wies auf Poppit, der neben dem Herdfeuer lag.

»Weil er Wulfwyn vermisst«, grummelte sie, »aber ich bin nicht trübsinnig.«

»Und schlecht gelaunt obendrein«, fügte de Brionne hinzu, während ein Diener frisches, noch warmes Brot auf den Tisch stellte. »Findest du sie nicht auch trübsinnig und schlecht gelaunt, Arnulf?«

»Ganz und gar nicht«, gab der Riese zurück und brach sich einen Kanten von dem Laib ab. »Sie sieht aus, als wäre sie kurz davor, einem gewissen zu groß geratenen Lästermaul einen tödlichen Hieb zu versetzen.«

»Du bist der Richtige, um dich über zu groß geratene Männer aufzuhalten«, schnaubte de Brionne.

Roscelyns Laune sank immer mehr, während das fröhliche Geplänkel der beiden weiterging. Die Erkenntnis, dass sie womöglich für ihren Tod verantwortlich sein würde, lag ihr wie Blei im Magen, und sie brachte kaum einen Bissen hinunter.

Aber sie konnte doch auch nicht das Leben der Dörfler einem Mann anvertrauen, der keine Ahnung hatte, wie man einen Besitz wie Cyning verwaltete. De Brionne war ja nicht bereit, ihr die Leitung von Cyning zu überlassen. Sie sollte ihm alles erklären, damit er anschließend selbst die Zügel in die Hand nahm.

Was aus ihr selbst werden sollte, nachdem sie ihn in alles eingeweiht hatte, wusste sie nicht.

Mühsam schluckte sie ein Stück Brot.

Nein, da war es alles in allem doch das Beste, dass sie die Schriftrolle weggeschickt hatte. Sicher würde sich de Brionne aus Cyning zurückziehen, wenn er es nicht mehr halten konnte.

Als Varin sich schließlich erhob und Roscelyn mit einem Wink aufforderte, ihm zu folgen, war sie froh, endlich den Tisch zu verlassen. Sie schloss ihren Umhang und zog sich die Kapuze über den Kopf, als sie gemeinsam ins Freie traten. Der Himmel war bedeckt, und es nieselte.

»Wo wollt Ihr anfangen?«, fragte sie.

»In den Kornkammern, wenn es Euch recht ist.«

Sie ging zu der Scheune, in der sich das Korn befand und nickte im Vorbeigehen einigen Dörflern zu. In der Scheune entzündete sie eine Öllampe, drehte sich um …

Ihre Lippen öffneten sich vor Überraschung, als sie ungläubig an de Brionne vorbei auf die Kornsäcke starrte. Mindestens die Hälfte davon glänzte durch Abwesenheit, seit sie vor einer Woche die Anzahl zum letzten Mal geprüft hatte.

Das war doch einfach unmöglich!

»Euer Gesichtsausdruck ist ausgesprochen beunruhigend«, bemerkte de Brionne.

Mit zitternden Händen stellte sie die Lampe auf ein Wandbrett ab und zog eilig ihre Kerbhölzer aus einer Kiste. Ebenso schnell legte sie die Hölzer wieder zurück und griff erneut nach der Lampe.

»Kommt, Milord!« Noch bevor de Brionne widersprechen konnte, hatte Roscelyn ihn auch schon an die Hand genommen und aus der Scheune gezerrt.

»Wohin gehen wir?«

»Wir schauen nach den Mehlsäcken.« Sie führte ihn zur nächsten Scheune.

Auf der Schwelle blieb sie wie angewurzelt stehen. Trotz der täglichen Mahlzeiten, die die Dörfler erhielten, müssten hier mehr Mehlsäcke sein. Viel mehr.

»Mäuse?« Der süßliche Sarkasmus in de Briones Stimme war nicht zu überhören.

Lieber Gott, konnte es möglich sein, dass die Dörfler sie bestahlen? Gewiss nicht. Das hatten sie noch nie getan, und doch …

»Ich warte auf Eure Erklärungen, Milady Seneschall!«

De Brionnes ätzender Spott brachte Roscelyn noch mehr auf. Er hielt sie offenbar für eine unfähige Närrin.

»Was würdet Ihr mir raten, Milady?«, höhnte er weiter, als zweifelte er an ihrem gesunden Menschenverstand.

Roscelyn funkelte ihn wütend an. »Lektion Nummer eins, Milord: Versucht niemals, die Dörfler auf Eure Seite zu ziehen, indem Ihr sie besticht!«

Der Ritter runzelte die Stirn. »Bestechung?«

»Eure Rede am Brunnen, Milord. Ihr habt angedeutet, dass es den Dörflern an nichts fehlen soll, da Ihr ein reicher Mann seid. Danach habt Ihr jeder Forderung ohne Zögern nachgegeben. Die Leichtigkeit, mit der sie Euch dazu brachten, ihre Leidensgeschichten für bare Münze zu nehmen, hat die Dörfler in ihrer Verachtung nur bestärkt und sie dazu ermutigt, Euch zu bestehlen.«

Ein Muskel in de Brionnes Kiefer trat vor, und seine Miene wurde hart und unnahbar. »Vielen Dank für die Lektion! Wenn Ihr mich jetzt entschuldigen wollt. Ich werde mich sofort darum kümmern, dass es mit der Verachtung der Dörfler unverzüglich ein Ende hat!«

Roscelyn stöhnte leise auf, als er davonstapfte. Zur Hölle mit ihrer spitzen Zunge! Eines Tages würde sie ihn noch so reizen, dass er alle Dörfler umbrachte.

»Einen Augenblick, Milord«, rief sie seinem Rücken hinterher.

Obwohl de Brionne sie gehört haben musste, blieb er nicht stehen, sondern marschierte unverdrossen weiter.

»Wahrhaftig, Ihr nehmt Lektionen sehr ungnädig auf!«

Seine Schritte wurden langsamer, aber er drehte sich nicht um.

»Wollt Ihr das gestohlene Korn denn nicht zurückhaben?«, schrie sie beinahe.

De Brionne warf einen Blick über die Schulter. »Dafür brauche ich Eure Hilfe nicht! Ich werde mir jeden zweiten Dörfler vorknöpfen und ihnen so lange zusetzen, bis einer das Verbrechen gesteht.«

»Aber dann gibt es niemanden mehr, der Gräben für Euch aushebt und Mauern baut«, rief sie aus. Nur im äußersten Notfall würde sie vor ihm auf die Knie fallen und um Gnade flehen.

»Weniger Leute brauchen auch weniger Essen.«

»Das stimmt«, pflichtete sie ihm bei. »Aber was ist, wenn Ihr alles haben könnt? Euren Graben, Eure Mauer, Euer Essen und die Achtung der Dörfler?«

Endlich drehte sich de Brionne um. »Wenn Ihr das, was fehlt, so leicht wieder beschaffen könnt, muss ich mich langsam fragen, welche Rolle Ihr bei der ganzen Angelegenheit spielt.«

Roscelyn beschloss, diese Beleidigung zu übergehen. »Auf Ehre, Milord, ich hatte keine Ahnung …« Sie verstummte.

Wäre sie ihren Pflichten nachgekommen, hätte sie sofort bemerkt, dass Korn fehlte. Aber nein. Da sie nur an die Schriftrolle dachte, um die Zukunft der Dörfler zu sichern, hatte sie es vernachlässigt, auf die täglichen Bedürfnisse zu achten.

Eine ganze Woche lang hatte sie die Vorräte nicht überprüft, und jetzt standen sie unmittelbar vor einer bedrohlichen Lebensmittelknappheit.

Roscelyn holte tief Luft und blickte de Brionne offen an. »Um die Wahrheit zu sagen, Milord, ich bin selbst verantwortlich für den Diebstahl!«

Einen Augenblick lang erwiderte er ihren Blick, dann verdrehte er die Augen. »Aber gewiss. Eure stattliche Figur verrät mir, dass Ihr Euch mit Weizen und Mehl voll gestopft habt.«

»Das ist kein Scherz, Milord. Ich hätte …«

»Warum müsst Ihr die Schuld für etwas übernehmen, auf das Ihr gar keinen Einfluss habt?«, fragte er. »Das ist geradezu lächerlich.«

»Ich hätte den Diebstahl verhindern können. Und ich schwöre Euch, dass ich alles wieder beschaffen werde, was verschwunden ist.«

Mit säuerlicher Miene schüttelte de Brionne den Kopf. »Vermutlich wünscht Ihr, dass ich Euch an Stelle der Bauern aufschlitze.«

»Falls es Euch Vergnügen bereitet, Menschen zu zerstückeln, verspreche ich, Euch nicht zu enttäuschen. Ich werde stöhnen und weinen und jammern und jaulen, und bis zu meinem letzten Atemzug um Gnade flehen.«

Mit schnellem Blick maß de Brionne sie vom Kopf bis zu den Zehenspitzen. Dann ließ er die Augen ganz langsam wieder nach oben gleiten und verweilte dabei an bestimmten Stellen. Plötzlich kniff er prüfend die Augen zusammen, und seine Haltung war die eines Raubtieres, eines klugen, aber trägen Wolfes, der ein Kaninchen lieber durch Schmeicheleien verführt, freiwillig in seinen Rachen zu spazieren, als es zu Tode zu hetzen.

Es war nicht leicht, einem solchen Blick standzuhalten. Roscelyn hätte sich lieber umgedreht und wäre geflohen. Doch seltsamerweise berührte dieser Blick ihre Sinne heftiger als alles, was sie je erlebt hatte.

Irgendwann hob de Brionne anzüglich eine Braue. »Pah! Ihr seid viel zu schmächtig. Es würde sich gar nicht lohnen, Euch aufzuschlitzen.«

»Wie Ihr meint, Milord!« Roscelyn entspannte sich und hatte das Gefühl, als wäre sie gerade noch einmal dem Schicksal entwischt, aufgefressen zu werden. »Sollen wir uns jetzt um das fehlende Korn kümmern oder nicht?«

»Nun gut. Wo fangen wir an?«

»Lektion Nummer zwei, Milord: Fehlt Korn, sollte man zum Müller gehen!«

Eine Viertelstunde später lenkte Varin sein Pferd durchs Dorf und fluchte insgeheim darüber, dass Lady Roscelyn im Damensitz dicht hinter ihm thronte.

Verfluchte Höllenpest! Er hätte sie lieber nebenher laufen lassen sollen.

Es gab schließlich wichtigere Dinge zu überdenken, als einen zierlichen Arm um seine Taille.

Angelegenheiten, die weitaus bedeutender waren als ihre Brüste, die sich gegen seinen Rücken drückten. Bedürfnisse, die viel dringender waren, als das angespannte Gefühl in seinen Lenden.

Aber selbst wenn er sich mit aller Macht darauf konzentrierte, dass man ihn beraubt hatte und er in Kürze Köpfe rollen lassen würde …

Er verzog das Gesicht, als Rok mit dem Huf in ein Loch trat und schwankte, wodurch Lady Roscelyns Schenkel noch fester gegen seine Hüften gepresst wurden.

Warum nur musste sie so klug und eigensinnig sein, warum schützte sie die Dörfler ohne Rücksicht auf sich selbst? Es war mehr als nur aufreizend. Sie benahm sich ja verdammt noch mal fast wie eine Heilige.

Aber am schlimmsten fand er es, dass sie ihn immer wieder dazu brachte, nach ihrer Pfeife zu tanzen. Eine Braut Christi, das war doch wohl nicht ihr Ernst. Er hätte schwören können, dass sie sich während der Reise zum Kloster heimlich mit ihrem Ehemann traf. Aus diesem Grund hatte er zwei zusätzliche Reiter hinter Arnulf und den beiden Lehnsmännern hergeschickt. Varin war davon überzeugt gewesen, dass Ärger bevorstand und hatte vorsichtshalber für Verstärkung gesorgt.

Aber es war nichts geschehen. Kein Hinterhalt. Keine Angelsachsen, keine Dänen. Und weder Roscelyn noch ihre Schwester hatten einen Fluchtversuch unternommen.

»Jetzt nach rechts, Milord. Die Mühle liegt da hinten.«

Als sie ihm mit dem Finger den Weg wies, hob sich ihr Busen, schmiegte sich gegen seinen Rücken und sandte erneut Pfeile der Lust direkt in seine Männlichkeit.

Das Gefühl war so überwältigend, dass sich seine Augen verschleierten. Nicht einmal den Strand der Normandie wieder zu sehen, hätte ihn jetzt so glücklich machen können wie der Anblick der Mühle, die flussaufwärts vom Dorf lag. Er trieb Rok zu einem leichtem Galopp an, um das Gebäude so schnell wie möglich zu erreichen.

Sie aufschlitzen, nein, wirklich nicht!

Die Dame in seinem Bett zu haben, zu sehen, wie ihre goldenen Augen vor Lust schimmerten, zu hören, wie sie wollüstig und selbstvergessen stöhnte, seine Rute tief in sie zu versenken ... das war die Form der Bestrafung, die ihm vorschwebte. Dass sie schrie und stöhnte und jammerte und wimmerte, weil sie sich nach seiner Berührung verzehrte.

Als er das Pferd anhielt, sprang Roscelyn augenblicklich aus dem Sattel, trat beiseite und wartete darauf, dass er ebenfalls absaß.

Angeschwollen wie de Brionne war, band er unter Schmerzen und mit zusammengebissenen Zähnen Rok an einer Trauerweide fest. Es war ein Wunder, dass er überhaupt aufrecht stehen konnte – aber zumindest war er jetzt wieder in der Lage, einen klaren Gedanken zu fassen.

Ganz im Gegensatz zu Roscelyn. Völlig verwirrt, strebte sie eilig danach, abzusitzen und der Nähe de Briones zu entfliehen. Während sie zur Mühle voranging, fächelte sie sich mit ihrem Umhang Luft zu. Hätte sie die Hitze, die sie verspürte, doch der Sonne zuschreiben können – der kalte Nieselregen war gewiss nicht daran schuld.

O nein! Gegen ihren Willen musste sie sich eingestehen, dass es de Brionne war, der ihr Blut derart in Wallung brachte. Wenn sie die Arme noch einen Augenblick länger um seine Taille geschlungen hätte, wenn ihre Brüste sich noch einmal an seinem muskulösen Rücken gerieben hätten, wenn das Pferd erneut geschwankt hätte, so wäre sie vor hemmungslosem Verlangen einfach runtergekippt.

Verlangen nach einem schäbigen Normannen, dachte Roscelyn und erinnerte sich an ihre Reaktion auf Lufus Vorschlag, sich mehr um den neuen normannischen Herrn von Cyning zu bemühen. Wie sie etwas anderes als Hass für diesen Eindringling empfinden konnte, war ihr ein Rätsel.

Obwohl sie zugeben musste, dass er aufrichtig um das Wohl der Dörfler besorgt zu sein schien. Trotz seiner selbstsüchtigen Motive war seine Freundlichkeit den Leuten gegenüber beispiellos, und er hatte Großherzigkeit walten lassen, damit Wulfwyn die Abtei sicher erreichte. Zwar hielt de Brionne Gunderic gefangen, aber er kümmerte sich darum, dass es dem Leibwächter an nichts fehlte, und hatte sogar Lufu erlaubt, Gunderics Wunden zu pflegen.

Unter diesen Bedingungen zeugte es von geradezu himmelschreiender Ungerechtigkeit, dass de Brionne unwissentlich alles tat, um seinen Untergang vorzubereiten.

»Es wäre schön, wenn wir die Mühle noch vor der Abenddämmerung erreichen«, höhnte er hinter ihr.

Als Roscelyn feststellte, dass sie vor lauter Nachdenken im Schneckentempo ging, verflog ihre Sympathie für den Mann augenblicklich, während sie wieder schneller ausschritt.

Er versuchte absichtlich, sie mit seinem Spott in Wut zu versetzen. Lady Schnattergans, man höre sich das an! Mit seiner Art brachte er sie dazu, sich wie ein unbeholfener Jungvogel zu fühlen, der noch nicht flügge ist. Wie kam sie eigentlich dazu, für diesen Mann auch nur das geringste Mitgefühl zu empfinden?

Roscelyn war so vertieft in ihre Grübeleien, dass sie das, was sie im Inneren der Mühle erblickte, völlig unvorbereitet traf.

Überrascht blieb sie stehen.

Die Mühle war leer. Die riesigen Mühlsteine bewegten sich nicht, kein einziger Mehlsack stand auf dem Boden, und in der Luft wirbelte kein Staub. Der Müller schrie seinen Gehilfen keine Anweisungen zu – denn diese waren damit beschäftigt, Gräben auszuheben und um das Herrenhaus einen Schutzwall zu bauen.

»Nun?« De Brionne stemmte die Arme in die Hüften. »Ich sehe hier nichts von dem fehlenden Korn.«

Roscelyn fröstelte, und aus ihrem Mund stieg der Atem in feuchten, dampfenden Wölkchen auf. Auch wenn der Müller hier gewesen wäre und Tag und Nacht in der Mühle gearbeitet hätte, hätte er doch niemals all das fehlende Korn mahlen können. In dem Fall lägen auch überall leere Säcke herum.

Noch bevor sie einen klaren Gedanken fassen konnte, hatte de Brionne sie bereits am Ellbogen ergriffen und rückwärts aus der Mühle gezerrt.

»Einen Augenblick noch, Milord! Irgendetwas stimmt hier nicht.«

»Da habt Ihr allerdings Recht«, gab er barsch zurück und schlug den Weg zu seinem Pferd ein.

Roscelyn zerbrach sich verzweifelt den Kopf, warum in der Mühle keine Kornsäcke waren. Vielleicht hatte der Müller sie an einen sicheren Ort gebracht. Es wäre leichtsinnig gewesen, so viel Korn in der Mühle zu lassen, wenn niemand da war, um die Vorräte vor Dieben zu schützen. Aber einzig und allein die Scheune beim Herrenhaus vermochte solche Kornmengen aufzunehmen.

Sie beobachtete, wie de Brionne die Zügel seines Pferdes von der Trauerweide löste, sich in den Sattel schwang und ihr die Hand hinhielt.

Roscelyn erinnerte sich daran, dass ihr Verstand nicht mehr einwandfrei funktionierte, sobald sie in seiner Nähe war, und schüttelte den Kopf. Sie brauchte Zeit zum Nachdenken. »Wenn es Euch nichts ausmacht, würde ich gern zu Fuß zurücklaufen.«

»Es macht mir aber etwas aus. Ich bin in Eile.«

»Dann lasst Euch nicht aufhalten.«

»Wie bitte? Ich soll Euch hier allein lassen, damit Ihr in aller Ruhe die Vorräte weiter verstecken könnt? Niemals, Milady. Gebt mir die Hand!«

»Ich sage Euch, hier ist etwas faul.«

»Soll ich absitzen und Euch mit Gewalt holen?«

Herrischer Dickschädel! Sie ergriff seine ausgestreckte Hand, erklomm das Pferd und trat ihm dabei gegen das

Schienbein. Als er vor Schmerz scharf den Atem einsog, erfüllte sie tiefe Befriedigung.

»Reiten wir. Ihr sagtet doch, Ihr wärt in Eile.«

»Stimmt«, knurrte er. »Haltet Euch fest! Ich möchte keinesfalls, dass Ihr auf Eurem zarten kleinen Allerwertesten landet.«

Damit gab de Brionne dem Pferd die Sporen, und das Tier fiel in einen so schnellen Galopp, dass sie sich an ihn klammern musste, um sich nicht den Hals zu brechen.

Roscelyns Zorn verrauchte auf der Stelle; denn ihre Furcht war stärker als alles Verlangen, das sie in seiner Nähe hätte empfinden können.

»Milord, bitte, erlaubt mir, die Dörfler zuerst zu fragen, bevor ihr …«, sie schluckte, »… ihnen den Leib aufschlitzt.«

Als de Brionne die Antwort schuldig blieb, fuhr sie fort: »Wie ich schon sagte, tote Bauern nützen Euch nichts mehr.«

Er schwieg.

Roscelyn runzelte die Stirn. Konnte er sie vielleicht nicht hören, weil die Pferdehufe solchen Lärm machten?

Sie schlang die Arme um seinen muskulösen Bauch und drängte sich so dicht an seinen Rücken, dass sie sein Ohr erreichte. »Bitte, Milord. Wenn hier einer den Tod verdient hat, dann ich. Hätte ich die Vorräte wie üblich gezählt, dann wäre nichts passiert.«

»Niemand stirbt hier«, gab er endlich von sich, und da er die Stimme anheben musste, um das Hufgeklapper zu übertönen, klangen seine Worte abgerissen und unfreundlich. »Meine Männer werden sämtliche Hütten durchsuchen und alles beschlagnahmen, bis sich kein einziges Korn und kein Stäubchen Mehl mehr im Dorf befindet.«

Leise stöhnte Roscelyn auf. »Wenn sie am Verhungern sind, können die Dörfler auch nicht arbeiten.«

»Sie werden nicht hungern. Ab sofort werden sie ihre Mahlzeiten im Herrenhaus erhalten und wir führen Buch darüber.«

Tiefe Erleichterung durchströmte Roscelyn.

Sie lehnte die Wange an seine Schulter und schloss die Augen. Das war ein ausgezeichneter Plan, und sie würde alles zum Gelingen beitragen, selbst wenn sie dafür Tag und Nacht zu arbeiten hätte.

»Jetzt muss ich nur noch über Eure Bestrafung nachdenken.«

Sie schlug die Augen wieder auf und nahm den Kopf von seiner Schulter. »Meine Bestrafung?«

»Nun, Ihr habt doch angeboten, den Sündenbock für die Dörfler zu spielen. Und ich habe die Absicht, Euch beim Wort zu nehmen.«

9

»Froschfressender Klotzkopf«, murmelte Roscelyn am nächsten Morgen, als sie vor dem Schlafgemach ihres Vaters darauf wartete, dass de Brionne sie eintreten ließ.

Während er den gestrigen Nachmittag damit verbracht hatte, den Müller, den Bäcker und eine Anzahl anderer Dörfler zu verhören – vergebens, der Diebstahl blieb ungeklärt – hatte sie wie eine Besessene die beschlagnahmte Ware gezählt, eine Plackerei, die mindestens noch bis zum Ende der Woche dauern würde. Und das war nun der Dank für ihre Mühe?

Eine öffentliche Auspeitschung wäre ihr lieber gewesen als diese Aufgabe. Zumindest wäre sie schneller vorbei. Zuerst hatte sie gedacht, de Brionne würde sich einen Spaß erlauben, als er ihr gestern Abend ihre Strafe mitteilte.

Ihr werdet Euch jeden Morgen in meinem Gemach einfinden und mir Tag für Tag ein neues Kompliment machen.

Als er ihren störrischen Blick bemerkte, hatte er noch hinzugefügt:

Und außerdem werdet Ihr mir jeden Abend süße Träume wünschen, bevor ich mich zurückziehe.

Als sie den Mund zum Protest öffnete, hatte er gedroht, er würde sie zwingen, ihm jeden Morgen und Abend die Stirn zu küssen und obendrein auch noch die Füße, wenn sie es wagen sollte, sich weiterhin gegen ihn aufzulehnen.

Roscelyn zuckte zusammen, als ein lautes Poltern ertönte. Sie warf einen Blick über die Schulter und sah, wie Ricberth, dieser Taugenichts, sich vergeblich mühte, einen der Tische aufzustellen. Zwei andere Bauern eilten herbei, um ihm zu helfen. Nach den gestrigen Verhören de Brionnes waren die Dörfler ängstlich und nervös.

Roscelyn wandte ihre Aufmerksamkeit wieder der Tür des Schlafgemachs zu. Sie verschränkte die Arme und tappte unter dem Saum ihrer grünen Tunika ungeduldig mit dem Fuß auf den Boden. Sie hatte sich um wichtigere Dinge zu kümmern als einem ohnehin vor Überheblichkeit strotzenden Gockel auch noch zu schmeicheln.

Sobald sie ihre Arbeit beendet hatte, wollte sie die Dörfler auf eigene Faust befragen. Obwohl sie mit dem Zählen keineswegs fertig war, wusste sie bereits jetzt, dass sich weder das fehlende Korn noch das Mehl unter den eingezogenen Waren aus dem Dorf befand. Nach dieser furchtbaren Erkenntnis konnte sie nur hoffen, dass de Brionnes Reichtum wirklich so unermesslich war, wie er vorgab.

Bis jetzt hatte sie ihm aber noch nichts davon berichtet. Solange sie keinerlei Erklärung parat hatte, fürchtete sie, er könnte seine Drohung, die Dörfler aufzuschlitzen, doch noch wahr machen.

Ungeduldig warf sie einen wütenden Blick auf die Tür. Sich unter diesen Umständen ein Kompliment für ihn auszudenken, war nahezu unmöglich.

Euer Haar ist heute Morgen sehr schön frisiert.

Roscelyn verdrehte gequält die Augen.

Eure Tunika unterstreicht Eure blauen Augen äußerst wirkungsvoll.

Sie schürzte die Lippen.

Himmel, was tragt Ihr für ein hübsches Paar Hörner auf der Stirn, und wie ist Euer Schwanz so schön spitz!

Ingrimmig lächelte sie. Dieses Kompliment kam der Wirklichkeit schon etwas näher.

Plötzlich wurde die Tür geöffnet, und ein dunkelhaariger Mann huschte blitzschnell an ihr vorbei.

»Seine Lordschaft lässt bitten!« Direkt hinter dem Davoneilenden trat ein Knappe aus dem Zimmer und verbeugte sich.

Roscelyn straffte sich. Sie würde sich durch diese absurde Bestrafung nicht aus der Fassung bringen lassen.

Als sie den von Kerzenlicht erhellten Raum betrat, stand de Brionne vollständig angekleidet und lächelnd vor einer Kerze. Wie eine fette Ratte, die eine Riesenportion Käse ins Maul geschoben bekommt, dachte sie bissig.

»Ihr dürft Euch zurückziehen, Adam.«

Als der Junge das Gemach verlassen hatte, wandte sich de Brionne Roscelyn zu. »Guten Morgen, Milady!«

Sie musterte ihn rasch vom Kopf bis zu den Zehenspitzen. Sein Haar *war* gut frisiert, und seine blaue Tunika betonte tatsächlich die Farbe seiner Augen.

Roscelyn unterdrückte gerade noch rechtzeitig ein leises Stöhnen. Warum musste er nur so anziehend sein?

»Nun, habt Ihr mir heute Morgen etwas zu sagen?«, erkundigte er sich und blickte sie erwartungsvoll an.

»Für einen Mann, den man bestohlen hat, seid Ihr ja recht gut gelaunt«, murrte sie. »Es ist doch albern, dass Ihr Eure Zeit auf solche Spielchen verschwendet, wenn es einen Dieb zu fangen gilt.«

De Brionne schienen ihre Worte eher zu amüsieren als nachdenklich zu stimmen. »Ist es dann vielleicht Euer Wunsch, meine Stirn zu …«

Einhalt gebietend hob Roscelyn die Hand. Noch während sie den Mund öffnete, wollte sie eigentlich sein Haar loben oder die Wahl seiner Kleidung. Aber als sie das herausfordernde Glitzern seiner Augen bemerkte, ging ihre Zunge mit ihr durch.

»Der Anblick Eures Gesichtes ist so lieblich wie der eines Gänseblümchens nach einer Frostnacht.«

Seine Miene spiegelte Enttäuschung wider. »Könnt Ihr an nichts Männlicheres denken als an Gänseblümchen?«

Er schüttelte den Kopf und ging an ihr vorbei auf die Tür zu. »Nun, ich vermute, ich muss mich damit zufrieden geben.«

Roscelyn wandte sich ab, damit de Brionne das Lächeln auf ihren Lippen nicht sah. Wenn er nur wüsste, wie scheußlich und schleimig Gänseblümchen nach einer Frostnacht aussahen!

Plötzlich legte er ihr die Hand auf die Schulter.

Noch bevor sie protestieren konnte, hatte er sie auch schon zu sich umgedreht und geküsst.

Ebenso schnell wie er sie gepackt hatte, ließ er sie los und Roscelyn taumelte überrascht zurück.

»Ein kleiner Hinweis, damit Ihr Euch in Zukunft etwas passendere Komplimente für mich ausdenkt«, erklärte er.

Wie betäubt hob sie einen Finger an die Lippen und starrte ihn an.

»Kommt mit.« Er bedeutete ihr, ihm in die Halle zu folgen. »Wie gesagt, wir müssen einen Dieb erwischen, und die Zeit läuft uns davon.«

Noch unter dem Schock des geraubten Kusses begab sie sich mit erhitztem Gesicht zu Tisch.

Sie sollte erbost sein. Hätte ihm für seine Frechheit eine Ohrfeige versetzen sollen, oder ihn zumindest zurückstoßen.

Stattdessen saß sie neben ihm und aß mechanisch und mit gesenktem Blick, was ihr vorgesetzt wurde. Ihn anzusehen wäre noch schlimmer gewesen, denn so sehr sie es auch bestreiten mochte – sein Kuss hatte ihr gefallen.

Als die Mahlzeit beendet war, erhob sie sich augenblicklich.

»Einen Moment, Milady.« De Brionne hielt sie auf. »Ich möchte Euch zu den Vorratskammern begleiten, um die Ergebnisse Eurer gestrigen Zählung zu kontrollieren.«

»Ich habe die Holzstöße noch nicht gezählt«, erwiderte sie, um ihn von seinem Vorhaben abzubringen. Wenn er dabei war, würde sie keine Gelegenheit haben, die Dörfler zu befragen. »Gibt es nicht noch andere Dinge, um die Ihr Euch zu kümmern habt?«

Sein Blick wurde wachsam. »Flieht Ihr etwa meine Gesellschaft?«

»Ja«, gab sie barsch zurück. »Mein Bedarf an Gänseblümchen ist für heute gedeckt«

»Gänseblümchen?«, ließ sich Arnulf vernehmen, der sich von der gegenüberliegenden Bank erhob, während die Diener die Reste des Frühstücks abräumten.

De Brionne schnaubte. »Diese Dame behauptet, mein Gesicht sei so lieblich anzusehen wie ein Gänseblümchen nach einer Frostnacht.«

Der Riese runzelte für einen Augenblick die Stirn und blinzelte dann hurtig. Mit gekräuselten Lippen warf er Roscelyn einen Blick zu. Das vergnügte Funkeln in seinen Augen war fast nicht zu sehen. Angelegentlich räusperte er sich. »Ein Gänseblümchen nach dem Frost, hm?«

»Pah!« De Brionne wischte die Frage mit einer ungeduldigen Handbewegung beiseite und erhob sich ebenfalls. »Nimm den Zimmermann und so viele Leute wie nötig mit in den Wald. Wir brauchen mehr Holz für die Mauer. Sobald ich in der Kornkammer fertig bin, stoße ich zu euch.«

Arnulf nickte und schlenderte vergnügt pfeifend davon.

De Brionne schob Roscelyn zur Tür. »Ich hätte noch ein oder zwei Fragen, was den Müller und den Bäcker betrifft.«

Als sie ins Freie traten, blinzelte Roscelyn in die aufgehende Sonne. Der Morgen war ungewöhnlich warm, und sie wünschte, sie hätte mehr Zeit, ihn zu genießen.

»Was wollt Ihr denn über den Müller und den Bäcker wissen?«

Sie nickten beide der Magd und ihrer Hilfskraft zu, die mit je zwei Eimern Milch beladen aus der Molkerei kamen. Dann rannte der Metzgerjunge an ihnen vorbei und wäre beinahe mit dem Seifensieder zusammengeprallt.

De Brionne schüttelte den Kopf. »Darüber möchte ich mich lieber unter vier Augen mit Euch unterhalten.«

Nur wenige Augenblicke später betraten sie die dunkle, staubige Scheune, und Roscelyn entzündete einen Kienspan. »Was wollt Ihr denn wissen?«

De Brionne beachtete ihre Frage nicht, sondern musterte die Säcke, die die Scheune vom Boden bis zur Decke füllten. »Es sieht ganz so aus, als wäre alles wieder da«, bemerkte er selbstgefällig.

»Ja, ungefähr«, stimmte Roscelyn zu. »Insbesondere für das ungeübte Auge eines Mannes, der nichts von der Bewirtschaftung eines großen Hofes versteht.«

De Brionne sah sie drohend an. »Was soll das bedeuten?«

Roscelyn stockte. Die Worte waren ihr herausgerutscht, bevor sie nachgedacht hatte.

»Wollt Ihr damit sagen, dass immer noch Korn und Mehl fehlt?«

Die Pest über ihre vorlaute Zunge, aber vielleicht war es auch gut so. Je eher de Brionne das Schlimmste erfuhr, desto schneller konnten sie Gegenmaßnahmen treffen.

Aber bevor sie anfingen, Pläne zu schmieden, musste sie unbedingt in Erfahrung bringen, wie reich er war und wie viel sie kaufen konnten.

Sie ging zu einem kleinen Korb und entnahm ihm eine Hand voll Kerbhölzer.

»Könnt Ihr rechnen?«

»Du liebe Güte, natürlich nicht.«

Roscelyn hielt kurz inne, als sie seine entsetzte Miene sah, und beschloss kurzerhand, nicht weiter darauf zu achten. »Dann ist es höchste Zeit, dass Ihr es lernt.«

»Nein, Milady. Rechnen ist nur etwas für ...«

Sie hob fragend die Brauen, als er verstummte. »Für wen?«, hakte sie nach.

»Jedenfalls nicht für erfahrene Kriegsleute«, gab er ungehalten zurück.

»Unfug.« Unmöglich konnte Roscelyn de Brionne davon überzeugen, wie schlecht es um die Vorräte stand, wenn er nicht im Stande war zu rechnen. »Ich möchte nicht, dass Ihr mir immer widersprecht, nur weil Ihr nichts von Zahlen versteht.«

Er verschränkte die Arme. »Trotzdem werde ich nicht rechnen lernen.«

Jetzt kam Roscelyn eine Idee. Hatte er womöglich Angst, er sei zu dumm, um sich mit Zahlen abzugeben?

»Ihr seid doch ein intelligenter Mann, Milord«, besänftigte sie ihn und war unerklärlicherweise ganz bezaubert von seinen Befürchtungen. »Zahlen sind gar nicht so schwer zu verstehen. Ihr werdet es gleich sehen.«

»Gar nichts werde ich sehen.«

»Kommt und versucht es«, lockte sie. »Am Ende der Woche seid Ihr darin bestimmt fast so tüchtig wie ich.«

Sein Blick wurde immer finsterer. »Ihr zählt und werdet mir dann berichten.«

Roscelyn schüttelte den Kopf. Wahrhaftig, er benahm sich ja wie ein kleines Kind!

»Nun gut«, schnaubte sie. Ihre Geduld war erschöpft. »Ihr habt nicht genügend Korn, um den Winter zu überstehen. Soll ich es Euch beweisen?«

Sie marschierte zu dem Kasten und riss den Deckel auf.

»So groß waren unsere Vorräte nach der Ernte.« Sie hielt ein halbes Dutzend gebündelter Hölzer hoch. Eines davon warf sie auf den Boden und streckte ihm die restlichen fünf Bündel entgegen. »So viel war übrig, nachdem unsere Krieger in die Schlacht gezogen sind.«

Abermals hob sie zwei Bündel auf. »So viel ist übrig, um Eure Männer und das gesamte Dorf zu ernähren. Es wird kaum bis zwei Wochen nach Neujahr reichen.«

Sein Blick glitt zwischen den Bündeln in ihrer Hand und den Bündeln, die auf dem Boden lagen, hin und her. Dann spannte sich sein Kinn an. »Ihr übertreibt.«

»Richtig. Das wird unser Vorrat sein, wenn das Korn nur in halben Scheffeln aufgeteilt wird. Mit der normalen Ration haben wir schon zu Weihnachten nichts mehr.«

De Brionne zog die Brauen zusammen. »So schlecht kann es unmöglich stehen. Hier liegt doch so viel.«

»Wie Ihr meint«, säuselte sie. »Soll ich das Korn in vollen Scheffeln ausgeben?«

»Nein.« Er runzelte die Stirn. »Es wird mir nichts anderes übrig bleiben, als Euch zu glauben.«

»Da Ihr Euch weigert, rechnen zu lernen, fürchte ich das auch.«

»Rechnen ist was für Hundesöhne«, knurrte er verächtlich.

Roscelyn blinzelte überrascht und wich zurück. Hatte sie richtig gehört? »Hundesöhne?«

Statt einer Antwort kräuselte er nur die Lippen.

»Glauben das alle Normannen …« Roscelyn zwang sich zu einem gelassenen Ton, »… oder seid nur Ihr dieser Meinung?«

»Das weiß doch jeder«, fuhr de Brionne sie grob an. »Man braucht nur die Männer anzusehen, die rechnen können. Es ist kein Geheimnis, dass sie sich unter ihresgleichen und Tieren besonders wohl fühlen. Damit will ich nichts zu tun haben.«

Obwohl ihr bei seinen offenen Worten die Schamröte über

Hals und Gesicht kroch, konnte sie dennoch nicht anders, als ihn auf einen Denkfehler hinzuweisen. »Ich bin aber keine von denen.«

»Nein, aber Ihr seid die Tochter eines Angelsachsen, oder etwa nicht?«

Roscelyns Lippen öffneten sich, und vor Wut verschlug es ihr die Sprache. Da sie seinen Anblick keine Sekunde länger ertragen konnte, bückte sie sich und hob die Holzbündel vom Boden auf.

»Verzeiht, Milady. Ich wollte nicht …«

Sie erhob sich und steckte die Hölzer in den Kasten zurück. Wenn sie auch nur noch eine Minute länger in seiner Nähe blieb, wusste sie nicht, was sie in ihrer Erbitterung anrichten würde.

»Das war grausam von mir. Ich habe es nicht so gemeint!«

Sie schmetterte den Kastendeckel zu, drehte sich um und wollte das Weite suchen.

»Bitte, Milady!« Er packte ihren Arm und versperrte ihr den Weg. »Ich entschuldige mich aus tiefster Seele. Auf Ehre, niemals wollte ich Euch absichtlich verletzen.«

Roscelyn musste alle Willenskraft zusammennehmen, um ihm einen kühlen Blick zuzuwerfen, seine Entschuldigung zu überhören und der Wärme seiner Berührung nicht nachzugeben. »Ihr habt mir alles genommen, was mir teuer war. Meinen Vater, meine Brüder, mein Land. Nichts, was Ihr sagt oder tut, kann mich noch verletzen!«

»Hört auf«, zischte er und trat näher.

Ihr Herz machte einen Satz, als er seinen Arm um ihre Taille legte und sie an sich zog.

»Dieses eine Mal müsst Ihr Euch damit abfinden, dass der wirkliche Missetäter die Schuld übernimmt, und der bin ich.«

Er bog ihr Gesicht hoch und küsste sie sanft. »Vergebt mir die hässliche Beleidigung«, murmelte er dicht an ihrem Mund.

Roscelyn versuchte mit Macht, gegen die Schwäche und Sehnsucht anzukämpfen, die sie plötzlich überkam.

Schmeichelnd und zärtlich ließ er die Zunge über ihre Lippen gleiten. »Bitte, *mignonne!* Sagt, dass Ihr mir verzeiht.«

Sie stemmte die Hände gegen seine Brust, um ihn wegzustoßen, aber sein Herzschlag brachte sie aus der Fassung.

Stark und sicher pulsierte er durch ihre Hände und Arme, ließ ihr Blut schneller strömen und ihren ganzen Körper vibrieren.

Mit letzter Kraft wandte sie den Kopf ab. »Ich vergebe Euch.«

Sie hielt den Atem an, als de Brionne sich plötzlich nicht mehr bewegte. Obwohl er ihre Taille noch umfasst hielt, machte er keinen Versuch mehr, sie zu küssen.

»Pah«, murrte er nach einer Weile. »Ihr vergebt mir viel zu schnell.«

Damit ließ er sie los und Roscelyn, deren Gesicht vor Verlegenheit glühte, trat einen Schritt zurück.

»In Zukunft werde ich versuchen, mit meinen Beleidigungen etwas größeren Schaden anzurichten.«

Als Roscelyn aufblickte, bemerkte sie ein spitzbübisches Funkeln in seinen Augen.

»Von allen unerträglichen ... Wenn das alles ist«, sagte sie kurz angebunden, »dann habe ich mich um Wichtigeres zu kümmern, als meine Zeit in Eurer lästigen Gesellschaft zu verschwenden.«

De Brionne sah sie listig an. »Mein Kuss hat Euch also gefallen?«

Roscelyn schnappte nach Luft. »Was glaubt Ihr eigentlich?«

»Nun, ich hatte jedenfalls den Eindruck, obwohl Ihr im Küssen noch die eine oder andere Nachhilfestunde gebrauchen könntet.«

Dieser eingebildete Pfau! »Seid Ihr immer so frech?«

»Ja, immer. Ich glaube, ich werde mir Eure Kenntnisse zu Nutze machen und trotz allem Rechnen lernen. Ihr dürft es allerdings keiner Menschenseele verraten. Ich möchte Euch keinesfalls die Zunge aus dem Mund schneiden. Das würde Euch fürs Küssen ruinieren.«

»Ich werde mir selbst die Zunge abschneiden, wenn Euch das davon abhält, mir zuzusetzen.«

»Dummes Frauenzimmer! Ich habe Euch noch lange nicht zugesetzt.« De Brionne hob eine Braue und warf ihr einen gewinnenden Blick zu. »Falls Ihr jedoch einmal erfahren möchtet, wie es sich anfühlt, wenn ich Euch richtig zusetze, so lasst es mich nur wissen.«

Bei seinen Worten überrieselte Roscelyn ein Schauder der Erregung. Aber das würde sie natürlich niemals zugeben. Stattdessen verdrehte sie nur die Augen. »Wollt Ihr jetzt Rechnen lernen, oder nicht?«

»Ein Versuch kann nicht schaden. Sollte ich jedoch plötzlich feststellen, dass auch nur das Geringste abartige Interesse in mir erwacht ...«

»Potztausend! Entweder Ihr unterlasst jetzt dieses abscheuliche Geschwätz, oder ich gehe.«

Übertrieben langsam schloss er den Mund und presste die Lippen aufeinander.

»Schon besser«, bemerkte sie. Dann ging sie wieder zu ihrem Kasten, entnahm ihm ein Bündel Kerbhölzer und steuerte auf die Tür zu, wo es am hellsten war.

»Ich sehe nur ein paar rote Stöckchen«, brummte de Brionne.

»Passt auf«, begann Roscelyn. »Jede Kerbe an einem Stock steht für einen Sack Weizen.«

»Warum sind sie rot?«

»Um sie von den anderen Hölzern zu unterscheiden.«

»Welche anderen Hölzer?«

»Grün für Gerste, Blau für Roggen, Braun für Hafer, Weiß

für Mehl. Es gibt noch vieles andere, das gezählt werden muss.«

Rasch glitt sein Blick zwischen den Stöcken in ihrer Hand und den Säcken mit Korn hin und her. »Und Ihr bewältigt das Rechnen ganz allein?«

»Es ist nicht schwer, Milord.«

»Varin.«

»Varin?«

»Da Ihr intim mit mir wart, finde ich, dass Ihr mich mit dem Vornamen anreden könnt.«

»Intim mit Euch!«

»Sagte ich das nicht gerade?«, erkundigte er sich unschuldig.

Roscelyn verschränkte die Arme und blitzte ihn an.

»Wenn Ihr schmollt, seid Ihr ganz besonders reizend.«

Sie wollte ihn keinesfalls durch eine patzige Antwort zu weiteren Unverschämtheiten anstacheln, aber es war gar nicht einfach, würdevolle Gelassenheit zu bewahren, während seine Komplimente sie zum Erröten brachten. Außerdem schmollte sie gar nicht.

Er lachte leise und hob Einhalt gebietend eine Hand. »Habt Nachsicht, Milady! Ich verspreche, mich von jetzt an zu benehmen.«

Misstrauisch kniff sie die Augen zusammen und neigte den Kopf.

»Auf Ehre, ich werde mich besonders anstrengen.«

»Nun gut«, murrte sie. »Wie ich schon sagte: Es ist nicht so schwer, die Kerbhölzer zu zählen.«

»Pah! Ich würde mindestens zwei Wochen brauchen, um alle Stöcke zu kerben.«

»Es gibt ein paar Kniffe, wie man sich das Zählen leichter machen kann. Beispielsweise bedeutet jedes Holz vier Ringe.«

»Ringe?«

»Jeder Ring besteht aus vier Säcken.«

De Brionne musterte prüfend die Stöcke und dachte angestrengt nach. »Ich verstehe nicht …«

»Seht her, Milord.«

»Varin.«

»Wie Ihr wünscht.« Sie kniete sich neben ihm nieder und ritzte vier Striche in die Erde.

Widerstrebend hockte sich auch de Brionne hin. »Spielen wir jetzt mit Erde?«

Sie wies auf die vier Kerben und zeichnete dann vier Striche. »Vier Weizensäcke!« Sie zog einen Kreis um die vier Linien und setzte unter den Kreis einen Strich. »Ein Ring.«

De Brionne nickte und bedeutete ihr, weiterzumachen.

Roscelyn zeichnete drei weitere Kreise mit einem Strich darunter. »Vier Ringe, ein Kerbholz.«

Er runzelte die Stirn. »Warum zählt Ihr sie nicht im Dutzend?«

»Ihr begreift schnell, Milord. In gewissem Sinn entspricht diese Zählweise einem Dutzend.«

»Ich sehe kein Dutzend.«

»Ein Dutzend Leute werden von einem Kerbholz eine Woche lang satt.«

De Brionne verzog das Gesicht. »So viele?«

»Nun, Ihr müsst bedenken, dass ein voller Sack Weizen einem halben Sack Mehl entspricht, und da der Müller Mahlgeld erhält …«

»Mahlgeld?«

»Das ist sein Lohn dafür, dass er unser Korn mahlt. Für zwei Dutzend gemahlene Getreidesäcke erhält er einen Sack.«

Theatralisch schloss Varin die Augen und barg dann sein Gesicht in den Händen. »Allmählich verstehe ich, warum man alle, die rechnen können, als Hundesöh … ähh, Männer mit sonderbaren Neigungen bezeichnet. Das viele Denken treibt sie einfach in den Wahnsinn.«

Roscelyn erhob sich und klopfte sich die Erde von den

Knien. »Es ist nicht einfach, alles auf Anhieb zu verstehen, aber bald schon werdet Ihr es begreifen.«

Er stand ebenfalls auf und musterte die Getreidesäcke. »Wie viele Menschen müssen davon satt werden?«

»Fast hundert.«

»Wie viel Dutzend sind das?«

»Beinahe acht Dutzend.«

Er warf einen Blick auf die Zeichen am Boden. »Also verliere ich pro Woche fast acht Kerbhölzer Weizen?«

»Nein. Ihr verliert vier.«

De Brionnes Brauen zogen sich fragend zusammen. Dann stemmte er eine Hand in die Hüfte, während die andere voller Nachdruck auf die Linien deutete, die sie gezogen hatte.

Endlich sagte er finster: »Nach dem, was Ihr mir gerade erklärt habt, büße ich aber acht Säcke ein.«

Er war wirklich gescheit. Diese Erkenntnis machte Roscelyn merkwürdig stolz. »Es wären auch acht, wenn wir den Weizen nicht in halben Scheffeln ausgeben würden, um den Vorrat bis ins neue Jahr zu strecken.«

»Pah! Achten, Stöcke, Dutzend, halbe Scheffel, Ringe, nennt es doch, wie Ihr wollt. Warum ist so wenig da?«

»Ihr erinnert Euch gewiss, Milord …«, Roscelyn wählte die Worte mit Bedacht, »dass es erst kürzlich eine große Schlacht gab, an der auch Ihr teilgenommen habt.«

»Und?«

»Die Hälfte der Felder wurde früher abgeerntet als sonst, damit wir unseren Männern genügend Vorräte mitgeben konnten. Deswegen haben wir ein volles Drittel weniger als sonst.«

»Hört mit Euren verdammten Zahlen auf. Davon verstehe ich nichts.«

»Je reifer der Weizen, desto reicher die Ernte«, erklärte Roscelyn geduldig. »Wäre das Korn auf den Feldern reif gewesen, hätten unsere Männer viel weniger von der Gesamternte für sich benötigt.«

»Und wie wollt Ihr diesen Verlust ausgleichen?«

Sein vorwurfsvoller Ton brachte Roscelyn erneut auf. Als hätte sie irgendeine Möglichkeit, zu entscheiden, wann eine Schlacht stattfand und wann nicht! »Ich müsste den Verlust gar nicht ausgleichen, wenn ich nicht gezwungen wäre, auch noch Euch und Eure hungrige Meute durchzufüttern.«

Seine Miene wurde finster. »Ihr hättet auch Eure angelsächsischen Männer durchfüttern müssen, wenn sie heil aus der Schlacht zurückgekehrt wären.«

»Sie hätten genügend Gold mitgebracht, um zu kaufen, was uns fehlt.« Roscelyn würde de Brionne nichts davon erzählen, dass die Männer häufig genug mit leeren Händen nach Cyning zurückgekehrt waren. »Und warum ist das plötzlich *mein* Verlust? Als neuer Herr von Cyning geht es auch Euch etwas an.«

De Briones Blick wurde immer zorniger. »Als Euer Herr befehle ich Euch, den Verlust auszugleichen, denn Ihr seid schließlich dafür verantwortlich.«

»Milord …«

»Varin.«

»Varin! Ich glaube, Ihr versteht gar nicht, in was für einer schwierigen Lage Ihr seid. Es dreht sich nicht nur um den Weizen. Ebenso wie die Bauern werdet Ihr und Eure Männer Euch mit dem halbem Maß von allem zufrieden geben müssen, vom Bier bis zum Käse. Eure Pferde müssen ebenfalls mit der Hälfte ihrer normalen Futterration auskommen. Außerdem werden wir den Viehbestand von Cyning schlachten, und zwar nicht nur, weil wir Fleisch brauchen, sondern auch, damit wir das Viehfutter für uns selbst verwenden können.«

»Wahrhaftig … Ihr wagt es tatsächlich …« Empört reckte er sich. »Meine Männer und ich werden uns nicht mit halben Rationen zufrieden geben«, fuhr er sie aufgebracht an. »Und wir werden ganz gewiss kein Viehfutter essen. Wir sind für die Verteidigung von Cyning verantwortlich und müssen bei Kräften bleiben. Und was unsere Pferde betrifft ...«

Er runzelte die Stirn. »Habt Ihr eigentlich eine Ahnung, wie wertvoll die Tiere sind? Und selbst wenn sie nichts kosten würden, wird pro Jahr nur eine bestimmte Anzahl von ihnen gezüchtet. Sie sind unersetzlich, und Ihr müsst wirklich von Sinnen sein, wenn Ihr glaubt, ich ließe meine Pferde einfach verhungern.«

»Wunderbar! Dann nehmt doch den Säuglingen das Essen weg und füttert Eure Schlachtrösser damit«, zischte sie. »Stopft Euch den Bauch voll, während die Dörfler hungern.«

Sein gebräuntes Gesicht verfärbte sich. »Ich würde die Bauern niemals im Stich lassen, wenn es die Situation erfordert.«

»Wenn es die Situation erfordert? Denkt Ihr vielleicht, ich belüge Euch?«

»Ich glaube eher, dass Ihr übertreibt.«

»Übertreibt?« Roscelyn maß de Brionne mit festem Blick. »So wenig Vorräte wir im Augenblick auch haben – verglichen mit dem, was im Frühling da sein wird, ist es der reinste Überfluss! Wegen Eurer Gräben und Mauern können wir keinen Winterweizen säen. Im Frühling, wenn die Ernte uns retten könnte, werden wir mit leeren Händen dastehen. Ihr habt zwar versprochen, dass keiner, der in Eurem Dienst steht, Hunger leiden muss – aber von Eurem gewaltigen Reichtum habe ich noch nichts gesehen.«

Seine Nasenflügel bebten. »Ihr könnt auf meinen Reichtum ebenso vertrauen wie ich auf Eure Fähigkeit rechne!«

Seine blauen Augen leuchteten immer intensiver, bis sie schließlich so kalt wie Eis strahlten. »Es ist der Befehl meines Königs, dass ich Cyning vor Angriffen schütze. Ich werde alles daransetzen, diesem Befehl nachzukommen, sei es mit Blut und Schweiß, oder mit Schlauheit und Verrat.«

Er trat auf sie zu und drängte sie mit seinem breiten Körper zurück.

»Ihr werdet mich nicht von diesem Ziel abbringen, auch nicht mit Eurer Behauptung, dass uns eine Hungersnot bevorsteht. Ich werde das einzige Stück Land, das ich je besessen habe, nicht dadurch aufs Spiel setzen, dass ich den Bau der Verteidigungsanlagen vernachlässige.«

Er drückte Roscelyn gegen die Wand, und sie wollte zur Seite entkommen.

De Brionne stemmte seine kräftige Rechte direkt neben ihrem Kopf an die Wand und hinderte sie daran. »Ich werde jeden aus dem Weg räumen, der mir Cyning nehmen will.«

Dann hob er die Linke und klatschte sie neben die andere Seite ihres Kopfes. »Niemals mehr werde ich ein Bettler ohne Land sein! Und zwar heirate ich eine von Williams Nichten und vergrößere meine Ländereien noch. Weder eine angelsächsische Armee noch eine dänischen Flotte und ganz gewiss nicht Ihr, Milady, könnt mich dabei aufhalten!«

10

Roscelyn war froh, sich nach einer schlaflosen Nacht endlich von ihrem Lager zu erheben. Wie gut, dass sie Wulfwyn und die Schriftrolle in die Abtei geschickt hatte! De Brionne war nichts als ein gieriger Emporkömmling. Einzig und allein für Ländereien sowie die Befehle seines Königs interessierte er sich.

»Blut und Schweiß, Schlauheit oder Verrat«, murmelte Roscelyn vor sich hin. Und da sollte sie an seinen angeblichen Reichtum glauben?

Bei diesem Gedanken begann ihr Herz vor Angst schneller zu schlagen. Was, wenn de Brionne gar nicht reich war?

Wenn er nur gelogen hatte, damit die Bauern für ihn arbeiteten?

Heute umging sie die umständliche Prozedur, sich warmes Wasser bringen zu lassen, und machte nur eine hastige Katzenwäsche. Die Vorstellung, dass de Brionne sie belogen hatte, erschreckte sie einigermaßen.

Falls er *wirklich* gelogen hatte, konnten nur noch die Schriftrolle und die Reichtümer, für die sie selbst sorgen würde, Cyning retten.

Roscelyn zog sich ein frisches Hemd über. Der ahnungslose de Brionne würde unterdessen die Nichte seines Königs heiraten, und sobald die Schriftrolle den Papst erreicht hatte, würde er nicht einmal mehr den kleinsten Streifen Land besitzen, um seine Familie zu erhalten.

Sie schürzte die Lippen. Zu gern hätte sie die Dörfler in ihren Verdacht eingeweiht. Dann würde sie mit dem größten Vergnügen zusehen, wie sie sich weigerten, de Briones Gräben auszuheben oder seine Mauern zu errichten. Da sollte er schauen, wie er das seinem König erklärte.

Aber nein.

So ein Vorgehen brächte sie alle in Todesgefahr, denn de Brionne war fest entschlossen, seine Verteidigungsanlagen zu bauen.

O Herr, mach, dass die Normannen aus England verschwinden, bevor unsere Vorräte zu Ende gehen.

Roscelyn bekreuzigte sich und weigerte sich, daran zu denken, dass de Brionne sicher dran glauben müsste, ehe England befreit war.

Cyning konnte froh sein, wenn es den kaltblütigen Unmensch endlich los hatte, genauso wie sie selbst.

Adams alarmierte Stimme riss sie unversehens aus ihren Gedanken. »Er ist fort«, rief er. »Das Bett ist seit gestern Morgen unberührt.«

»Ist sein Schwert noch da?«, fragte Arnulf, dessen Stimme

und Schritte sich rasch näherten und wieder entfernten, als er am Vorhang vorbei in Richtung Schlafgemach eilte.

Roscelyn bedeckte sich rasch mit einer dunkelgrauen Tunika und ergriff ihren Umhang. Als sie hinter dem Vorhang auftauchte, wäre sie beinahe mit dem Hünen zusammengeprallt, der aus de Briones Schlafgemach zurückkam.

Als Arnulf sie erblickte, blieb er stehen. »Habt Ihr seine Lordschaft gesehen?«

Roscelyn schüttelte den Kopf. Nachdem sie ihm gestern Abend noch süße Träume gewünscht hatte, war sie sofort zu Bett gegangen.

Arnulfs besorgter Blick glitt an ihr vorbei und schweifte über die Halle.

»Ist er schon einmal einfach so verschwunden?«, erkundigte sie sich.

»Noch nie.«

Wie absurd, dass sie sich wegen de Brionne Gedanken machte. Höchstwahrscheinlich war er bei Elswyth oder einem anderen Frauenzimmer gelandet.

Und trotzdem …

»Er hat nicht in seinem Bett geschlafen?«, forschte sie weiter.

»Es scheint, als hätte er darauf gesessen, aber die Laken sind unberührt.«

»Wann hast du ihn zum letzten Mal gesehen?« Unwillkürlich nahm Roscelyns Stimme einen besorgten Ton an.

Der Riese zog nachdenklich die Brauen zusammen. »Wir haben uns gestern Abend beide zur gleichen Zeit eine gute Nacht gewünscht.«

»Komm.« Sie ergriff Arnulfs Arm. »Wir fragen die anderen.«

Aber niemand hatte Varin gesehen oder gehört, nachdem er sich am vergangenen Abend in sein Gemach zurückgezogen hatte. Alle Diener, die das Frühstück servierten, wurden befragt, aber keiner von ihnen schien zu wissen, wo er sich aufhielt.

Roscelyns Angst wuchs. Es gab alle möglichen Unfälle, die einem hier zustoßen konnten. Man konnte niedergeschlagen werden, wenn man versuchte, einen Streit zwischen betrunkenen Bauern zu schlichten. Ausrutschen, während man am Ufer der Ouse entlangspazierte und ertrinken.

Konnte de Brionne überhaupt schwimmen?

Vielleicht hatte er ausreiten wollen, und sein gewaltiger Hengst hatte ihn abgeworfen?

»Gilbert, Hugh, durchsucht die Räume hinter der Halle«, befahl Arnulf. »Roger, John, nehmt euch die Küchen vor und durchkämmt den Vorhof.«

Damit eilte der große Mann zum Eingang.

Roscelyn musste sich anstrengen, Schritt mit ihm zu halten; aber Arnulfs Anwesenheit wirkte eigentümlich beruhigend auf sie. »Wohin gehst du?«

»Ich will die Wache am Tor fragen.«

»Lass uns auch nachsehen, ob sein Pferd noch im Stall steht«, schlug sie vor.

Arnulf nickte. Als sie ins Freie traten, prasselte Eisregen auf sie nieder.

Roscelyn zog sich die Kapuze so tief ins Gesicht, dass sie kaum noch etwas sehen konnte. Von der aufgegangenen Sonne war nichts zu bemerken, und die Fackeln, die normalerweise den Hof beleuchteten, hatte der feuchte Wind ausgelöscht.

Schlamm spritzte unter ihren Stiefeln auf. Aber noch ehe sie die Ställe oder das Tor erreicht hatten, packte Roscelyn Arnulf am Ärmel und zwang ihn stehen zu bleiben.

Ein schwacher Lichtschein flackerte durch eine Ritze in der Tür zur Kornkammer.

»Was ist denn?«, fragte der Riese.

»In der Scheune sollte es eigentlich dunkel sein.« Roscelyn hob die Stimme, um den stürmischen Regen zu übertönen, und wies dann auf den fraglichen Verschlag. »Und dort ist sonst immer zu.«

»Wartet hier.« Arnulf zog das Schwert und schlich vorsichtig hinüber.

Roscelyn hielt den Atem an, als er sich vorwärtsbewegte. Sie kniff die Augen zusammen, um trotz des Regens sehen zu können, wie er die Öffnung vorsichtig mit der Schwertspitze aufstieß.

Unvermittelt steckte er die Waffe wieder in die Scheide und winkte sie heran.

Als Arnulf sie vor sich in die Scheune geschoben hatte, wusste Roscelyn nicht, ob sie lachen oder weinen sollte.

De Brionne und Poppit lagen zusammengerollt auf ein paar Getreidesäcken, und das Fell des Hundes hob sich silbrig schimmernd von Varins schwarzem Umhang ab. Der Mann hatte offenbar die ganze Nacht mit Rechnen verbracht, denn die roten Kerbhölzer waren über den ganzen Boden verstreut.

Arnulf begann, ihn wachzurütteln. »Steh auf!«

Varin hatte die Augen noch kaum aufgeschlagen, als er auch schon auf die Füße springen wollte und dabei über Poppit stolperte.

»Verflucht!« Noch im Fallen zog er sein Schwert und landete auf einem Knie.

Poppit bellte und hätte Varin beinahe endgültig zu Fall gebracht, als er versuchte, auf seinen Rücken zu springen.

»Sitz, Hund!«, donnerte de Brionne mit dem Erfolg, dass Poppit ihm mit seiner großen Zunge das Gesicht abschleckte.

»Bah!« Angeekelt betrachtete Arnulf die beiden. »Ihr zwei seid weniger wert als Gänsespucke.«

Roscelyn verzog das Gesicht. Es war ihr ein Rätsel, wieso Poppit an diesem Mann einen Narren gefressen hatte.

Andererseits hatte Varin die ganze Nacht damit verbracht, Rechnen zu lernen, und darum hätte sich kein anderer Lord, nicht einmal ihr Vater oder ihre Brüder, gekümmert.

Aber diesen versöhnlichen Gedanken schüttelte Roscelyn rasch ab. Jetzt, da sie ihn in Sicherheit wusste, wollte sie nur noch fort. Sie drehte sich um und strebte zur Tür, als de Brionne rief: »Bitte bleibt noch einen Moment, Milady.« Seine Stimme klang betont freundlich. »Es gibt noch einiges, worüber wir reden müssen.«

Roscelyn nahm ihren ganzen Mut zusammen, krampfte die Hände in die Falten ihres Umhangs und ging einfach weiter. De Brionnes schmeichelnde Worte und großherzigen Gesten beeindruckten sie nicht mehr. Nicht, nachdem er ihr unverhohlen gezeigt hatte, wie schwarz sein Herz war.

Roscelyn hatte nicht mehr als zwölf Schritte zurückgelegt, als Varin sie von hinten mit einem Arm umschlang und hochhob. Der Umhang rutschte ihr von den Schultern, und kalter Regen tropfte ihr in den Nacken, als er sie wieder in die Scheune zurücktrug.

Um sich zu treten und zu schlagen kam ihr irgendwie würdelos vor. Stattdessen machte sie sich so steif wie ein Brett. »Lasst mich los«, knurrte sie zwischen zusammengebissenen Zähnen.

Obwohl de Brionne sie auf den Boden gestellt hatte, hielt er sie weiterhin um die Taille fest und zog ihren Rücken dicht an seine Brust.

»Darf ich mich zurückziehen, Varin?« Arnulf wirkte gleichzeitig verärgert und verlegen. »Ich will die Suche abblasen, die dein geheimnisvolles Verschwinden ausgelöst hat.«

Ohne die Antwort abzuwarten, schlenderte er davon. Jetzt musste sie allein versuchen, ihren Zorn aufrecht zu erhalten, der allerdings durch die Wärme von Varins Berührung rasch dahinschmolz.

Aber sie war ja nicht ganz allein, überlegte Roscelyn. Immerhin hockte ja noch Poppit mit hängender Zunge in der Nähe.

»Lasst mich los!«, befahl sie, traute sich aber nicht, einen Blick über die Schulter zu werfen.

»Nein. Ihr werdet mir zuhören, bis ich ausgeredet habe.«

Sein warmer Atem strich über ihren Scheitel, und Roscelyn kämpfte die Schwäche nieder, die ihren Willen wie eine träge Sommerbrise einlullte.

»Für meine grausamen Worte von gestern würde ich mich gern entschuldigen, aber im Grund ist es Euer eigener Fehler. Habt Ihr auch nur die geringste Ahnung, was für leidenschaftliche Gefühle Ihr in mir weckt?«

Beim Klang seiner Stimme stöhnte Roscelyn leise, und Verlangen stieg in ihr auf. »Ihr bringt mich zur Weißglut, bis ich mich schließlich selbst nicht mehr kenne. Ich wollte Euch nicht verärgern. Es ist nur ...«

Sie fühlte, wie sich sein Brustkorb an ihrem Rücken weitete, als er tief einatmete. Dann zog er sie noch enger an sich und strich mit dem Kinn über ihren Scheitel.

Roscelyn stemmte sich gegen den Wirbelsturm von Gefühlen, der sie zu überwältigen drohte.

»Ich bedaure, dass Ihr so schwere Verluste erlitten habt.« Mitfühlend drücke er ihre Taille, um seinen Worten mehr Glaubwürdigkeit zu verleihen. »Es tut mir wirklich Leid, dass Ihr so viel Schreckliches durchgemacht habt. Aber ich will nicht leugnen, wie froh ich darüber bin, dass Cyning mir zugesprochen wurde. Ihr mögt glauben, was Ihr wollt, aber der Name de Brionne hatte früher einen guten Klang in der Normandie. Ich versuche nur wieder zu bekommen, was ich verloren habe – genauso wie Ihr versuchen würdet, Eure Familie zurückzubekommen, wenn es möglich wäre.«

Bei allem was heilig war, sie würde an diesen Mann keine Sympathie verschwenden. »Mir scheint, es wäre besser, Ihr würdet das, was Ihr verloren habt, an Ort und Stelle suchen – nicht bei uns!«

Sie spürte, wie er erneut Luft holte. »Ich wünschte, das wäre möglich.«

War das nur Einbildung oder schwang ein Spur von Bitterkeit in seiner Stimme mit? »Warum ist es nicht möglich?«, fragte Roscelyn langsam und seltsam beunruhigt.

»Es existiert nicht mehr.«

»Ihr sprecht in Rätseln, Milord.«

»Es ist kein Geheimnis, Milady.« Obwohl seine Worte nicht mehr bitter klangen, spürte Roscelyn, wie sein Körper sich anspannte. »Als ich noch ein Säugling war, verriet mein Vater William an den französischen König. Meine Mutter nahm sich das Leben, weil sie die Schmach nicht ertragen konnte. Früher oder später, wenn andere Adelige Cyning besuchen, werdet Ihr sicher noch davon hören.«

»Aber Ihr wurdet doch bei Hofe erzogen, oder?«, fragte sie verwundert. »Warum hat Euch William Euren Besitz nicht zurückgegeben, als Ihr alt genug dafür wart?«

De Brionnes Ton triefte vor Selbstverachtung. »Ich lebte als Geisel am Hof, bis sich herausstellte, dass mein Vater kein Lösegeld für mich bezahlen wollte.«

»Euer Vater war noch am Leben?«

»Vielleicht lebt er immer noch. Er hat nicht nur William verraten – sondern auch meine Mutter und mich, als ihm am französischen Hof eine große Belohnung in Aussicht gestellt wurde.«

»Aber William hat Euch behalten«, beharrte Roscelyn, die sich sehnlichst zu hören wünschte, dass nicht Varins ganzes Leben so elend verlaufen war.

»Er hielt mich als eine Art Sklave.«

Roscelyn runzelte die Stirn. »Wie könnt Ihr einem Mann dienen, der Euch so schlecht behandelt hat?«

»Wenn William mich nicht so behandelt hätte, wäre ich nicht der, der ich heute bin, und dafür danke ich ihm.«

»Danken?« Roscelyn konnte die Wut in ihrer Stimme kaum unterdrücken. »Er hat Euch Euren Besitz gestohlen …«

»Keineswegs, *mignonne.* Er schenkte die Ländereien eines Verräters dem Ehemann einer seiner Halbschwestern.«

Roscelyn schürzte die Lippen. »Und eine Tochter dieser Halbschwestern wollt Ihr jetzt heiraten?,« fragte sie schließlich.

»So ist es.«

Auf einmal wurde sie so traurig, dass sie das Gefühl hatte, sogar der Schein des Kerzenlichts werde plötzlich schwächer. Um der Nichte eines Königs einen angemessenen Lebensstil bieten zu können, brauchte Varin wirklich einen Besitz, der so groß war wie Cyning.

Roscelyn runzelte die Stirn, als ihr noch ein anderer Gedanke kam. »Hat diese Nichte des Königs noch Brüder?«

»Nein ... nur zwei Schwestern.«

»Ich verstehe.« Sie starrte auf das Regenwasser, das langsam unter der Scheunentür durchsickerte. Eines Tages würde Varin seinen Familienbesitz durch Heirat vererben. Das täte sie an seiner Stelle auch.

Trotzdem überkam sie bei dieser Nachricht eine furchtbare Leere.

Sie wechselte das Thema. »Wie ist es Euch gelungen, Williams Gunst zu erwerben?«

»Das war ganz einfach. Ich habe Arnulf in einem Zweikampf das Nasenbein gebrochen.«

Roscelyn starrte ihn überrascht an. »Das habt Ihr wirklich getan?«

Er grinste. »Ja. Und ich musste dabei zu teuflischen Tricks greifen.«

»Ihr habt Euren Freund hereingelegt?«

»Damals waren wir noch keine Freunde. Arnulf war Williams bester Mann, wodurch ich die Gelegenheit erhielt, die Aufmerksamkeit des Königs auf mich zu lenken. Er war mir weit überlegen, bis es mir schließlich gelang, unbemerkt einen kleinen Stein in die Hand zu nehmen und in meiner Faust zu verstecken. Schlau, was?«

»Schlau!«

»Ich dachte, Ihr wärt derselben Meinung!«

Varin fing einen finsteren Blick auf. »Da bin ich ganz und gar nicht Eurer Meinung. Bestimmt hätte Arnulf Euch nicht ernsthaft verletzt.«

»Pah! Dieser zu groß geratene Einfaltspinsel hätte mich zerquetscht wie eine Fliege, wenn ich mich nicht gewehrt hätte. Außerdem habe ich mir dabei auch drei Finger gebrochen. Habt Ihr denn gar kein Mitleid?«

Varins tiefe Stimme, die Wärme seines Körpers und seine kräftigen Arme um ihre Taille übten eine extreme Wirkung auf Roscelyn aus. Ihr Widerstand wurde immer schwächer.

Könnte sie doch für immer in seiner Umarmung bleiben und die Sicherheit und Ruhe, die sie in seiner Nähe spürte, in sich bewahren!

Als Varin sie umdrehte und küsste, war sie bereit für die sanfte Berührung seiner Lippen. Sie schloss die Augen und legte die Hände auf seinen breiten Brustkorb. Noch nie hatte ein Mann sie so zärtlich gehalten.

Er streichelte ihre Finger, während er mit dem Daumen ihre Handflächen massierte. Dann glitt seine Hand an ihrem Hals hoch und bog ihr Gesicht zur Seite, bis ihr Mund seinen hungrigen Ansturm noch leichter zugänglich war.

Mit seiner Zunge öffnete er ihre Lippen, begann sofort mit ihr zu spielen und ermutigte Roscelyn, sich ihm zu öffnen. Als hätte es da noch einer Ermutigung bedurft! Es war, als tränke sie ein Gift, das ihre Sinne belebte und sie dazu antrieb, weiterzuforschen, und je mehr sie erforschte, desto eifriger suchte sie.

Sein Atem wurde tiefer und seine Küsse waren jetzt nicht mehr zärtlich, sondern fordernd. Selbstsicher. Stillschweigend versprach er ihr, all ihre Wünsche zu erfüllen und ihr das zu geben, was sie brauchte. Falls Roscelyn noch daran zweifeln sollte, glitt seine Hand jetzt zu ihrer Brust. Ihre Knospen richteten sich auf und bewiesen, dass er ihr Herr und Meister war.

Varin zog sie noch dichter an sich, als wollte er mit ihr verschmelzen.

Gierig saugte Roscelyn an seinen Lippen, damit er ihren qualvollen, heftigen Durst löschte. Sie rieb die Brüste gegen seine Hand und seinen Oberkörper, um den Schmerz zu lindern, der in ihnen pochte. Nun presste sie die Hüfte gegen ihn, damit er sie irgendwie von dem feuchten, drängenden Verlangen erlöste, das sie marterte …

Varin hatte die Hand von Roscelyns Brust gelöst und sie ebenfalls um ihre Taille gelegt. Er schwankte mit ihr vor und zurück und drehte sich dabei leicht hin und her. Es war wie ein alter, heidnischer Tanz, ein Ritual, mit dem man das Freudenfest der fleischlichen Genüsse beging. Mühelos folgten ihre Füße den einfachen Bewegungen, während ihre Hüften sich im langsamen Rhythmus wiegten.

Doch plötzlich begriff Roscelyn, was Varin vorhatte und schlug entsetzt die Augen auf. Rhythmus und Bewegung hatten nicht das Geringste mit einem heidnischen Tanz zu tun. Der Mann war tatsächlich dabei, sie unmerklich zu den Getreidesäcken hinüberzumanövrieren, auf denen er geschlafen hatte.

Zutiefst erschrocken tat sie das Erstbeste, was ihr in den Sinn kam.

Sie folgte seinem nächsten Schritt und bohrte ihm dann den Stiefelabsatz in die Zehen.

Augenblicklich ließ Varin los, und Poppit stimmte in sein Aufheulen mit ein.

Roscelyn musste sich nicht verstellen, um fassungslos auszusehen. Dann schlug sie die Hand vor den Mund. »Seid Ihr verletzt?«, fragte sie zwischen den Fingern hindurch.

»Verfluchte Höllenpest! Ruhe, Hund!« Varin umklammerte seinen Fuß, legte die restliche Strecke zu den Kornsäcken auf einem Bein hüpfend zurück und sank schließlich darauf nieder.

»Bitte verzeiht mir meine Ungeschicklichkeit!«

Er schüttelte den Kopf und zog den Stiefel aus, um seine Zehen einer genauen Prüfung zu unterziehen. »Schon gut.« Sein ruhiger Ton hörte sich etwas gezwungen an. »Es ist nicht Eure Schuld – war wohl ein Versehen.«

»Seht, Milord! Es regnet nicht mehr. Lasst uns in die Halle gehen und frühstücken.«

Bei diesem Vorschlag hob Varin mit einem Ruck den Kopf und starrte sie an. »Ihr habt mich absichtlich getreten!«

Spontan brachte Roscelyn ein empörtes Keuchen zu Stande. »Das habe ich gewiss nicht.«

Varin musterte sie von der Seite und krauste dann die Nase. »Wo bleibt heute Morgen eigentlich mein Kompliment?«

Sie schürzte nachdenklich die Lippen. Ein Kompliment ... Poppit leckte ihre Hand und sie kraulte ihn hinter dem Ohr, während sie nach einer passenden Schmeichelei suchte.

Plötzlich fiel ihr Blick auf den Hund, und sie konnte sich gerade noch zurückhalten, um nicht loszugackern wie ein altes Weib. Sie würde ihm ein Kompliment machen. Hatte er nicht befürchtet, dass in ihm eine plötzliche Solidarität mit Tieren erwachte, sobald er etwas derartig Unmännliches wie das Rechnen erlernte? Und heute Nacht hatte er mit Poppit das Lager geteilt.

»Ihr weist alle Merkmale eines begabten Rechners auf. Können wir jetzt gehen, damit ich mir etwas Warmes überziehen und essen kann?«

Varin zwängte seinen Fuß in den Stiefel und erhob sich. »Euer Kompliment klingt irgendwie merkwürdig!«

Er humpelte zur Tür, bedeutete ihr mit einer Handbewegung, vorauszugehen und achtete peinlich darauf, ihren Füßen nicht zu nahe zu kommen.

11

Varin warf Roscelyn, die neben ihm saß, einen verstohlenen Blick zu. Sie hatte ihm absichtlich auf die Zehen getreten. Das hätte er beschwören können.

Ihr weist alle Merkmale eines begabten Rechners auf.

In diesem Kompliment versteckte sich irgendeine Beleidigung. Davon war er überzeugt.

Nicht, dass er es ihr übel nahm! Was dachte er sich eigentlich dabei, sie einfach auf einen der Getreidesäcke zu bugsieren? Insbesondere, wenn er sich ja doch für sein schlechtes Benehmen von gestern Morgen hatte entschuldigen wollen.

Es stand ihm nicht zu, sie so gemein zu behandeln, und das hatte ihm die ganze, gestrige Nacht wie saurer Wein im Magen gelegen.

Seit er in Cyning angekommen war, hatte sich Roscelyn ihm gegenüber stets aufrichtig und geradeheraus verhalten. Trotzdem verdächtigte er jedes Mal sie als Erste, sobald sich etwas Ungewöhnliches ereignete – ob es nun um einen Korndiebstahl ging oder dass sie etwas im Schilde führte, wenn sie ihre Schwester zu einem Kloster begleitete.

Nicht, dass er sie nicht mit besonderer Aufmerksamkeit beobachtete. Es wäre reine Dummheit zu ignorieren, welche Bedrohung schließlich ihr Ehemann darstellte. Aber andererseits war es nicht nur Energieverschwendung, vorschnelle Schlüsse zu ziehen, sondern auch seinen eigenen Zielen nicht förderlich.

Zwei Jungen brachten Honig und dampfendes Brot an jeden Tisch, und Varin brach ein Stück von dem Laib ab, den man ihm hinhielt.

Wenn er sich als Lord von Cyning durchsetzen wollte, brauchte er bis zur Ankunft seines Seneschalls Roscelyns Hilfe. Genauer gesagt, nach dem Wenigen, was er bis jetzt gelernt hatte, zu urteilen, war er von ihr so abhängig wie ein Neugeborenes.

Varin runzelte die Stirn, während er nachdenklich kaute.

Vielleicht war das der Grund, warum er Roscelyn so sehr misstraute. Es gefiel ihm nicht, von jemandem so abhängig zu sein, insbesondere wenn es sich bei diesem Jemand um eine zierliche Angelsächsin handelte.

Aber das konnte trotzdem keine Entschuldigung für sein gestriges Benehmen sein. Er hatte ihr sogar unterstellt, die Tochter eines Abartigen zu sein!

Jetzt versorgte Varin sich mit einem zweiten Brocken von dem Laib. Schlimmer noch, er hatte wirklich geglaubt, sie würde übertreiben, als sie ihn auf den bedrohlichen Mangel an Vorräten aufmerksam machte.

Während sie ihm die schier ausweglose Lage erklären wollte, hatte er nur dümmliche Witze gerissen und sie geneckt. Und als er endlich, trotz seiner namenlosen Begriffsstutzigkeit, kapierte, dass sie die Wahrheit sprach, hatte er versucht, ihr die Schuld dafür in die Schuhe zu schieben.

Unterdessen hatte er seine eigenen Gedanken vergiftet, indem er die falschen Schlüsse aus ihrem stummen Vorschlag zog, lieber Korn zu säen, statt Befestigungsanlagen zu bauen.

Roscelyn war seine Feindin.

Sie plante eine Verschwörung gegen ihn.

Sie wollte ihn dazu bringen, die Verteidigung von Cyning zu vernachlässigen, damit die Angelsachsen das Herrenhaus leichter einnehmen konnten.

Man servierte Käse, und Varin schnitt sich ein Stück ab. Es beunruhigte ihn, dass er sich derart von seinem Zorn hatte übermannen lassen. In Zukunft musste er darauf achten, dass er in ihrer Gesellschaft nicht mehr so leicht die Kontrolle über sich verlor.

Aber, verfluchte Höllenpest, in seinem Leben hatte er noch

keine solche Frau getroffen. Varin warf einen verstohlenen Blick auf Roscelyn, die soeben Honig auf ihr Brot träufelte.

Wenn er ehrlich war, musste er sich eingestehen, dass es ihm schon längst nicht mehr darum ging, ihr den Hof zu machen, damit sie Informationen preisgab. Dieser Gedanke war geradezu abstoßend, und er hatte es in der Tat absichtlich vermieden, sie nach ihrem Ehemann zu fragen.

Nein, er wollte mehr. Er wollte Roscelyn einfach nur um seines eigenen Vergnügens willen besitzen.

»Hörst du mich, Varin?«

Er blickte auf und bemerkte, wie Arnulf ihn mit hochgezogenen Brauen musterte.

»Was gibt es?«

»Ich habe dich gefragt, ob wir trotz des Regens heute Morgen Holz schlagen sollen?«

Varin stellte fest, dass die Diener bereits damit beschäftigt waren, die Schüsseln und Teller abzuräumen. Die Mahlzeit war vorüber, und er hätte nicht einmal sagen können, ob er etwas gegessen hatte oder nicht.

»Nein.« Er wandte sich Arnulf zu. »Wir schlagen das Holz und schaffen es her, sobald es wieder trocken ist. Jetzt befestigen wir die Grabenwände mit Steinen. Vielleicht können wir heute Nachmittag weiter ausheben.«

Der Riese nickte und stand auf.

»Warte.« Varin hob die Hand. »Ich möchte, dass du Ulric und Hogarth zu mir schickst.«

»Bitte sehr!« Arnulf nickte. Mit einem Gruß an die anderen Lehnsmänner ging er davon.

»Milord«, ließ Roscelyn sich vernehmen, als sie allein waren.

»Varin.«

»Varin.« Sie neigte den Kopf. »Es war sehr edel von Euch, dass Ihr Euch im Rechnen geübt habt.«

»Wenn das kein Kompliment ist! Edel, sagt Ihr?«

Roscelyn lächelte. »Ich dachte mir, dass es Euch gefallen würde.«

Pest über seine ärgerliche, innere Stimme, die ihn daran erinnerte, dass er dieses Lob nicht verdient hatte. In Wahrheit hatte er nur gezählt, weil er ihr beweisen wollte, dass sie sich geirrt hatte. Eine unglaubliche Zeitverschwendung – aber das würde er Roscelyn natürlich nicht verraten.

Nun – genau besehen, war die Rechnerei *doch* nicht nutzlos gewesen. Auch er teilte jetzt ihre Meinung, dass sie unbedingt Wintersaat aussäen mussten.

»Darf ich fragen, warum Ihr Ulric und Hogarth sprechen wollt?« Obwohl Roscelyn lächelte, war das Misstrauen in ihrem Blick unverkennbar.

»Das dürft Ihr nicht. Ihr dürft ... sitzen bleiben«, befahl er, als sie sich erheben wollte. »Ich habe Euch nicht erlaubt zu gehen.«

»Verzeiht«, schnaubte sie verärgert und plumpste auf die Bank zurück. »Ich dachte, ich sollte mich zurückziehen, während Ihr mit den beiden redet.«

»Wenn ich wünsche, dass Ihr Euch zurückzieht, werde ich es Euch wissen lassen.«

Sie verschränkte die Arme, und Varin betrachtete ihr entschlossenes Kinn, die schmollenden Lippen und die Stupsnase. Und dieses Frauenzimmer wollte er zu seinem eigenen Vergnügen besitzen?

Er schüttelte den Kopf über sich selbst. Ja, sie war hinreißend, aber er hatte schon viele hübsche Frauen besessen. Warum er gerade sie so unwiderstehlich fand, erschien ihm ein Geheimnis, das er nur zu gerne entschlüsselt hätte.

Ihr Mut, ihre Dickköpfigkeit, ihr scharfer Verstand und ihre schnelle Zunge, die Tatsache, dass sie Angelsächsin und er Normanne war, hätte eigentlich jegliches Interesse an ihr von vornherein ausschließen sollen. Dennoch fand er es ungeheuer aufregend, sich vorzustellen, wie sie in seinem Bett lag.

Die Ankunft von Hogarth und Ulric riss ihn aus seinen angenehmen Träumereien.

»Ihr wollt uns sprechen, Sir Varin?«, fragte Hogarth. Sein faltiges Gesicht verriet Neugier, aber keine Furcht mehr – so wie am ersten Tag, als sie im Graben nebeneinander geschaufelt hatten.

Varin wies auf Arnulfs leeren Platz. »Setzt euch bitte einen Augenblick zu uns. Ich möchte von euch beiden wissen, wie viel ihr von der Wintersaat versteht.«

Ulrics rosiges Gesicht nahm einen verständnislosen Ausdruck an. »Verzeiht, Sir Varin, aber Lady Roscelyn weiß mehr darüber als wir.«

»Das mag sein …«, mit einer ungeduldigen Handbewegung fegte Varin Ulrics Antwort beiseite, »… aber ich will von euch beiden hören, was ihr tun würdet, wenn ihr jetzt nicht damit beschäftigt wärt, den Graben auszuheben und die Mauer zu bauen.«

Hogarth kratzte sich den lichter werdenden Schopf. »Wir wären so langsam mit Pflügen und Säen fertig, stimmt's, Ulric?«

»Ja, aber dieses Jahr würden wir vielleicht jetzt noch säen, wegen der Schlacht und allem.«

Der Normanne runzelte die Stirn. »Normalerweise wärt ihr jetzt mit Säen fertig?«

Die beiden Männer nickten und Ulric fügte hinzu: »Eine Woche früher oder später. Lufu sagt uns, wann wir säen sollen.«

»Die Hexe?«

»In ihrem Himmelskalender steht genau, wann die beste Zeit dafür ist«, warf Roscelyn ein.

»Geschieht eigentlich irgendetwas in diesem Dorf, ohne dass die Alte ihre Finger dazwischen hat?«, fragte Varin säuerlich, obwohl er sich im Grunde über sich selbst ärgerte.

Pest über seine Zehennägel, doch er sah wirklich ein, dass

Roscelyn gut daran getan hatte, die Wintersaat zu erwähnen. Er musste sich unbedingt darum kümmern, bevor er das Geheimnis des fehlenden Getreides weiterverfolgte.

Aber sobald die Aussaat abgeschlossen war ...

»Es sieht so aus, als hättet ihr bis zum Frühling nichts mehr zu tun, wenn ihr mit Säen fertig seid.«

Die Falten auf Hogarths Gesicht wurden tiefer, und er senkte den Blick. Ulric schob mürrisch das Kinn vor.

Nanu? Offenbar hatte er die beiden mit seiner Frage beleidigt.

»Seid nicht aufgebracht«, besänftigte Roscelyn. »Seine Lordschaft weiß nichts davon, wie wir leben. Normalerweise kümmert sich sein Seneschall darum.«

»Ich wollte euch nicht beleidigen«, fügte Varin schnell hinzu. »Es ist nur so, dass ich ... ich habe die meiste Zeit meines Lebens auf Schlachtfeldern verbracht. Bitte, sagt mir, was ihr tut, wenn ihr mit dem Säen fertig seid.«

Ulric räusperte sich. »Dann kümmern wir uns um die Reparaturen.«

»Reparaturen?«

»Ja.« Hogarth nickte. »Wir erneuern das Stroh auf den Dächern und schließen die Löcher in den Wänden. Wir kämmen die Wolle und weben Stoffe daraus.«

Ulric beugte sich vor und stützte die Ellbogen auf den Tisch. »Wir bessern die Zäune der Weiden aus und die Hecken, die die Tiere von unseren Feldern fern halten. Und dann gibt's noch die Arbeiten am Herrenhaus.«

Hogarth verdrehte die Augen. »Die Taubenschläge fallen bald um. Es wird nich' einfach sein, sie wieder zu richten.«

»Wahrscheinlich is' es das Beste, wir reißen sie ab und zimmern neue«, stimmte Ulric zu.

»Vergesst nicht die Kuhställe«, erinnerte Lady Roscelyn.

»Da habt Ihr Recht.« Hogarth schüttelte besorgt den Kopf. »Man weiß ja bald nich' mehr, was zuerst einstürzt.«

Bei dieser Unterhaltung schämte Varin sich seiner Dummheit. Er hätte wissen müssen, dass Bauern niemals Zeit hatten, die Hände in den Schoß zu legen.

Während die drei sich in ein Gespräch über die nötigen Ausbesserungsarbeiten vertieften, entging ihm nicht, wie vertraut sie miteinander waren. Sie lächelten, seufzten, schlugen die Hände über dem Kopf zusammen, kicherten, gestikulierten, stritten sich und …

Varin ballte unter dem Tisch die Hände zu Fäusten.

Wie hatte er nur an Roscelyns Vorhaben für das Dorf zweifeln können? Die Nöte lagen überall auf der Hand. Die heruntergekommene Scheune, die geflickten Kleider, die Ulric und Hogart trugen, die Tatsache, dass die Herrin eines Anwesens sich selbst um die Schafspferche kümmern musste …

Mit welcher Blindheit war er bloß geschlagen?

»Verzeiht«, unterbrach er die Unterhaltung und nickte den Männern zu. »Danke, dass ihr mir euer Wissen nicht vorenthalten habt. Zu gegebener Zeit werden wir unser Gespräch fortsetzen. Aber jetzt überprüfen Lady Roscelyn und ich zuerst einmal die Felder.«

Obwohl der Regen aufgehört hatte, war der Himmel immer noch grau, als Roscelyn mit Varin zu den Feldern ritt. Sie sollte es ihm eigentlich übel nehmen, dass er versucht hatte, sie in der Getreidescheune zu übertölpeln.

Roscelyn verzog das Gesicht. In Wirklichkeit hatte ihr sein kühner Vorstoß gefallen. Sie hätte ihn bestimmt nicht gebeten, aufzuhören.

Dass Varin die ganze Nacht aufgeblieben war und gerechnet hatte, verschaffte ihr eine bittersüße Genugtuung. Dass er nach Ulric und Hogarth rufen ließ, um sich von ihnen erklären zu lassen, wann und wie die Saat auf die Felder gebracht wurde, zeigte seine Achtung vor den beiden Männern. Dass er zumindest die Wintersaat in Erwägung zog, war bereits mehr, als Roscelyn gehofft hatte.

»Zeigt Ihr mir den Weg?« Varins Frage riss sie aus ihren Träumereien. »Oder muss ich drauflos reiten?«

Roscelyn stellte fest, dass sie bereits am Ende der Dorfstraße angekommen waren, und deutete nach links. Sie konnte ein leises Stöhnen nicht unterdrücken, als sich ihre Brüste wieder gegen Varins Rücken pressten.

»Hier …«, sie räusperte sich, »… hier zweigt der Weg ab.«

Sie schlugen den Fahrweg ein, der durch die Felder führte, und hielten dann zwischen den umgepflügten Furchen an.

»Halt!« De Brionne drehte sich im Sattel um und legte eine Hand fest auf Roscelyns Leib, als sie absteigen wollte. Die Berührung entflammte all ihre Sinne, und sie wand sich innerlich.

»Wenn es Euch recht ist, würde ich lieber im Sattel bleiben, um alles besser zu sehen.«

»Wie Ihr meint. Bodewells Achtelmeile verläuft von dort …«, sie lehnte sich zurück, um ihn nicht erneut zu berühren und wies auf eine gefurchte Reihe, »… bis zur Wiese da hinten.«

Ihre Hand schwenkte nach rechts und sie knirschte mit den Zähnen, als ihre Brüste trotzdem gegen seinen Rücken gedrückt wurden.

Allmächtiger! »Hättet Ihr etwas dagegen, wenn ich absteige?«

Varin warf ihr einen Blick über die Schulter zu. »Ja, allerdings *hätte* ich etwas dagegen.«

»Warum denn?«, murrte sie. »Während Ihr bequem sitzt, kann ich mich kaum rühren, ohne dass … ohne dabei …«

Er wandte sich halb zu ihr um und hob dabei spöttisch eine Braue. »Ohne was?«

»Ich kann mich kaum bewegen. Das ist alles.«

»Ihr wollt sagen, Ihr könnt Euch kaum bewegen, ohne dass

Eure Brüste meinen Rücken berühren … Halt! Rok wird unruhig, wenn Ihr so wild um Euch schlagt.«

Roscelyn konnte gar nicht schnell genug absitzen. Sobald sie auf dem Boden stand, drehte sie sich um und funkelte Varin zornig an. »Mit ein bisschen Glück wirft das Tier Euch ab und tritt Euch den Schädel ein!«

»Das ist nicht Euer Ernst. Beim Anblick von so viel Blut wäre Euch tagelang schlecht.«

»Euer Blut bildet eine Ausnahme, da bin ich mir sicher.«

Vorübergehend gab Varin sich geschlagen. »Ich habe noch nie eine Frau erlebt, die in so vielem so … heikel war. Vergebt mir. Ich erwarte Eure Belehrungen.«

»Heikel! Was für eine Unverschämtheit! Entweder versprecht Ihr, Euch von nun an zu benehmen, oder ich gehe auf der Stelle zum Herrenhaus zurück.«

Varins Schultern sackten herab, und er krauste die Nase. »Ich verspreche es«, grummelte er.

»Dann sitzt ab. Ich will mir nicht den Hals verrenken, bloß weil ich den ganzen Morgen zu Euch aufblicken muss.«

Er gehorchte, aber als er den Schritt seiner Hose zurechtrückte, warf Roscelyn ihm einen drohenden Blick zu.

»Ich kann nichts dafür«, verteidigte er sich.

In sicherer Entfernung von ihm wies sie erneut auf den Acker. »Dort drüben verlaufen die Felder von Bodewell.«

De Brionne runzelte die Stirn, als er das Gebiet musterte. »Das ist alles?«

»Das ist alles«, wiederholte sie.

Er flocht die Zügel seines Pferdes durch die Finger. »Wie soll denn ein so kleines Stück Land mich und meine Männer ernähren.«

Roscelyn sagte sich, dass kein Grund bestand, über das Ausmaß seiner Unwissenheit verblüfft zu sein. »Milord …«

»Varin«, korrigierte er.

»Varin. Neben dem Acker von Bodewell gehört Euch auch

noch Littleholly …«, sie deutete auf ein anderes Feld, »… und die Willows, die dort drüben an den Fluss grenzen.«

Seine Brauen blieben gelüftet, als er ihrem Finger mit den Augen folgte. »Kommt. Lasst uns zum Fluss gehen. Die Felder sind so abschüssig, dass ich sie kaum überblicke; außerdem kann Rok dort trinken.«

Sie nickte, und er führte das Pferd voran.

»Ist es schon zu spät, um die Wintersaat zu säen?«, erkundigte er sich.

»Ich glaube nicht – obwohl die Ernte vielleicht etwas dürftiger ausfallen könnte als sonst. Lufu weiß in diesen Dingen besser Bescheid.«

»Pah! Ich begreife nicht, wieso die Dörfler überhaupt Leute wie Euch oder mich brauchen. Mir scheint, als hielte die Alte hier alle Fäden in der Hand.«

Bei diesem Gedanken schüttelte Roscelyn den Kopf und lächelte. »Lufus Charakter ist zum Beispiel für Angelegenheiten der Rechtsprechung ungeeignet.«

»Eine ungeheuerliche Untertreibung!«

»Seid ein wenig nachsichtig, Milord. Ihr solltet Euch Lufu nicht zur Feindin machen.«

Varin warf ihr einen ärgerlichen Blick zu. »Ihr scheint sie jedenfalls nicht zu fürchten.«

»Hah.« Roscelyns Augen funkelten belustigt. »Es ist eher Lufu, die mich fürchtet, oder genauer gesagt, meine Abwesenheit. Ohne mich wäre sie gezwungen, sich täglich die Klagen der Bauern anzuhören, und ich glaube, sie würde lieber Gift schlucken.«

Inzwischen hatten sie den Fluss erreicht, und Varin führte das Pferd zum Wasser, während Roscelyn am Ufer stehen blieb.

Potztausend, die beiden waren doch ein schönes Paar. Wie ein mächtiger Held und sein kraftvolles Ross, die gemeinsam die Sonne am Himmel entlangzogen! Ja, war de Brionne nicht der irdische Bruder der Sonne, dass sie solche Sehnsucht nach seinem Körper verspürte und sich nach seiner Berührung, die sie willenlos machte, verzehrte?

Sie senkte den Blick, als er das Pferd nun auf eine Weide führte und dort festband.

Er musterte noch einmal die Felder, die sie durchquert hatten und verschränkte die Arme. »Ich vermute, alles zusammen reicht aus, um das Herrenhaus zu ernähren.«

»Nein, Milord ...«

»Varin.«

»Wie Ihr wünscht, Varin«, fügte sie sich. »Diese Felder reichen bei weitem nicht aus, um das Herrenhaus zu ernähren. Zwei Drittel einer Achtelmeile ernähren eine sechsköpfige Familie.«

Mit finsterer Miene wandte er sich ihr zu. »Wenn zwei Drittel eine sechsköpfige Familie ernähren, dann habe ich eine ganze Achtelmeile zu viel.«

Roscelyn seufzte geduldig. Es war, als müsste man ein quirliges Kind während der Sonntagsmesse still halten. »Das ist wahr, so sieht es aus.«

Als sie das zufriedene Glitzern in seinen Augen bemerkte, hob sie mahnend den Finger. »Aber eins Eurer Felder muss stets brachliegen, um die Erde nicht auszulaugen.«

Er maß zwei Felder mit dem Blick ab. »Trotzdem habe ich immer noch mehr, als ich brauche.«

Obwohl der Gedanke sie irritierte, gab Roscelyn zu bedenken: »Vermutlich werdet Ihr eine Familie haben, die Ihr ernähren müsst.«

»Ich teilte Euch bereits mit, dass ich nicht verheiratet bin!«

»Und vermutlich seid Ihr viel zu fromm, um mit der Nichte des Königs Kinder in die Welt zu setzen«, schnaubte sie. »So, wie die Bauernmädchen Euch anschmachten, wird es in Cyning in neun Monaten von Euren Bastarden nur so wimmeln.«

Obwohl Varin tadelnd mit der Zunge schnalzte, hellte sich seine Miene auf. »Solche Worte ziemen sich nicht für die Herrin von Cyning. Ihr hört Euch an wie ein eifersüchtiges Fischweib.«

»Eifersüchtig! Wegen Euch!«

»Sogar Ihr müsst zugeben, dass ich ein gut aussehender Mann bin.« Er produzierte ein breites Lächeln und trat einen Schritt näher.

Roscelyn verdrehte die Augen. Es war ihre eigene Schuld, dass sie überhaupt die Sprache darauf gebracht hatte; tatsächlich hatte dieser Maulheld nicht einen Funken Anstand im Leib.

»Kommt schon, Milady. Sagt, dass Ihr mich anziehend findet.«

Roscelyn zog es vor, das lächerliche Geplänkel zu ignorieren. »Eure Männer werden jedenfalls bestimmt Familien gründen. Wenn die Ernte eingebracht wird, müsst Ihr das gesamte Dorf versorgen. Außerdem gibt es auch noch Vieh zu füttern.«

Varin ließ die Schultern hängen. »Die Dörfler haben auch Vieh«, murrte er. »Trotzdem überleben sie mit zwei Dritteln einer Achtelmeile.«

»Ja. Sie besitzen ein paar Hühner, eine Ziege und vielleicht noch zwei, drei Schweine und Schafe.«

»Ein paar Hühner? Im Dorf gibt es so viele davon, dass ich mich frage, wieso überhaupt jemand hungert.«

»Die Hühner liefern uns Eier, und ihre Ställe werden oft genug von wilden Tieren ausgeräubert. Die Dörfler besitzen nicht solche Viehmengen wie Ihr. Habt Ihr auch nur die geringste Vorstellung davon, wie viel Futter Eure normannischen Rösser benötigen?«

»Ich bin der Herr dieser Ländereien«, näselte er. »Es gehört nicht zu meinen Aufgaben, das zu wissen.«

»Entschuldigt, wenn ich Euch beleidige, Milord.«

»Varin«, knurrte er.

»Varin!« Roscelyn stemmte die Hände in die Hüften. »Ob Ihr nun der Herr über Cyning seid oder nicht, Ihr tut besser daran, Rechnen zu lernen, und wenn Ihr schon dabei seid, dann lernt auch gleich noch Schreiben. Sonst werdet Ihr bald nicht mehr wissen, wem Ihr was für wie viel gegeben habt. Ebenso wenig werdet Ihr wissen, ob Euer Seneschall Euch bestiehlt.«

De Brionnes Nasenflügel bebten, und seine Kiefermuskeln traten hervor.

»Wenn Ihr wollt, dass ich Euch beibringe, was ich weiß, dann blast Euch nicht so auf!«

Seine Augen verengten sich zu Schlitzen. Doch plötzlich stahl sich ein träges Grinsen über sein Gesicht, und er trat dicht neben sie. »Ihr seid sehr hübsch!«

Roscelyn spürte, wie sie rot wurde, und hob abwehrend die Arme. »Eure Worte sind allzu vertraulich, und Ihr steht zu nah neben mir!«

»Ich glaube nicht, dass meine Nähe auch nur halb so vertraulich ist wie Eure Bemerkung über meine ungesetzlichen Nachkommen.«

»Das habe ich nicht persönlich gemeint ... ich wollte nur ...«

Dieser elende Lump strahlte vor Zufriedenheit, da sie sein Argument nicht bestreiten konnte. Es war nicht leicht, ihre zusammengebissenen Zähne so weit zu lockern, dass sie zumindest eine Antwort zu Stande brachte. »Ich hatte nur die Absicht, Euch darauf hinzuweisen, dass Ihr eines Tages eine Familie haben werdet, die Ihr ernähren müsst.«

»Trotzdem war es ein echtes Kompliment. Sind alle Bauernmädchen verrückt nach mir oder nur ein paar?«

»Könnt Ihr denn an nichts anderes denken?«, knurrte sie.

»Sind es so viele, dass ich sie benutzen könnte, um rechnen zu lernen?«

»Noch ein Wort und ich gehe!«

»O weh. Ich verstehe. Ich habe schon wieder Eure prüde … besser gesagt, Eure empfindsame Seite getroffen! Verzeiht mir!«

Roscelyn straffte sich. »Es ist Euch doch ganz gleich, ob Ihr mich verletzt oder nicht.«

»Gebt es nur zu, Milady: Ihr findet Gefallen an meiner Gesellschaft.«

»Ich gebe nichts Derartiges zu.«

»Soll ich es Euch beweisen?«

Er trat noch einen Schritt näher, und Roscelyns Herz begann, so schnell zu klopfen wie das einer dummen, jungen Gans. Die Aufregung hinderte sie daran, nachzugeben. »Was beweisen?«

»Wie sehr Ihr Gefallen an meiner Gesellschaft findet.«

Ihr Blick glitt schnell von Varins tiefblauen Augen zu seinen Lippen, und ihr Puls jagte plötzlich bei der Erinnerung an ihre vorige Begegnung.

Er streckte die Hand aus, umfasste zärtlich ihren Arm und zog sie an sich. Dann presste er die Lippen auf ihren Mund.

Als Roscelyn den Kopf abwandte, knabberte er an ihrer Wange und ihrem Ohr. Seine weiche Zunge hinterließ eine feuchte Spur, als sie an ihrer Kehle entlangglitt.

Sie öffnete den Mund, um es ihm zu verbieten, aber der Himmel mochte ihr beistehen – mit einem einzigen Herzschlag stand ihr ganzer Körper in Flammen. Es war, als sei Varin der einzige Quell in der siedenden Hitze der Hölle, die einzige Hoffnung auf Erlösung ihrer lodernden Sinne.

Wie süß, seine Lippen auf ihren zu spüren! Wie betörend!

Er befreite seinen Arm, um sie noch enger an sich zu ziehen, und auch Roscelyn schlang die Arme um seine Taille. Ihre Hand glitt nach oben in seinen muskulösen Nacken, als könnte auf diese Weise etwas von seiner Stärke auf sie übergehen.

Als sich seine Lippen erneut auf ihre legten, erwiderte sie den Kuss ohne zu zögern. Sie war nicht sicher, ob die keuchenden Atemzüge an ihrem Ohr von ihr selbst oder von Varin stammten.

Dann hielt er ihre Zunge zwischen den Zähnen gefangen und lockte sie in seinen Mund, schmeckte sie, saugte an ihr, lud sie ein, ihn zu erforschen.

Varin lehnte sich schwer gegen sie, und zwang sie dazu, den Rücken durchzubiegen. Sie stöhnte, als sich ihre Brüste gegen ihn pressten. Seine Hände umklammerten den Stoff in ihrer Taille, und sie spürte seinen harten Schaft durch ihre Kleidung hindurch.

Während er sie fest hielt und zwang, sich seinem Rhythmus anzupassen, drückte sie die Hüften fest gegen ihn. Roscelyn änderte ihre Haltung und spreizte die zitternden Beine, ohne genau zu wissen, was sie dazu trieb. Nur eines wusste sie: dass sie ihm noch näher sein musste.

Seine tastenden Hände machten sich an ihren Röcken zu schaffen. Sie spürte seine Hand zwischen ihren Schenkeln und versuchte fieberhaft, sich ihm noch leichter zugänglich zu machen, auch wenn sie nicht wusste, wie.

Plötzlich zog er die Hand abrupt zurück. Als er auch die Lippen von ihrem Mund löste, hätte Roscelyn vor Enttäuschung fast aufgeschrien. Zitternd wartete sie darauf, was er als Nächstes tun würde.

Da nichts geschah, spähte sie vorsichtig zwischen den halb geschlossenen Lidern hindurch.

Als sie den Ausdruck auf Varins Zügen wahrnahm, schlug sie die Augen weit auf und schnappte nach Luft.

Dieser nichtswürdige Schuft sah aus wie ein fetter Kater nach einer Festmahlzeit auf einem Feld voller Mäuse.

»Nun, seht Ihr? Ihr findet Gefallen an meiner Gesellschaft.«

»Ohhh«, schnaubte sie. »Lasst mich los!«

Varin hob eine Braue. »Ihr seid zuerst dran.«

Überrascht blinzelte Roscelyn, löste dann die Arme von seiner Taille und schlug seine Hände weg. »Abscheulicher Rohling!«

»Und Ihr seid Lady Zimperliese?«

Er führte einen Finger an ihre Lippen – einen Finger, der noch feucht war von ihrer Lust. »Welch schlagender Beweis Eurer Abneigung!«

Mit einem Ruck befreite Roscelyn sich aus seinen Armen. »Ihr seid der gemeinste, hassenswerteste, abscheulichste …«

Sein verschlagenes Grinsen brachte sie zum Schweigen. »Ich hätte nie gedacht, dass eine so scheinheilige kleine Tyrannin so leidenschaftlich sein könnte.«

Ohne ein weiteres Wort wirbelte Roscelyn herum und machte sich teils laufend, teils rennend auf den Rückweg. Sein dröhnendes Lachen verfolgte sie und ihre Wangen brannten vor Scham, aber das war nichts im Vergleich zu der glühenden Hitze zwischen ihren Schenkeln.

Doch selbst jetzt, auf dieser wilden Flucht vor seiner Umarmung, kreisten ihre Gedanken bei jedem Schritt um zwei Fragen.

Wo war ihr Hass auf de Brionne geblieben?

Wann hatte sie angefangen, Vergnügen darüber zu empfinden, dass er sie dauernd herausforderte?

»Kommt, Milady.« Varin hatte sie eingeholt, als sie gerade in die Dorfstraße einbog, und streckte ihr die Hand entgegen.

Sie ignorierte ihn so demonstrativ wie möglich und hastete weiter.

Varin zügelte sein Pferd und ritt langsam neben ihr her. »Wir haben heute noch viel zu erledigen.«

Roscelyn presste die Lippen aufeinander und schwieg.

»Ich dachte, wir sollten die Köpfe noch einmal zusammenstecken«, sagte er betont munter, »und uns überlegen, was aus dem fehlenden Korn und Mehl geworden ist.«

»Für heute haben wir die Köpfe schon lange genug zusammengesteckt«, erwiderte sie bissig.

»Außerdem habe ich gehofft, dass Ihr mir vielleicht bei der Entscheidung helfen könntet, wo ich meinen Reichtum am besten einsetzen kann.«

Roscelyn blieb so abrupt stehen, dass Varins Pferd bereits ein ganzes Stück weitergetrabt war, bevor er es anhalten konnte.

»Ich würde Euch liebend gern sagen, bei welchen Leuten Ihr Euren Reichtum am besten *einsetzen* könnt«, keifte sie. »Und diese Gesellschaft dürfte Euch nicht unbekannt sein – denn es ist genau die Sorte Mensch, die schon einmal Eure verdorbene Fantasie beflügelt hat!«

De Brionnes Lippen zuckten vor unterdrückter Heiterkeit, auch wenn er versuchte, sie gekränkt anzusehen, und das verstärkte Roscelyns Ärger nur noch.

Als er schließlich in brüllendes Gelächter ausbrach, verdrehte sie die Augen. Was für ein grässlicher Kerl! Sie stampfte auf der Dorfstraße davon.

»Ach, Milady«, rief er ihrem davoneilenden Rücken nach, »Ihr seid süßer als der fetteste Rahm!«

12

Die Sonne war kaum untergegangen, als Cerdic sich Elswyths Hütte näherte. Obwohl sie verabredet hatten, sich erst in zwei Tagen an einer geheimen Stelle im Wald zu treffen, hatte er es doch sehr eilig, seine Pläne in die Tat umzusetzen.

Immer wieder blieben seine Stiefel in der aufgeweichten Erde des Fahrwegs stecken, jenes Fahrwegs, auf dem er noch vor wenigen Stunden seine Frau und ihren normannischen Geliebten bespitzelt hatte. Cerdic war gerade von der Abtei zurückgekommen und stehen geblieben, um die beiden zu beobachten, während sie die Felder durchquerten. Im schützenden Saum des Waldes verborgen, war er Zeuge einer recht hitzigen Szene geworden.

Nicht, dass es ihm etwas ausgemacht hätte. Zwar hatte es all seiner Schlauheit und Tücke bedurft – aber es war ihm gelungen, die Schriftrolle aus der Abtei zu entwenden. Genauer gesagt, eine Hälfte davon.

Deswegen war er auch so unter Druck. Die andere Hälfte der Schriftrolle befand sich noch bei Roscelyn, und er musste sie ihr so schnell wie möglich entwenden.

Außerdem wusste er nicht, wie lange er Wulfwyn noch ertrüge. Das Mädchen plapperte die ganze Zeit wirres Zeug, sprach mit den Toten und allen möglichen Dämonen.

Cerdic erschauerte. Hätte er Wulfwyn nicht gebraucht, um Roscelyn zu erpressen, dann hätte er ihr schon längst den Hals umgedreht. Jedenfalls machte er stets einen möglichst großen Bogen um sie.

Unversehens tauchte eine Fackel vor ihm auf, in deren Licht sich die Umrisse einiger Hütten abzeichneten. Obwohl er sich noch in sicherer Entfernung befand, kauerte Cerdic nieder.

Es war die alte Hexe. Er beobachtete, wie sie die Dorfstraße entlang zu ihrer Hütte humpelte, während ihre Fackel zitternde Schatten warf und fahles Licht aufzucken ließ. Als sie in die Dorfstraße einbog, erhob er sich.

Aber schon im nächsten Moment ging er erneut in die Hocke. Lufu war unerwartet stehen geblieben und hatte sich in seine Richtung umgedreht. Einen Augenblick lang stand sie da, eine Alte aus den Tiefen der Hölle, das Feuer Satans in Händen! Dann wandte sie sich wieder um und verschwand hinter der Kurve.

Cerdic wischte sich über die prickelnde Haut in seinem Nacken und stand auf. Verdammt, die verrückte Wulfwyn hatte ihn schon ganz närrisch gemacht!

Rasch ausschreitend erreichte er ohne weitere Zwischenfälle Elswyths Hütte. Glücklicherweise war sie noch wach.

»Cerdic!«, rief sie überrascht. »Was macht Ihr denn hier?«

»Ich komme gerade von der Abtei zurück.«

»Wie leichtsinnig von Euch, so früh einzutreffen«, schimpfte sie. »Habt Ihr Wulfwyn geschnappt?«

»Ja.« Cerdic lächelte, von plötzlichem Selbstvertrauen erfüllt. »Ist während meiner Abwesenheit alles glatt gelaufen?«

»Nein«, schnaubte Elswyth. »Die Normannen haben deinen Diebstahl bemerkt und alles Getreide und Mehl im Dorf beschlagnahmt. Seit heute Morgen müssen wir auf Roscelyns Befehl mit der halben Ration auskommen. Unterdessen stopft sie den Normannen die Mäuler mit Essen voll!«

»Keine Sorge, Milady«, besänftigte sie Cerdic. »Nicht mehr lange, und du erhältst deine Belohnung.«

Elswyth hob skeptisch eine Braue. »Wirklich?«

Cerdic strich sich über den Bart und maß sie mit einem langen Blick. »Glaubst du, du könntest dies hier für mich bei Roscelyn …«, er zog eine rote Haarlocke aus einem Beutel an seinem Gürtel, »… mit einer Nachricht abgeben?«

Sie stieß einen abgrundtiefen Seufzer aus. »Ich stehe gern zu Euren Diensten, Milord!«

Als er Elswyth verließ, war es noch früh, und Cerdic fühlte sich erleichtert, nicht mehr länger ihr unerträgliches Gejammer anhören zu müssen. Sobald er sich mit Roscelyn getroffen hatte, würde er sich Elswyth ein für alle Mal vom Halse schaffen.

Plötzlich öffnete sich eine Tür zu seiner Rechten, und ein Lichtstrahl fiel auf den Weg. Cerdic blinzelte in die überraschten Augen eines alten Bauernweibleins. Jäh wandte er den Kopf ab und versteckte sich hinter einer Hauswand.

Pest über die alte Schlampe! Hatte sie ihn etwa erkannt?

Varin lag in seinem Bett auf dem Rücken und starrte in die Dunkelheit. Er konnte nicht schlafen. Nach vielem Schmeicheln, Bitten und Betteln war es ihm doch noch gelungen, Roscelyn zur Mitarbeit zu bewegen. Gemeinsam hatten sie alle im Dorf nach den fehlenden Waren befragt, seine eigenen Männer eingeschlossen.

Schließlich hatte Roscelyn herausgefunden, wie der Diebstahl ausgeführt worden war.

Er strich sich mit der Hand über das stoppelige Kinn.

Zweimal hatte der Bäcker mit einem Mann gesprochen, der seinen Karren in der Getreidescheune voll lud. Der Mann hatte behauptet, dass er zu Varins Leuten gehörte und in dessen Auftrag Getreide bei der Mühle abliefern sollte. Der Bäcker, der noch nicht alle Normannen in Cyning kannte, glaubte dem Fremden natürlich.

Diese Geschichte hatte Hugh, einer von Varins Leuten, mit einer kleinen Abänderung bestätigt. Während er als Wachposten am Tor stand, hatte Hugh denselben Mann mehrmals mit dem Karren gesehen. Diesmal hatte er jedoch behauptet, dass er im Auftrag von Lady Roscelyn unterwegs war, um Korn zur Mühle zu bringen.

Stirnrunzelnd blickte Varin in die Dunkelheit. Sie wussten zwar jetzt, wie das Korn gestohlen worden war – aber das warf nur neue und beunruhigende Fragen auf.

Dem Mann mit dem Karren waren die Örtlichkeiten in Cyning genauestens bekannt. Er hatte gewusst, wie er an Getreide und Mehl kam, hatte verschiedene Geschichten vorbereitet, um seine Spuren zu verwischen, und er kannte Roscelyns Namen. Die Beschreibung des Diebes lieferte aber keine Hinweise darauf, um wen es sich handeln könnte. Weder Roscelyn noch sonst jemand schien ihn zu kennen.

Varins Gedanken wanderten zum Abend zurück, an dem er zusammen mit Roscelyn sein Geld gezählt hatte.

Er atmete tief ein und hielt kurz die Luft an, bevor er wieder ausatmete.

Sie hatte kein Wort gesagt. Aber ihre enttäuschte Miene

sprach Bände: Sein Reichtum war doch nicht so unermesslich, wie er selber geglaubt hatte.

Nicht, dass sie hungern mussten, gesegnet seien alle Heiligen – doch für die nächste Zeit würden sie sich tatsächlich mit halben Rationen zufrieden zu geben haben.

Auf jeden Fall musste er die Wintersaat …

»Zu den Waffen! Zu den Waffen!«

Seine Nackenhaare sträubten sich, und er setzte sich kerzengerade in seinem Bett auf.

Das war die Stimme seines stämmigen Lehnsmannes Gilbert.

Mit einem Satz sprang Varin hoch, riss die Tür auf und sah den Mann mit einer Fackel in der Hand auf sich zustürmen.

»Das Dorf, Milord! Man greift uns an!«

Adam folgte Gilbert auf dem Fuß, und innerhalb von Sekunden war Varin angekleidet und bewaffnet. »Geh und hilf allen anderen beim Anlegen der Harnische«, befahl er seinem Knappen, während er sich das Schwert um die Hüften gürtete.

Als er aus seinem Schlafgemach hastete, sah er Lady Roscelyns besorgtes Gesicht durch eine Ritze im Vorhang spähen. »Ihr bleibt hier!«, donnerte er.

Nachdem er die Hälfte seiner Leute angewiesen hatte, das Herrenhaus und den angelsächsischen Leibwächter zu verteidigen, stürzte er nach draußen zu den Ställen, wo der bereits gesattelte Rok stand. »Gut gemacht«, lobte er den Stallmeister und schwang sich in den Sattel.

Erst dann fiel sein Blick auf den großen Hund. Im Licht der Fackel beobachtete ihn das Tier mit wachsamen Augen.

»Hol ein Seil«, befahl Varin dem Stallmeister. »Binde den Köter fest – wie, ist deine Sache, keinesfalls darf er mir nachrennen.«

Der Mann führte den Befehl unverzüglich aus, und Varin wandte seine Aufmerksamkeit seinen Rittern zu. »Schneller,

schneller!«, drängte er, während die Lehnsmänner zu ihren Rössern eilten.

Unverzüglich gab er jetzt Rok die Sporen, und der Hengst stürmte davon.

Flammen züngelten hoch und erleuchteten den nächtlichen Himmel, als Varin ins Dorf preschte. Am Anfang der Dorfstraße, blieb ihm nichts anderes übrig, als sein Tempo zu drosseln, wenn er die Dörfler nicht über den Haufen reiten wollte.

Schreie, Rufe und Gebrüll erfüllten die rauchgeschwängerte Luft, und die Bauern eilten mit Wassereimern zum Brunnen und wieder zurück.

Varin blieb stehen und beobachtete die Menschen, während die Feuersbrunst prasselte. Er konnte nicht einmal sagen, ob der Angriff schon vorbei war oder nicht.

»Rettet uns!« Eine Frau umklammerte sein Bein, und Rok tänzelte unruhig.

»Wo sind die Angreifer?«, schrie Varin.

Statt einer Antwort verdrehte die Frau nur die Augen und klammerte sich noch krampfhafter an sein Bein.

»Beruhige dich. Du bist in Sicherheit. Wird das Dorf noch angegriffen?«

»Ich weiß es doch nich'«, heulte sie auf.

Verfluchte Höllenpest! Es herrschte ein furchtbares Durcheinander.

»Sir Varin!« Er erkannte Ulrics Stimme in dem Lärm und sah jetzt, wie der Mann mit dem Stiernacken sich bemühte, die Dörfler zurückzudrängen, die sich um Varin scharten.

»Werden wir noch angegriffen?«, bellte Varin.

Ulric deutete auf eine brennende Hütte und versuchte dann, in der dichten Menge eine Gasse für Varin frei zu machen. »Tretet beiseite! Beiseite, sag ich. Lasst seine Lordschaft durch!«

Varin blickte auf die Hand der Bauersfrau, die immer noch

sein Bein fest hielt. »Lass mich los, oder du wirst niedergetrampelt.«

Jetzt hielt Arnulf neben Varin.

»Guckt mal! Der Riese!«, übertönte eine schrille Kinderstimme den Lärm. »Der Riese is' gekommen.«

Ein kleines Mädchen, ungefähr sieben oder acht Jahre alt, rannte zu dem Lehnsmann hin. »Sir Arnulf! Könnt Ihr das Feuer ausblasen?«

»Könnt Ihr die miesen Kerle erschlagen, die's angezündet haben?« Ein Junge hatte sich zu dem Mädchen gesellt.

Walther und Roger stießen noch dazu, und Varin schaffte es endlich, Rok durch die schmale Gasse zu lenken, die Ulric für ihn freihielt.

»Milord Varin!«

De Brionne blinzelte und versuchte, den Mann zu erkennen, der auf ihn zurannte. »Hogarth?«

Wahrhaftig, beinahe hätte er den Tuchwalker nicht erkannt, so schwarz war dessen Gesicht.

»Seid Ihr unverletzt?«, fragte er.

Der Mann nickte und schnappte nach Luft. »Fast ein Dutzend Männer. Haben unsere Hütten angesteckt!« Keuchend presste er die Hände auf die Brust: »Sie sind weg. In den Wald!«

Dann brach er plötzlich in die Knie, schwankte und fiel in Ohnmacht.

»Bei Christi blutigen Knochen!« Mit einem Satz sprang Varin aus dem Sattel und warf Roger die Zügel zu. »Arnulf! Bringen wir ihn schnell zur Dorfältesten.«

Der Riese hob den bewusstlosen Hogarth hoch, während Varin vorauseilte. Die Alte hielt vor der Tür ihrer Kate Ausschau und ließ sie ohne Umschweife eintreten.

Arnulf musste sich ganz tief bücken, als er die Hütte betrat, aber er hatte Hogarth noch kaum auf einer Pritsche niedergelegt, als die Hexe auch schon mit sicherem Blick drei Schwertwunden entdeckte.

Varin und Arnulf ließen den Verletzten in den bewährten Händen der Alten, gingen wieder ins Freie und saßen auf.

»Roger, Walter«, rief Varin. »Reitet zum Wald!«

Aber es war alles umsonst gewesen, überlegte er eine Stunde später. Die Dunkelheit machte eine Verfolgung unmöglich, da sie keinerlei Spuren der Angreifer erkennen konnten. Und was die finstere Nacht nicht verbarg, schützten die undurchdringlich dichten Wälder.

Als sie ins Dorf zurückkehrten, halfen Varin und seine Gefährten beim Feuerlöschen und diese mühsame Arbeit nahm fast die ganze Nacht in Anspruch.

Nachdem die Hauptgefahr gebannt war, fing Varin an, die Dörfler zu befragen. Er schmiedete Pläne, wie sie die Diebe nach Sonnenaufgang fangen könnten.

Nicht nur Diebe, dachte er bei einer kurzen Pause am Brunnen. Es waren obendrein Mörder. Ein älterer Mann und seine Frau hatten in den Flammen ihr Leben gelassen.

»Euer Lordschaft?«

Varin drehte sich um und sah einen etwa zwölfjährigen Jungen in zerfetzter Kleidung vor sich.

»Können wir einen Augenblick reden?«

»Jetzt nicht, junger Mann! Meine Augen brennen, mein Kopf schmerzt, und ich bin hundemüde.«

»Es is' aber ganz wichtig.«

Varin musterte die entschlossene Miene und die schmalen, gestrafften Schultern. »Was gibt es denn?«

Der Junge sah sich vorsichtig um. »Das is' nur für Eure Ohren bestimmt, was ich zu sagen hab.«

»Nun gut!« Varin beschlich eine ungute Vorahnung. »Lass uns dort hinübergehen.«

Er bedeutete dem Halbwüchsigen, ihm zu folgen und schritt an den Rand des Wegs. »Was willst du mir mitteilen?«

»Die, die uns angegriffen haben …« Die Stimme des Jungen bebte. »Einer von denen, das war Lord Cerdic.«

»Lord Cerdic?«

»Der Mann von Lady Ros!«

Varin blickte den Jungen überrascht an. »Woher weißt du das? Alle sagen, dass die Männer Kapuzen aufhatten.«

»Der war's, das weiß ich genau. Ich hab seinen Gürtel erkannt und sein Schwert. Früher hab ich's für ihn geputzt.«

»Komm morgen zum Herrenhaus ...«, Varin machte eine entsprechende Handbewegung, »und ich belohne dich mit einem Goldstück.«

Der Junge schüttelte den Kopf. »Ich brauch kein Goldstück nich'. Das war'n meine Großeltern, die der umgebracht hat.«

»Wenn es dir etwas bedeutet, dann verspreche ich dir, dass er dafür büßen wird. Darauf hast du mein Wort!«

»Wenn's Euch nix ausmacht, dann wär ich froh, wenn Ihr's keinem sagen tätet, dass ich Euch's erzählt hab.«

Varin nickte. »Das verspreche ich dir ebenfalls.«

Schon beim ersten Morgengrauen war Roscelyn im Dorf. Obwohl de Brionne und seine Leute sich blitzschnell bewaffnet hatten und ins Dorf gehetzt waren, waren die Angreifer bereits im Schutz des Waldes verschwunden, als sie ankamen.

Sie musterte die schwelenden Ruinen und kniff die Augen zusammen, da dicke Rauchwolken den Morgennebel noch undurchdringlicher machten. Der ätzende Geruch von verkohltem Holz wurde immer wieder vom lebhaften Hin und Her der normannischen Lehnsmänner aufgewirbelt, die mit den ersten Sonnenstrahlen ihre fieberhafte Suche nach den Angreifern aufgenommen hatten.

Roscelyn wandte den Blick von den verkohlten Resten ab, die einstmals Siberts als Hütte gedient hatten. Der Mann und seine Frau waren in den Flammen verbrannt. Da es nur zwei junge Enkel gab, die sich um die Hinterlassenschaften der beiden kümmern konnten, hatte man die Leichen zu Lufu gebracht, die das Ehepaar für das Begräbnis vorbereiten wollte.

Auch von den Hütten des Gerbers, des Zimmermanns und des Werkzeugmachers war nichts mehr übrig. Offenbar hatten es die Angreifer auf Vorräte abgesehen. Nur dank der Gnade Gottes gab es nicht noch mehr Tote.

Roscelyn schürzte die Lippen. Vielleicht würde sich auch Hogarth, der Tuchwalker, bald unter den Opfern befinden.

»Milady, hört einen Augenblick«, erklang plötzlich Varins heisere Stimme hinter ihr.

Roscelyn drehte sich um. Ihr stockte der Atem.

Varins Gesicht und Haar waren schwarz von Ruß. Das Weiß und Blau seiner Augen bildete dazu einen scharfen Kontrast, und der erste Eindruck war der eines direkt der Hölle entstiegenen Dämonen.

Er schaute sich um. »Lasst uns aus diesem Qualm verschwinden.«

Damit streckte er ihr die pechschwarze Hand entgegen und zog sie hinter sich in den Sattel. Er gab seinem Hengst die Sporen und ritt in Windrichtung zum Fluss hinunter. Dort saßen sie ab.

Varin ging zum Wasser und kniete nieder, um sich das Gesicht zu schrubben.

»Ich fürchte, Ihr benötigt ein wenig Seife«, bemerkte Roscelyn scherzhaft, als sie an seiner starren Haltung erkannte, wie angespannt er war.

Er schüttelte sich das Wasser von den Händen und erhob sich. In seinem jetzt grauen Gesicht war das Weiß seiner Augen deutlich blutunterlaufen. »Ich brauche mehr als nur Seife.«

Plötzlich spürte Roscelyn einen heftigen Drang, dem erschöpften Mann zu helfen, ihn zu waschen und mit einem Teller voll Essen ins Bett zu stecken.

»Ihr wolltet mich sprechen?«

Für einen Augenblick zuckte ein Muskel in seinem Kinn. Dann atmete er aus. »Dieser schwatzhafte Dorfprediger ist zu mir gekommen. Er möchte Münzen, um die Messe für die Toten zu lesen. Ich weiß nicht, wie viel ich ihm geben soll.«

Empört presste Roscelyn die Lippen aufeinander. Die Gier des Predigers war abstoßend, und es gehörte nicht zu Varins Aufgaben, ihn zu bezahlen. »Ich rede mit Thuri.«

»Das werdet Ihr nicht. Diese Leute sind gestorben, obwohl sie unter meinem Schutz standen. Die Bezahlung der Totenmesse übernehme ich.«

Sie senkte den Kopf, als er sie wütend anblickte. »Drei Silbermünzen sind mehr als genug, um die Messe und den Totengräber zu bezahlen.«

»Wenn Ihr mich jetzt entschuldigt! Ich muss die Suche nach den Angreifern fortsetzen.«

Roscelyn blickte hoch und sah, wie Varin aufsaß. »Noch einen Augenblick, Milord!«

Sein gleichzeitig müder und erwartungsvoller Blick, der durch sein rußgeschwärztes Gesicht noch durchdringender wirkte, streifte sie.

Roscelyn reckte die Schultern. »Ich bitte Euch nur ungern darum, da Ihr Euch bereits sehr großzügig gezeigt habt – aber die Dörfler, deren Hütten abgebrannt sind, wissen nicht, wohin sie gehen sollen. Ich würde sie gerne in der Halle des Herrenhauses unterbringen, bis sie wieder ein eigenes Dach über dem Kopf haben.«

Plötzlich war Varins Blick kühl. »Natürlich.«

Er nickte ihr kurz zu, gab seinem Pferd die Sporen und ließ sie mit dankbarem, aber schwerem Herzen zurück.

13

Die Öllampe in der Hand, verließ Roscelyn die überfüllte Halle noch vor der Morgendämmerung. Für das, was sie zu erledigen hatte, wollte sie weder die Kinder noch deren Eltern aus dem Dorf aufwecken, die hier Unterschlupf gefunden hatten. Aber sie musste Lufu sprechen, bevor sie mit ihren Pflichten begann.

Seit dem hinterhältigen Angriff waren zwei Tage vergangen, die die Leute morgens auf den Feldern verbrachten, während die Nachmittage mit der Arbeit an den Verteidigungsanlagen ausgefüllt waren.

Roscelyn stöhnte leise. Zwei Tage voll düsterer Gedanken, wehmütiger Sehnsucht, Zweifel und hoffnungsloser Grübeleien. Sie war so verwirrt, dass sie jetzt unbedingt Lufus Rat brauchte.

Der Duft von frisch geschlagenem Holz erfüllte die Luft, als sie sich der Zugbrücke näherte, die seit gestern Abend den Graben überspannte.

»Ihr seid zu früher Stunde unterwegs«, hörte sie plötzlich eine Stimme vor sich.

Roscelyn hob die Lampe und erkannte Walther, der den Eingang zum Herrenhaus bewachte.

»Ich muss Lufu sprechen, bevor wir mit der Aussaat beginnen.«

Der sommersprossige Lehnsmann spähte in die Dunkelheit, die Roscelyn umgab. »Ihr seid allein?«

Sie nickte, obwohl Walthers Frage sie nachdenklich stimmte. Seit dem Angriff tat man gut daran, so vorsichtig wie möglich zu sein. Bis jetzt gab es von den Dieben noch keine Spur. »Im Dorf steht ein Wachposten, oder?«

»Zwei«, erwiderte Walther.

»Dann bin ich ja in Sicherheit.« Sie nickte kurz und wollte

weitergehen, als ein plötzliches Gefühl der Dankbarkeit sie innehalten ließ.

»Walther?«

»Ja?«

»Hat Varin, äh, hat seine Lordschaft sich jemals bei dir bedankt?«

Der Mann zog die hellen Brauen dicht zusammen. »Mir gedankt?«

»Es ist doch bestimmt nicht leicht, die ganze Nacht Wache zu stehen, während alle anderen schlafen.«

»Ich bin verpflichtet, meinem Herrn zu dienen.« Walther schüttelte den Kopf und zuckte die Achseln, als könne er ihr Mitgefühl nicht verstehen.

»Nun, auch wenn es ohne Bedeutung ist, so hab doch meinen Dank.«

Anschließend eilte Roscelyn mit dumpf dröhnenden Absätzen über die Zugbrücke. Was für ein merkwürdiges Gefühl, über die mächtigen Stämme zu laufen, die man mit breiten Lederbändern zusammengebunden und mit Eisenstangen verkantet hatte. Sie konnte es kaum erwarten, Wulfwyn das Wunderwerk vorzuführen.

Bei diesem Gedanken sank ihre Laune. Sie vermisste ihre Schwester schmerzlich. Mittlerweile musste die Schriftrolle bereits auf dem Weg zum Papst sein, und Wulfwyn erwartete gespannt die Antwort.

Wartete ungeduldig darauf, wieder nach Hause zurückzukehren.

Erneut kreisten Roscelyns Gedanken um das Problem, das sie seit zwei Tagen unablässig beschäftigte. Wenn sie nichts unternahm, war Varin bei Wulfwyns Rückkehr aus der Abtei verschwunden oder auf alle Fälle sein Leben bedroht.

Vergebens versuchte sie, die Todesfurcht abzuschütteln, die bei dieser Aussicht wie Gift in ihr Blut sickerte.

Varin ... der Mann, dessen Entschlusskraft dafür gesorgt

hatte, dass diese Zugbrücke gebaut wurde und alle im Herrenhaus ohne Angst vor einem Angriff schlafen konnten. Der Mann, der die Totenmesse für zwei armselige Dörfler bezahlt hatte. Ein Lord, der sich nicht zu fein dafür war, Seite an Seite mit den Bauern zu schuften!

Auch Roscelyn liebte die Dörfler von ganzem Herzen. Aber ihr Vater und ihre Brüder hatten geglaubt, es sei Gottes Wille, dass all diese Habenichtse für die Bewohner des Herrenhauses sorgten und nicht umgekehrt.

Nicht im Traum hätten sie daran gedacht, die Totenmesse eines Dörflers zu bezahlen. Sie hätten es für unter ihrer Würde befunden, gemeinsam mit den Bauern an einer Befestigungsanlage für Cyning zu arbeiten.

Und gewiss hätten sie niemals erlaubt, dass die Bauern, deren Hütten bei dem Angriff niedergebrannt waren, in der Halle Schutz suchten.

Varin hingegen hatte sogar dafür gesorgt, dass Timric, der Enkel des getöteten Ehepaares, bei Arnulf als Knappe in Dienst trat. Trotz Varins ursprünglicher Weigerung gaben er und seine Männer sich klaglos mit halben Rationen zufrieden.

Er besaß viel Kraft und Durchsetzungsvermögen, festen Willen und Entschlossenheit. Arroganz und Stolz hatte er wohl schon mit der Muttermilch eingesogen. Dennoch fehlte es ihm nicht an Mitgefühl für das Schicksal anderer Menschen.

Alles in allem war Varin ein Gewinn für Cyning, und es ging zu ihren Lasten, wenn Cyning ihn wieder verlor.

Bei diesem Gedanken ergriff Roscelyn abgrundtiefe Verzweiflung.

Obwohl der Bastard und Herzog William unrechtmäßig die Herrschaft über England beanspruchten, obwohl es immer noch Angelsachsen gab, die einen Gegenschlag vorbereiteten, obwohl sich ihr Vater bei diesem Gedanken wahrscheinlich im Grabe umdrehen würde, so wünschte sich

Roscelyn doch von ganzem Herzen, dass Varin an ihrer Seite die Geschicke von Cyning lenken würde.

Undenkbar, niemals mehr seine dreisten Herausforderungen zu erleben oder das warme Gefühl der Sicherheit, das sie in seiner Gegenwart empfand.

Und auch ihr rasendes Verlangen nach seiner Berührung würde unerfüllt bleiben.

Gewaltsam unterdrückte Roscelyn den giftigen Strom trüber Gedanken.

Plötzlich fühlte sie sich so elend und schwach, dass sie nur noch Lufus Hütte entgegentaumeln konnte. Der Empfang war alles andere als herzlich.

»Sieh zu, dass du wenigstens todkrank bist, wenn du mich so früh aus dem Bett holst«, fuhr die Dorfälteste sie barsch an.

Roscelyn blinzelte, um das Brennen in ihren Augen zu lindern, und schluckte krampfhaft, damit sich ihre zugeschnürte Kehle lockerte. Sie holte zweimal tief Luft und atmete dann ganz langsam aus.

»Wie geht es Hogarth?«, fragte sie schließlich, da sie nicht wusste, wie sie ihr Herz erleichtern sollte.

»Bist du etwa deswegen hier?«

Roscelyn nickte erst und schüttelte dann den Kopf. Der Kloß in der Kehle wollte einfach nicht weichen, und sie rang erneut um Atem.

Aber das half auch nichts. Sie erstickte beinahe an ihrem dritten Atemzug und brach plötzlich in Schluchzen aus.

»Hogarth geht's gut«, schrillte Lufu. »Hör sofort auf mit dem Gejaule. Hörst dich ja schlimmer an als ein Dutzend brünstiger Katzen.«

Schluchzend und würgend umschlang Roscelyn sich selbst und wimmerte weiter vor sich hin.

»Hör auf, oder ich schmeiß dich zur Tür raus.«

Roscelyn schnappte nach Luft, bevor sie erneut von Schluchzen überwältigt wurde.

»Verflucht. Setz dich, sonst brichste mir noch zusammen.« Lufu schob sie zu einem Stuhl. »Weckt mich mitten in der Nacht, damit ich mir ihr Geplärre anhöre! Was is' denn los?«

Roscelyn, die immer noch nicht sprechen konnte, schüttelte den Kopf.

»Es is' der Junge, hab ich Recht?«

Sie nickte.

»Hab ich's dir nich' gesagt, dass der dein Schicksal is'? Aber nix. Du musst ja alles tun, um dem Unvermeidlichen auszuweichen. Und jetzt schau dich selber mal an! So 'ne Schlotterei hab ich ja überhaupt noch nie nich' gesehen.«

Roscelyn schniefte und putzte sich die Nase. »Es ist nicht so einfach, wie du denkst. Varin hat wohl kaum verstanden, dass er mein Schicksal ist und wenn er es wüsste ...«

Wieder stiegen ihr Tränen in die Augen. »Wenn er wüsste, was ich getan habe, würde er mich hassen.«

Lufus Augen verengten sich zu Schlitzen. »Was haste denn jetzt schon wieder angestellt?«

Ergeben seufzte Roscelyn und senkte den Kopf. »Ich habe dem Papst eine Schriftrolle gesandt, die den normannischen Anspruch auf England widerlegt.«

»Was is'?«

Sie brauchte sich keine Sorgen mehr zu machen, wie Varin reagieren würde, wenn er davon erfuhr, dachte sie, als sie jetzt ihre Geschichte erzählte. Lufu hätte sie längst umgebracht, bevor Varin sie erführe.

Wortlos schlurfte die Alte durch das Zimmer und holte sich einen warmen Schal von einem Wandbrett. Sie zog ihn eng um ihr graues Hemd und ergriff eine Kerze.

Diese entzündete sie an der Öllampe und steckte sie in einen Halter auf dem Tisch. Dann warf sie Roscelyn einen finsteren Blick zu.

»Der Junge darf nie erfahren, was du da gemacht hast.«

Roscelyn runzelte die Stirn. »Das ist alles? Du zankst mich nicht aus? Brüllst mich nicht an wegen meiner Dummheit? Überschüttest mich nicht mit Flüchen?«

»Pah.« Lufu wischte diese Bemerkungen verächtlich beiseite. »Is' doch bloß Spuckeverschwendung. Hast mir ja sowieso noch nie zugehört.«

Lady Roscelyn setzte sich gerade hin. »Ich höre immer auf das, was du sagst«, protestierte sie.

»Dann lass die Heulerei sein und spitz die Ohren, Mädel! Jetzt gibt's nur noch eine Rettung für dich: Du musst den Jungen heiraten.«

»Heiraten!« Verständnislos blickte Roscelyn in Lufus runzliges Gesicht. »Er will eine Nichte des Königs ehelichen. Nicht einmal deine Zauberkraft reicht dafür aus, dass er mich nimmt.«

Die Dorfälteste schnaubte verächtlich. »Du selber bist der Zauber. Der Junge ist doch völlig verrückt nach dir. Dem musst du nur noch'n kleines bisschen auf die Sprünge helfen.«

»Auf die Sprünge helfen?«

Lufu verdrehte die Augen. »Ja, so wie 'nem hungrigen Hund mit 'nem Knochen!«

Kopfschüttelnd meinte Roscelyn: »Darin kenne ich mich nicht aus.«

»So traktierste doch die Dörfler auch den ganzen Tag lang, um sie auf deine Seite zu kriegen.«

»Das ist etwas ganz anderes. Dabei macht mir keine Nichte des Königs Konkurrenz.«

»Sei doch nich' so begriffsstutzig, Mädel!« Lufu sah aus, als würde sie ihr am liebsten eine Ohrfeige verpassen. »Der Junge heiratet dich, wenn du sein Baby im Bauch hast.«

Entsetzt schnapppte Roscelyn nach Luft. »Schlägst du mir etwa vor, mich von ihm schwängern zu lassen?«

»Ich schlag hier gar nix vor. Ich sag dir klipp und klar, was du machen sollst. Ein Mann mit 'ner schwangeren Frau, der kümmert sich doch nich' mehr drum, wer auf dem Thron sitzt, so lang seine Familie und sein Land in Sicherheit is'.«

»Auf solche Mittel würde ich nie zurückgreifen«, zischte Roscelyn. »Das ... das ist niederträchtig ... und außerdem keine Garantie für ein Eheversprechen.«

»Dann mach doch, was du willst. Mach dich nur selbst unglücklich. Der Junge is' und bleibt dein Schicksal.«

Roscelyn ertrug es nicht mehr, noch weiter zuzuhören. Sie wollte aber auch die Alte nicht beleidigen und erhob sich deshalb. »Ich muss jetzt zur Halle zurück und das Saatgut holen. Über deinen Rat werde ich nachdenken.«

»Dann denk mal so scharf nach, wie du nur kannst, Mädel. So oder so, der Junge wird sich 'ne Frau nehmen. Das kannst ebenso gut du sein.«

Gerade als Roscelyn sich verabschieden wollte, trat Golde ein. Der Anblick des jungen Mädchens erinnerte sie an ihre Schwester, und sie fühlte sich plötzlich so einsam, dass sie erneut mit den Tränen kämpfen musste.

»Was ist denn, Ros?«

Sie schnüffelte und schüttelte den Kopf.

»Mimskin?«

»Bei allen Heiligen, hoffentlich muss ich so 'n Unsinn nich' auch noch mit dir durchmachen«, meinte Lufu schnippisch.

»Ganz ruhig, Ros«, sagte Golde und tätschelte ihr den Rücken. »Welchen Unsinn denn?«

Lufu schnaubte verächtlich. »Ärger mit den Jungs.«

»Oh!« Ein Anflug von Traurigkeit huschte über Goldes Miene.

»Mach dir um mich keine Sorgen, Golde.« Mühsam rang Roscelyn sich ein Lächeln ab. »Wenn ich dich sehe, dann fällt mir ein, wie sehr ich Wulfwyn vermisse.«

»Dann muss ich dich von jetzt an häufiger besuchen.«

Roscelyn nickte und verließ die Hütte, bevor sie wieder zu schluchzen anfing.

Mit gefurchter Stirn stampfte Varin durch die laute Halle und eilte zur Zugbrücke. Roscelyn war heute Morgen nicht gekommen, um ihm ein Kompliment zu machen. Außerdem hatte er sie auch noch nicht fragen können, wie viel Holz er schätzungsweise brauchen würde, um den geplanten Schutzwall zu errichten.

Stattdessen war Lady Roscelyn heute Morgen zum ersten Mal seit seiner Ankunft in Cyning Simons wachsamen Augen entschlüpft.

Nicht, dass er seinem Lehnsmann dafür die Schuld gab.

Verfluchte Höllenpest! Es war sein eigener Fehler, dass sie sich heimlich davongeschlichen hatte, um sich mit ihrem Ehemann zu treffen. Er hätte sie direkt nach dem Angriff danach fragen sollen. Aber Arnulf hatte ihm geraten, geduldig zu sein, und .... und ...

Der Teufel sollte seine Seele holen! Er war vor der Frage zurückgescheut, weil sie die zarten Bande, die sich zwischen ihm und Roscelyn spannen, zerstört hätte.

Obwohl Varin es nur ungern zugab, freute er sich auf die Stunden, in denen sie ihm alles beibrachte, was für die Wirtschaftsführung von Cyning wichtig war. Es machte ihm Spaß, wie leicht er sie mit seinen dreisten Bemerkungen zum Erröten bringen konnte, fand großen Gefallen an ihrem hellwachen Verstand und daran, wie sie die Lippen schürzte, wenn sie sich ärgerte.

Und Varin konnte sich einfach nicht vorstellen, dass sie gemeinsame Sache mit einem Ehemann machte, der zwei Dörfler auf dem Gewissen hatte. Roscelyn war eine, wenn auch mitunter ungeschickte, starrsinnige kleine Person von unerschütterlicher Ehrlichkeit und Fürsorglichkeit in allem, was Cyning und die Dörfler betraf. Einen so elenden Wurm brächte sie wahrscheinlich eher um als ihm zu helfen.

Bei diesem Gedanken wallte Zorn in Varin auf. Verfluchte Höllenpest! Falls Roscelyn *gewusst* hatte, dass ihr Ehemann verantwortlich für den Überfall war, sähe es ihr nur zu ähnlich, wenn sie versuchte, auch ihm Gerechtigkeit widerfahren zu lassen.

»Guten Tag, Milord.« Walther grüsste ihn, als er am Hoftor anlangte.

Varin blieb vor seinem Lehnsmann stehen. »Hast du Lady Roscelyn gesehen?«

»Ja. Sie kam gerade aus dem Dorf zurück.«

»Sie kam gerade zurück?«

Walther nickte. »Am frühen Morgen ist sie zur Dorfältesten gegangen.«

Varin hob fragend eine Braue. »Aber jetzt ist sie wieder hier?«

Sein Lehnsmann nickte erneut.

Varin stemmte die Hände in die Hüften und warf einen suchenden Blick über den Hof. »Wo denn?«

»Irgendwo in der Nähe.« Die Miene des Lehnsmannes nahm einen besorgten Ausdruck an. »Ist alles in Ordnung?«

Varin fegte die Frage mit einer Handbewegung beiseite. »Wenn du sie dann siehst, sag ihr, dass ich sie erwarte.«

Damit ging er zum Herrenhaus zurück und spähte auf dem Weg in jede Scheune, an der er vorbeikam.

Varin schnaubte. Was dachte sich dieses Frauenzimmer eigentlich dabei, mutterseelenallein durch die Dunkelheit zu spazieren?

Eine dumme Frage, schalt er sich selbst. Roscelyn tat nichts ohne Grund. Nur achtete sie dabei höchst selten auf ihre Sicherheit.

Immer waren es die anderen, um die sie sich sorgte. Ihre Schwester, ihr Leibwächter oder die Hexe.

»Pah!« Sie war zwar noch jung, aber es grenzte an ein Wunder, dass sie überhaupt so lange überlebt hatte.

Doch wo steckte sie nur?

Er schmetterte die Tür der Haferscheune zu und ging zur

Halle. Falls er sie dort drinnen gemütlich am Tisch sitzen sah, würde er ihr vor lauter Zorn die Ohren zwirbeln.

Aber sie war nicht in der Halle, und auch keiner der Diener, die geschäftig in der Küche hin und herliefen, hatte sie gesehen.

Bei Christi blutigen Knochen! Wo mochte sie sein?

Während der Himmel sich langsam zartrosa färbte, schlug er den Weg ein, der sich hinter der Halle entlangschlängelte. Simon war Roscelyn schon mehrmals zum Friedhof gefolgt. Falls Varin sie dort nicht aufspürte, würde er der Dorfältesten einen Besuch abstatten.

Roscelyn betrachtete die Kiesel im klaren Flusswasser hinter dem Herrenhaus. Obwohl sie eigentlich geplant hatte, in die Scheune mit Saatgut zu gehen, um alles für das heutige Säen vorzubereiten, ließ Lufus Rat ihr einfach keine Ruhe.

Zuerst hatten ihre Füße sie zum Friedhof getragen, und als dies nichts half, war sie zum Bach gegangen, um dort mit sich ins Reine zu kommen.

Es wäre mein Wunsch, dass Ihr mich heiratet, Milord, also seid bitte so freundlich und veranlasst die nötigen Schritte. Sie sprach die Worte stumm vor sich hin und verdrehte dabei die Augen. Nur zu gut konnte sie sich vorstellen, wie Varin darauf reagieren würde.

Roscelyn machte einen zweiten Versuch. *Milord, ich möchte Euch heiraten, wenn Ihr mich haben wollt.*

Sie rümpfte die Nase. Nein, nein. Da würde er sie bloß auslachen.

Milord, ich liebe Euch von ganzem Herzen und werde vor Kummer vergehen, wenn Ihr mich nicht heiratet.

»Hm!« Ebenso gut könnte sie Varin bitten, dass er sie mit einem Schwert durchbohrte. Sie würde lieber ihre Eingeweide seinem Blick freigeben, als ihm ihre wahren Gefühle zu zeigen.

Allmächtiger, wenn sie ihn doch irgendwie dazu bringen könnte, sie zu lieben. Wenn nur …

Jetzt dachte sie daran, wie er mit ihr sprach, dachte an den rauen Klang seiner tiefen, vibrierenden Bassstimme. *Ich sehne mich nach Eurem Körper und Eurer Seele. Ihr bedeutet mir alles. Heiratet mich, damit unsere Verbindung durch die Kirche und vor den Augen Gottes geweiht ist.*

Könnte sie ihm doch ein solches Eheversprechen abringen! Aber eher würde er sie wahrscheinlich erwürgen, als so etwas zu sagen.

Roscelyn verzog das Gesicht. Was Lufu für so einfach hielt, war in Wirklichkeit unmöglich.

Der Junge is' doch völlig verrückt nach dir!

Roscelyn wurde dunkelrot, als sie sich an Lufus Worte erinnerte. Vielleicht war er tatsächlich verrückt nach ihr. Aber das reichte nicht für ein Eheversprechen. Er hatte keinen Hehl daraus gemacht, schon viele Frauen besessen zu haben. Für ein Verlangen, das weitaus schönere und erfahrenere Ladys befriedigen konnten, würde er sich wohl kaum an sie binden.

Aber sie würde Varin nur retten, wenn sie ihn heiratete. Dass sie damit gleichzeitig auch ihre tiefsten Sehnsüchte erfüllte, machte sie schuldbewusst.

»Was treibt Ihr hier?«

Beim Klang von Varins zorniger Stimme wirbelte Roscelyn herum.

»Ihr werdet nie wieder das Herrenhaus verlassen, ohne vorher jemandem Bescheid zu sagen.« Er blieb vor ihr stehen, und sein dunkler Umhang verschmolz mit den Stämmen der Bäume ringsum.

»Verzeiht.« Sie senkte den Kopf, als sie sein wütend vorgeschobenes Kinn sah. »Ich weiß, dass Ihr heute mit dem Säen anfangen wollt und hatte deswegen noch einige Fragen an Lufu. Es war nur …«

»Habt Ihr etwa geweint?«, fragte er, und seine Stimme klang immer noch zornig.

Roscelyn schlug die Augen nieder und schüttelte den Kopf.

Varin streckte die Hand aus und hob ihr Kinn. »Ihr habt geweint«, stellte er fest.

Roscelyn versuchte, seine Hand wegzuschieben. Sie musste nachdenken, und das war in seiner Gegenwart unmöglich. »Was wollt Ihr?«

»Ich will wissen, warum Ihr weint«, fuhr er sie barsch an.

Sie blickte in seine Augen und konnte sich ein Leben ohne ihn einfach nicht mehr vorstellen. »Also ...«

Wahrhaftig, sie würde nicht schon wieder in Tränen ausbrechen. »Ich vermisse nur meine Schwester.«

Varin gab sie frei und strich mit dem Fingerknöchel über ihr Kinn. »Na ja, leider habt Ihr sie selber weggeschickt.« Seine raue Stimme hörte sich immer ungehaltener an.

Roscelyn spürte, wie ihre Augen sich gegen ihren Willen mit Tränen füllten. »Auch Vater und meine Brüder fehlen mir. Manchmal ist es schwer hinzunehmen, dass ich sie nie wieder sehen werde.«

Er musterte sie eindringlich. »Und was ist mit Eurem Gatten, Milady? Vermisst Ihr den ebenfalls?«

Obwohl Roscelyn die Frage seltsam fand, war es sicher ganz natürlich, dass er sie stellte. »Ich kannte ihn kaum. Wir waren nicht einmal einen Tag verheiratet, als er nach Hastings aufbrach.«

»Ihr hattet ihn gerade erst kennen gelernt?«

»Das nicht. Unsere Familien waren schon seit Jahren miteinander bekannt, und Cerdic kam manchmal als Gast nach Cyning.«

Varin runzelte die Stirn. »Wie könnt Ihr ihn dann kaum kennen?«

»Er verbrachte seine Zeit hauptsächlich mit meinem Vater und den Brüdern, aber nicht mit mir.« Roscelyn zuckte die

Achseln. »Welchen Unterschied macht das jetzt noch? Er ist tot.«

»Wollt Ihr wieder heiraten?«

Sie blinzelte überrascht. Warum sollte er so eine Frage stellen, wenn es nicht sein Wunsch war …

Nein. Nur ihre dumme Sehnsucht ließ sie hoffen, er wollte sie heiraten.

Dennoch konnte sie diesen wahnwitzigen Lichtblick nicht ganz unterdrücken.

»Heiraten?«, wiederholte sie ausweichend. »Wenn ich nicht einmal weiß, ob ich morgen noch ein Zuhause habe?«

Varin blickte sie finster an. »Ich würde Euch nie aus Cyning verstoßen.«

»Wirklich nicht?«, hakte Roscelyn nach, die zu gerne den Beweggrund seiner Frage erfahren hätte. »Wofür braucht Ihr mich denn noch, wenn Euer Seneschall wieder kommt? Glaubt Ihr wirklich, dass mich Eure Frau im Herrenhaus dulden würde?«

»Mein Frau wird tun, was ich ihr sage.«

Plötzlich sank Roscelyns Hoffnung, und sie wurde zornig. »Es geht mich nichts an, wie Ihr Eure Frau behandelt. Aber mich werdet Ihr nicht herumkommandieren. Sobald Euer Seneschall in Cyning ist, werde ich mich mit Wulfwyn ins Kloster zurückziehen.«

»Das werdet Ihr nicht.«

»Warum sollte ich bleiben? Cyning gehört mir nicht mehr. Es gehört Euch. Und eines Tages gehört es Euren Kindern.«

Ehe sie seine Absicht erkannt hatte, riss er sie in seine Arme. »Ihr werdet bleiben, weil ich Euch haben will.«

»Nein.«

»Und weil Ihr mich haben wollt.«

Varin presste seine Lippen auf ihren Mund, und Roscelyn erschauerte, als sie sofort eine so heftige Lust erfüllte, dass ihre Knochen nur noch aus Brei zu bestehen schienen.

Ihn haben wollen? O nein. Es war weit schlimmer als das.

In ihrem ganzen Leben hatte sie noch kein so brennend heißes Verlangen gespürt. Es war wie ein unstillbarer Hunger, wie ein wütendes Fieber, gegen das es wohl kein Heilmittel gab. Zu wissen, dass auch er sie begehrte, erregte sie noch mehr.

Sie legte die Arme um seinen Rücken und öffnete hingebungsvoll den Mund, hieß seine Zunge und seinen Atem willkommen, schmiegte sich an seinen starken Körper.

»Sag, dass du mich willst«, flüsterte er an ihren Lippen.

Sie nickte.

»Sag's.«

Roscelyns ganzer Körper erbebte. »Ich will dich.«

»Milord?«, ertönte plötzlich Elswyths Stimme. »O verzeiht. Ich wollte nicht stören!«

Roscelyn wurde blutrot und wand sich in Varins Armen.

»Verfluchte Höllenpest«, murmelte Varin, machte jedoch keinerlei Anstalten, sie loszulassen.

»Was ist?«, knurrte er über die Schulter.

Elswyths Stimme klang atemlos. »Euer Lehnsmann hat mich gebeten, nach Euch zu suchen. Er lässt Euch ausrichten, dass das Frühstück bereit steht. Ich werde ihm sagen, dass Ihr … beschäftigt seid.«

»Lasst mich los.« Roscelyn stemmte sich gegen seine Brust, als die Brünette sich umdrehte und davonwogte.

»Diese miese Schlampe«, schnaubte er, ohne sie freizugeben.

Entrüstet schnappte sie nach Luft.

»Nicht Ihr seid gemeint«, versicherte Varin. »Elspen. Ich weiß nicht, wie Ihr ihre Anwesenheit in der Halle ertragen könnt.«

Roscelyn ließ sich nichts von der tiefen Befriedigung anmerken, die seine Antwort in ihr auslöste, sondern senkte stattdessen den Kopf. »Ihr müsst lernen, allen Dörflern gegenüber gleich freundlich zu sein. Sonst treibt Ihr einen Keil zwischen die Bauern.«

Varin schüttelte den Kopf. »Es ist mir unverständlich, wie Ihr in einer so heuchlerischen Umgebung so aufrichtig bleiben könnt. Wie hätte wohl Eure Zukunft ausgesehen, wenn ich nicht nach Cyning gekommen wäre!«

14

Auch der zarte Duft von Lufus Kräuterseife besänftigte Roscelyns böse Vorahnung nicht, als sie am folgenden Tag in der Molkerei ein Bad nahm. Es herrschte eine unheilvolle Stille wie vor einem Unwetter. Dass draußen die schönste Nachmittagssonne schien, verstärkte Roscelyns Unbehagen noch.

Sie ließ sich tiefer in den Zuber gleiten und hoffte, dass das heiße Wasser eine beruhigende Wirkung auf sie haben möge.

Die ganze Nacht hatte sie über den Ratschlag der Dorfältesten nachgegrübelt und war an ihrer Unerfahrenheit schier verzweifelt. Noch nie hatte sie einen Mann verführt. Einerseits befürchtete sie, dass Varin sie abweisen würde, andererseits sehnte sie sich mit allen Fasern danach, seine Geliebte zu werden.

Schließlich siegte die Angst um sein Leben über ihre Bedenken. Beim Abendessen wollte sie versuchen, ihm so den Kopf zu verdrehen, dass er über ihren Reizen die Nichte des Königs ein für alle Mal vergaß.

Roscelyn goss sich einen Krug Wasser über den Scheitel. Zwar hatte sie nichts mehr von Wulfwyn gehört, aber die erste Hälfte der Schriftrolle befand sich zweifellos unterwegs zum Papst. Es war nur noch eine Frage der Zeit, bis die Normannen um England einen Kampf ausfechten mussten – und zwar als Verlierer.

Die Überlebenden konnten in die Normandie zurückkehren. Varin dagegen …

Roscelyn fröstelte trotz des heißen Badewassers.

Varin würde Cyning bis zum letzten Atemzug verteidigen, daran bestand kein Zweifel.

Sie schäumte ihr Haar mit Seife ein und massierte kräftig die Kopfhaut.

Es gab nur eine Möglichkeit, seinen Tod zu verhindern. Sie musste ihn dazu bringen, sie zu heiraten – aber auf andere Weise, als Lufu vorgeschlagen hatte. Ihr selbst schien es am aussichtsreichsten, Varin so lange herauszufordern und sich ihm dann im letzten Augenblick wieder zu entziehen, bis er die Beherrschung verlor und ihm jedes Mittel recht war, sie zu erobern.

In der Zwischenzeit würde sie mit Hilfe der zweiten Schriftrollenhälfte dafür sorgen, dass weder angelsächsische noch dänische Truppen Cyning angriffen, und ihre Verbindung mit Varin, der hoffentlich bald ein Kind entspross, würde ihn auch dann an Cyning fesseln, wenn man seine normannischen Landsleute von englischem Boden vertrieb.

Mit einem Schwall klaren Wassers spülte sie ihre Haare aus.

Natürlich durfte Varin niemals herausfinden, was sie angezettelt hatte; denn dann würde er sie hassen, auch wenn ihre Pläne darauf abzielten, ihm das Leben zu retten.

Roscelyn stieg aus dem Zuber, trocknete sich rasch ab und schlüpfte in ihr bestes Gewand aus tiefroter Wolle. Ihr Vater hatte immer gesagt, es stünde ihr hervorragend.

Der Gedanke gab ihr einen Stich.

Ihr Vater. Hätte er wirklich nichts dagegen gehabt, wenn sie Varin heiratete – wie Lufu behauptete? Oder hätte er von ihr verlangt, ihre Gefühle zu verleugnen und auf einen angelsächsischen Gatten zu warten?

Unwillkürlich presste sie die Hand auf den Mund und schüttelte heftig den Kopf. Auf der ganzen Welt gab es keinen Mann, der würdiger gewesen wäre, Herr über Cyning zu werden, als Varin.

Die Tür wurde aufgerissen, und Afled samt ihren beiden Gehilfinnen polterte herein. Alle drei schleppten volle Melkeimer.

Stirnrunzelnd blickte Roscelyn die Magd an. »Wo hast du denn deine Kinder gelassen?«

»Die sind drüben bei Dunne in der Wäscherei. Es is' so schönes Wetter, da solln sie mal ordentlich frische Luft schnappen.«

Roscelyn lächelte gezwungen und nickte. »Richtig. Es ist wirklich schön draußen.«

Sie sammelte ihre schmutzigen Kleider auf, ging an Afled vorbei in die leere Halle und setzte sich mit einem Kamm ans Feuer, um ihr Haar zu trocknen.

Heirat.

Wieder wanderten ihre Gedanken zu Varin. Ein so gut aussehender Ehemann würde ihr wohl nicht noch einmal über den Weg laufen. Er war wirklich eine Augenweide.

Heirat. Die Vorstellung ließ ihr keine Ruhe, und ihr wurde ganz warm ums Herz.

Bedächtig fuhr sie sich mit dem Kamm durchs Haar. Was es wohl für ein Gefühl sein mochte, ihn in sich zu spüren und seinen Samen zu empfangen?

Errötend senkte Roscelyn den Kopf. Wenn sie Varin dazu brachte, sie genauso heftig zu begehren wie sie ihn, könnte sie schon morgen mit ihm vor dem Traualtar stehen.

Dieser Gedanke ernüchterte sie wieder. Das war wohl kaum in einer einzigen Nacht zu bewerkstelligen. Es würde einige Zeit nötig sein, ihm einen Antrag abzuringen.

Falls er sie überhaupt wollte.

Bei dieser Überlegung verlor sie den Mut. Sie war zwar nicht hässlich, aber es gab Dutzende von schönen Frauen. Außerdem stammte sie nicht einmal aus dem Adel, und sie war Angelsächsin, keine Normannin.

Varin brauchte ihr Land nicht, da es ihm seiner Meinung

nach bereits gehörte. Abgesehen von der Schriftrollenhälfte hatte sie ihm nichts zu bieten. Aber er war vielleicht doch kein Mann, den man mit Gold kaufen konnte.

Wie kam sie bloß auf die Idee, er würde sie zur Frau nehmen?

Dennoch gab es keinen anderen Weg. Sie durfte sich nicht von ihren Selbstzweifeln überwältigen lassen. Sonst hatte sie Varin von Anfang an verloren.

Roscelyn sprang auf und lief aus der Halle.

Sie wollte sich mit einem Krug Bier Mut antrinken.

Aber ein Krug reichte nicht aus, ihre Bedenken zu zerstreuen. Auch zwei Krüge nicht.

Im Gegenteil – als sich die Bauern und Reisigen allmählich zum Abendessen einfanden, waren Roscelyns Sorgen nur noch größer geworden. Auch der dritte Krug Bier brachte ihr keinen Trost.

Sie nahm ihren Platz am Kopfende der Tafel ein und wartete ungeduldig auf Varin.

Als Afled mit einem Tablett voller Bierkrüge durch die Seitentür trat, winkte Roscelyn sie heran und hielt ihren leeren Becher hoch.

»Wollt Ihr wirklich noch einen Trunk, Milady?«, fragte die braunäugige Magd besorgt.

Roscelyn nickte und lächelte der Getreuen beruhigend zu. »Schließlich bin ich erwachsen, Afled. Ich weiß schon, was ich tue.«

»Wie Ihr meint.« Kopfschüttelnd füllte die Magd den Becher aufs Neue. »Aber passt bloß auf. Ihr seid nich' dran gewöhnt, so viel Bier zu trinken.«

Damit ging sie weiter, und Roscelyn nippte an dem Gebräu, während immer mehr Lehnsmänner und Dörfler in die Halle strömten.

Alles redete laut durcheinander, kreischende Kinder jagten umher und balgten sich. Die Eltern sahen stirnrunzelnd zu, schalten oder schlichteten die Streitereien ihrer ungezogenen Sprösslinge.

Gerade wollte Roscelyn um einen weiteren Tropfen bitten, als Varin eintrat, dicht gefolgt von Poppit.

Er sah völlig erschöpft aus. Die dunklen Bartstoppeln an seinem Kinn betonten seine eingefallenen Wangen, und Roscelyn stellte besorgt fest, dass er abgenommen hatte – zweifellos eine Folge der auf die Hälfte gekürzten Rationen.

Varin kam auf sie zu. »Könnte ich Euch nach dem Essen einen Moment sprechen? Ich würde gern …«

Ermattet sank er neben ihr auf die Bank. Dann fuhr er sich mit der Zunge über die Lippen und starrte sie an. »Ist heute ein besonderer Tag?«, fragte er. Ihr stockte der Atem. »Ein besonderer Tag?«

Varin neigte sich zu ihr herüber und musterte sie aufmerksam. »Ihr tragt das Haar offen.«

»Oh!« Um seine Feststellung zu überprüfen, betastete Roscelyn unwillkürlich ihren Nacken. Wahrhaftig, sie hatte ganz vergessen, ihren Zopf zu flechten. »Ich … ich habe mir die Haare gewaschen und an der Luft trocknen lassen.«

Varin schnupperte und richtete sich kerzengerade auf. »Und was duftet hier so berückend?«

»Das ist nur die Seife«, erwiderte Roscelyn achselzuckend.

Sein Blick streifte ihr Gewand und wanderte dann zurück zu ihrem Gesicht. »Was für eine hübsche Farbe. Warum habe ich Euch noch nie in diesem Kleid gesehen?«

»Meine … meine anderen Sachen sind in der Wäsche.« Roscelyn schluckte nervös.

Arnulf ließ sich auf die Bank gegenüber fallen. »Puh! Himmel bin ich …«

Dann riss er vor Staunen den Mund auf. »Wahrhaftig, Milady, Ihr seid Balsam für meine müden Augen.«

Roscelyn spürte, dass sie rot wurde, und senkte verlegen den Blick. »Ich bin nicht dazu gekommen, mich zu frisieren.«

»Schade, dass Ihr das Haar nicht immer so tragt«, bemerkte Varin.

Seine Stimme klang rau, und als Roscelyn aufblickte, stellte sie fest, dass er sie nicht aus den Augen ließ. Seine Schwäche war verflogen, und er fixierte sie wie ein Raubtier vor dem Sprung.

Der Geruch von frisch gebackenem Brot und Gerstensuppe lenkte sie ab. Sie hatte keine Ahnung, wie sie einen Bissen hinunterbringen sollte – so aufgeregt war sie.

Zugleich mit Varin tauchte sie die Hände in die Wasserschüssel, und es durchzuckte sie wie ein Blitz, als ihre Fingerspitzen sich berührten.

Zuerst wollte sie sich instinktiv zurückziehen, aber dann nahm sie sich zusammen. Es würde ihr nie gelingen, diesen Mann vor den Traualtar zu schleifen, wenn sie schon rein zufälligen Berührungen auswich.

Pest über ihre Schüchternheit! Sie begann, Varins Hände mit sicheren Bewegungen zu waschen. »Ich stehe tief in Eurer Schuld für alles, was Ihr in so kurzer Zeit für die Verteidigung unseres Dorfes getan habt«, sagte sie beiläufig und zog vorsichtig mit dem Zeigefinger eine Schnittwunde in Varins schwieliger Handfläche nach. »Heute Morgen habe ich hinter dem Haus einen Holzstapel entdeckt. Soll dort etwas gebaut werden?«

Als Varin nicht antwortete, hob sie den Kopf und sah ihn an.

Ihre Bewegungen wurden langsamer. Als sie seinem glühenden Blick begegnete, erstarrte sie. »Habe ich etwas Falsches gesagt?«

»O nein.« Anzüglich hob er eine Braue. »Ich stehe lediglich kurz vor dem Verhungern.«

Roscelyn senkte den Kopf. »Es tut mir Leid, dass wir die Rationen kürzen mussten.«

Ihr Bedauern war nicht gespielt. Wie dumm von ihr! Der

arme Mann hatte den ganzen Tag geschuftet und war bestimmt schon halb verschmachtet.

Aber als sie die Finger aus dem Wasser nehmen wollte, hielt er sie fest. »Mich hungert nicht nach Essen.«

Bei Varins leise geknurrter Aufklärung blinzelte Roscelyn alarmiert. Trotz seiner neckischen Miene gab es keinen Zweifel an der eigentlichen Bedeutung seiner Bemerkung. Sie erkannte es am verräterischen Funkeln seiner Augen, spürte es an der siedenden Hitze, die von ihm auszugehen schien, spürte es an der Intensität, mit der er ihre empfindlichen Finger massierte.

Der Küchenjunge, der ein Tablett mit Brot zwischen sie auf den Tisch stellte, brach den Zauber. Dann wurde die Suppe aufgetragen.

Es überlief sie ein Schauder. Am liebsten wäre sie aufgestanden und hätte den Raum verlassen. Das kleine Zwischenspiel hatte ihre Anspannung ins Unerträgliche gesteigert, und plötzlich wollte sie nur noch ins Bett.

»Ihr esst ja gar nichts«, riss Varins Stimme sie aus ihren Gedanken. »Hier!«

Er tauchte ein Stück Brot in seine Suppenschale und hielt es ihr hin. Roscelyn ging darauf ein und streckte die Hand aus.

Sofort zog Varin die Brotkruste weg und zwinkerte ihr zu. Er öffnete den Mund und bedeutete ihr, dasselbe zu tun.

Roscelyn schwankte zwischen Stolz und Verlegenheit. Schließlich schnappte sie ihm den Bissen mit den Lippen aus der Hand, riss aber sofort den Kopf zurück.

Seine Augen glitzerten spitzbübisch, und sein Gesicht verzog sich zu einem wölfischen Grinsen. »Oder gelüstet es Euch heute Abend eher nach Fleisch?«

Roscelyn schoss das Blut in die Wangen. Varin senkte die Stimme zu einem heiseren Flüstern.

»Meine Finger möchte ich gern behalten, aber gewisse andere Körperteile stelle ich Euch gern zur Verfügung.«

Mit einem nervösen Schlucken griff sie nach ihrem Becher, aber der war leer.

»Bitte!« Varin reichte ihr sein Trinkgefäß.

Sie nahm einen so großen Schluck, dass ihr Tränen in die Augen stiegen.

Ihr wurde schwindlig, und sie musste mehrmals tief Luft holen, bevor sie wieder zur Besinnung kam.

»Hier, Liebchen!«

Varin streckte ihr wieder ein Stück Brot hin. Roscelyn beugte sich vor, schloss die Lippen um seinen Zeigefinger und Daumen, ging auf seine Neckerei ein.

Lächelnd sah sie ihn an, obwohl ihre Lippen sich taub anfühlten. Aber das spielte jetzt keine Rolle.

Das Einzige, was zählte, war das offenkundige Interesse, das Varin an ihrer Person hegte.

»Gerade habe ich nachgedacht.« Sein Ton war leicht, aber Roscelyn hörte eine gewisse Anspannung heraus. »Ich bin wirklich ein Glückspilz, neben einer so schönen, geheimnisvollen Dame sitzen zu dürfen.«

»Geheimnisvoll?«

»Ja. Jedes Mal, wenn ich glaube, Euch endlich zu kennen, zeigt Ihr Euch von einer anderen, verwirrenden Seite. Heute Abend seid Ihr zum Beispiel höchst … verführerisch.«

Roscelyn zuckte zusammen. Wollte er damit andeuten, dass er ihre Absichten durchschaute? »Was meint Ihr mit ›verführerisch‹?«

»Nun, bezaubernd natürlich«, erklärte er so harmlos, als hätte ›verführerisch‹ nicht noch eine andere Bedeutung. »Ich möchte fast behaupten, dass ich noch nie einer so bezaubernden Dame begegnet bin.«

Plötzlich fand Roscelyn ihre Haltung wieder und rief nach einem neuen Krug Bier. Sie knabberte ein Stück Brot nach dem anderen aus seinen Fingern und leckte sie anschließend mit der Zunge sauber. Über seine erhobenen Brauen lächelte sie nur. Sie würde ihr ahnungsloses Opfer schon noch vor den Priester zerren.

Dank dieser plötzlichen Zuversicht verabschiedete sie sich ganz gelassen, als Varin abrupt aufstand.

Dabei war es wirklich schade. Gerade als sie ihn endlich da hatte, wo sie ihn haben wollte, trennten sie sich. Mit einem Seufzer erhob auch sie sich, musste sich aber an der Tischkante festhalten, weil sie schwankte.

Varin packte sie am Arm und hielt sie fest. »Verzeiht, aber ich hatte Euch vorhin um ein kurzes Gespräch unter vier Augen gebeten.«

Roscelyn konnte sich zwar nicht mehr an eine solche Bitte erinnern, aber seine sorgenvolle Miene beunruhigte sie. »Ist etwas nicht in Ordnung?«

»Darüber möchte ich nicht hier sprechen, wo jeder zuhören kann. Es geht um die Vorräte. Würdet Ihr mir für einen Augenblick in mein Gemach folgen? Ich brauche Euren Rat.«

»Selbstverständlich«, gab Roscelyn zurück und gestattete ihm, sie am Arm zu führen.

Am Ziel angelangt zündete Varin eine Kerze an. »Habt Ihr etwas dagegen, dass ich die Tür zumache?«, fragte er. »Nur zum Schutz vor ungebetenen Lauschern.«

Nach kurzem Zögern schüttelte Roscelyn den Kopf.

Varin schloss ab und trat auf sie zu.

Gespannt neigte Roscelyn den Kopf und wartete darauf, was er zu sagen hatte. Der Kuss kam völlig unerwartet. Es war ein langer, zärtlicher Kuss. Ein Kuss, dem sie unmöglich widerstehen konnte. Schließlich umarmte Varin sie dabei nicht einmal.

Köstliche Trägheit durchströmte ihre Glieder, auch als ein gefährlicheres Begehren tief in ihrem Inneren entflammte. Dennoch schien Varin sich die größte Mühe zu geben, sie nur mit den Lippen zu berühren. Am Ende hielt Roscelyn diesen Mangel an körperlicher Nähe nicht mehr aus.

Sie legte ihm die Hände um die Taille und tat einen Schritt auf ihn zu, um ihn zu ermutigen. Aber noch immer unternahm er keinen Versuch, sie in die Arme zu schließen – und ihr Verlangen, seinen festen Körper dicht an ihrem zu spüren, blieb ungestillt. Und je länger er sich ihr verweigerte, desto heftiger wurde ihr Begehren.

Schließlich öffnete sie den Mund und berührte seine Lippen mit der Zungenspitze.

Obwohl Varin immer noch Abstand zu ihr hielt, entrang sich seiner Kehle ein tiefes Kollern. Der Laut brachte Roscelyns ganzen Körper zum Vibrieren. Ihre Brustwarzen richteten sich auf, und ihr Schoß schien in Flammen zu stehen.

Zuletzt siegte ihr Begehren über jede Scheu. Sie presste sich gegen ihn, schlang die Arme um ihn und rieb sich an seinem Körper.

Unwillkürlich drang auch über ihre Lippen eine Art Schnurren. Varin riss sie unsanft an sich und küsste sie wie ein Verdurstender, saugte an ihren Lippen und ihrer Zunge, und raubte ihr damit den letzten Rest an Selbstbeherrschung.

Roscelyn krallte die Finger in sein Hemd, als er jetzt ihre Schultern, den Rücken und die Taille massierte. Sein praller Schaft grub sich in ihren Bauch, und er schob ihre Röcke hoch, um sein Bein zwischen ihre Schenkel zu drängen.

Sie nahm nur noch die Flammen wahr, die an ihren Brustwarzen leckten und ihren Schoß versengten, und sie rieb sich an Varins festen, muskulösen Schenkeln. Dann saugte sie an seiner Zunge, als könnte das den Brand lindern, der sie verzehrte.

Ohne seine Lippen von ihrem Mund zu lösen, drängte Varin sie jetzt gegen die Wand neben der Tür. Er nestelte am Taillenband ihres Höschens, löste es und schob es ihr bis zu den Knien hinunter.

Indessen presste Roscelyn sich gegen seine Hand, die zwischen ihre Schenkel geglitten war, und spürte die feuchte Hitze, die seine Finger benetzte.

Als er die Hand zurückzog, wimmerte sie in seinen geöffneten Mund, stöhnte aber in der nächsten Sekunde vor Lust, als er ihr wieder das Bein zwischen die Schenkel drängte.

Mit einer Hand umfasste Varin ihre Taille, die andere, merkte Roscelyn plötzlich, war mit seinem Hosenbund beschäftigt. Undeutlich nahm sie wahr, wie er die Bänder seiner Beinlinge und Strumpfhosen löste, aber da küsste er sie so leidenschaftlich, dass sie nicht mehr klar denken konnte und sich willig von der Welle der Lust forttragen ließ, die sie überflutete.

Als ihre Wäsche zu Boden fiel, flehte sie nur noch um Erlösung von der brennenden Qual, die ihren Körper peinigte.

Und als seine Hände ihr Hinterteil umfassten und sie über seine Rute hoben, wehrte sie sich nicht.

Sie spürte die Spitze seines harten Schaftes an ihrer Pforte und konnte es kaum erwarten, ihn in sich zu spüren. Das allein verhieß die Erlösung, die sie so nötig hatte, davon war sie überzeugt. Sie schlang die Beine um seine Hüften und öffnete sich seinem Ansturm …

O Schmerz!

Erschrocken schnappte sie nach Luft.

Und biss keuchend die Zähne zusammen. Heilige Mutter Gottes!

Als sie den Kopf wegdrehen wollte, packte Varin sie am Kinn. Sein Atem kam in rauen Stößen, als er so tief in sie eindrang, wie er konnte, und erneut biss Roscelyn die Zähne zusammen.

In der Stille, die darauf eintrat, vergrub er das Gesicht in ihrem Nacken, und so sehr sie sich eben noch nach seiner Berührung verzehrt hatte, so sehr wünschte sie jetzt, dass er sie losließe.

»Seid Ihr … fertig?«, brachte sie schließlich heraus.

Varins Brust wölbte sich gegen ihre, als er tief Luft holte. Er ließ sie herunter, bis sie wieder auf den Füßen stand, dann starrte er sie ungläubig an. »Warum habt Ihr mir nicht gesagt, dass Ihr noch Jungfrau wart?«, flüsterte er.

Von Scham überwältigt, schüttelte Roscelyn den Kopf. »Ich dachte … ich wollte nicht …« Sie schloss die Augen.

»Schon gut.« Er hob sie hoch und drückte sie wie ein Kind an seine Brust. »Wenn ich das gewusst hätte, wäre ich rücksichtsvoller gewesen.«

Er trug sie zum Bett und sank, ohne sie loszulassen, darauf nieder. »Vergebt mir! Ich habe Eure Neckereien beim Abendessen missverstanden.«

Angesichts seiner Freundlichkeit fühlte sie sich nur noch elender.

»Es ist nicht Eure Schuld«, stammelte sie, das Gesicht an seine Brust geschmiegt.

»Doch, durchaus. Ich habe Euch in mein Schlafgemach gelockt und Euren Zustand ausgenutzt.«

Roscelyn konnte nicht länger schweigen. »Ich bin diejenige, die Euch ermutigt hat. Weil ich Euch dazu bringen wollte, mir einen Heiratsantrag zu machen …«

Lange schwieg er. Saß einfach da und hielt sie.

Dann holte er tief Luft. »Warum solltet Ihr den Wunsch hegen, mich zu heiraten?«

Sie wand sich verlegen. »Ihr seid ein guter Mann. Gut zu meinen Leuten. Klug, ehrlich und freundlich.«

»Aber was ist mit Eurem Gatten?«

Roscelyn hob den Blick, aber Varins Miene war undurchdringlich. »Ich habe Euch doch gesagt, dass er nicht mehr lebt.«

»Nein, Milady! Irrtum – er erfreut sich bester Gesundheit.«

Roscelyn wollte sich losmachen, aber Varin verstärkte seinen Griff und hinderte sie daran. »Ihr lügt«, fauchte sie. »Wenn Ihr mich nicht heiraten wollt, sagt es einfach, und die Sache ist erledigt.«

»Habt Ihr wirklich angenommen, dass er tot ist?«

Sein ungläubiger Tonfall machte sie noch wütender. »Gunderic war selbst dabei, als er im Gefecht mit einem Normannen fiel.«

»Dann hat Euer Leibwächter gelogen. Euer Gatte betreibt mit den Dänen flotte Geschäfte.«

Ihr blieb fast das Herz stehen, dann hämmerte ihr Puls wie wild. »Gunderic würde mich niemals anlügen.«

»Vielleicht wusste er es ja nicht besser.«

»Seid Ihr ganz sicher, dass mein Mann lebt?« Roscelyns Kehle war so trocken, dass sie die Worte kaum herausbrachte.

»Deshalb bin ich ja hier und baue Verteidigungsanlagen. Bald wird Euer Gatte mit einer Truppe Dänen auftauchen und versuchen, Cyning zurückzuerobern.«

Krampfhaft schloss Roscelyn die Augen und keuchte. Cerdic gab es noch und er wollte nach Cyning wiederkehren? Bei diesem Gedanken überlief sie ein Zittern.

»Was hat dieser verfluchte Lump Euch angetan?«

Unfähig zu sprechen, schüttelte Roscelyn nur stumm den Kopf.

»Wenn Ihr meine Frau werden wollt, dürft Ihr keine Geheimnisse vor mir haben.«

»Er hat mir gar nichts angetan. Es ging um Wulfwyn …« Sie schluckte, holte tief und bebend Luft. »An meinem Hochzeitstag musste ich entdecken, dass Cerdic Wulfwyn nachstellte.«

Und jetzt brach alles aus ihr heraus. Ohne Punkt und Komma berichtete sie Varin von Lufus Schlafmittel, das sie in Cerdics Bier geschüttet hatte, wie Cerdic daraufhin seine frisch angetraute Gemahlin verdächtigte, ihn vergiften zu wollen und eine furchtbare Drohung ausgestoßen hatte.

Du sollst keine frohe Stunde mehr erleben.

Aber es auszusprechen, linderte Roscelyns Panik nicht. Selbst Varins zärtliche Umarmung konnte sie nicht beruhigen.

Die Erinnerung an Cerdics Drohung durchtränkte ihr ganzes Denken wie eine tödliche, lähmende Essenz, und sie war nur noch ein jämmerliches Bündel Angst.

15

Am darauf folgenden Morgen erwachte Roscelyn in Varins Armen. Genüsslich kuschelte sie sich an seine warme Brust. Die Angst, die sie am vergangenen Abend gepeinigt hatte, war dahingeschwunden wie kalter, grauer Nebel unter der aufgehenden Sonne.

Der Schreck darüber, dass Cerdic noch am Leben war, hatte sie momentan zutiefst erschüttert. Dazu kam all das viele Bier – und natürlich ihre angestrengten Überlegungen, wie sie Varin verführen konnte – als Ergebnis dieser Bemühungen hatte sie schließlich ihre Jungfräulichkeit verloren. Das war insgesamt zu viel auf einmal.

Zu guter Letzt hatten Varins wiederholte Beteuerungen sie davon überzeugt, dass nichts zu befürchten sei. Er hatte im ganzen Dorf und an der Brücke Wachen aufgestellt. Ulric und ein Dutzend andere Dörfler waren mit Waffen ausgerüstet und darin ausgebildet worden, sie zu gebrauchen. Mit jedem Tag, der verstrich, wuchs der Schutzwall um das Dorf um eine Handbreit.

Außerdem konnte Cerdic nicht wissen, dass Wulfwyn sich im Kloster versteckte. Dort war ihre Schwester auf jeden Fall sicherer als in Cyning.

Lächelnd liebkoste Roscelyn Varins Arm.

Jetzt gehörte Varin ihr. Und mit der zweiten Schriftrollenhälfte verfügte sie auch über ein Werkzeug, ihn zu beschützen. Einerseits tat ihr Gunderics Gefangenschaft zwar Leid, aber sie war auch froh darüber. Wäre der Leibwächter noch in

Freiheit, hätte Varin ihn bestimmt unterstellt, mit Cerdic unter einer Decke zu stecken.

Roscelyn schmiegte sich tiefer in Varins Armbeuge. Nein. Es gab keinen Grund, sich zu sorgen. Wie Varin ihr ganz richtig erklärt hatte, war es Cerdic, der sich hüten musste.

»Für so eine zierliche Frauensperson beansprucht Ihr eine ganze Menge Platz in diesem Bett«, grollte Varins tiefe, verschlafene Stimme dicht an ihrem Ohr.

Roscelyn erstarrte. »Tut mir Leid.«

Aber als sie von ihm abrücken wollte, hielt er sie fest. »Ich kann mich ebenso gut gleich daran gewöhnen. Wenn wir erst einmal verheiratet sind, werde ich wohl noch viele solcher Nächte überstehen müssen.«

Roscelyn zog einen Schmollmund. »Seid Ihr da sicher, Milord?«

»Ich glaube zwar nicht, dass ich mich jemals daran gewöhnen werde, stets am Abgrund zu schlafen, aber ich werde es versuchen.«

»Meint Ihr das ernst, Varin?«, fragte Roscelyn gespannt. »Wollt Ihr mich wirklich heiraten?«

»Ich könnte mir keine bessere Gemahlin wünschen.« Er küsste sie auf den Scheitel. »Ihr braucht weniger Futter als mein Pferd, Ihr beißt nicht und schlagt nicht aus, und obendrein seid Ihr hübscher als Rok.«

»Und was ist mit der Nichte Eures Königs?«

»Die habe ich noch nie gesehen und habe deshalb auch keine Ahnung, wie sie im Vergleich mit Rok abschneidet.«

»Könnt Ihr nicht einmal ernst sein?«, beschwerte sich Roscelyn. »Was ist mit Eurem Familienbesitz?«

»Was beschlossen ist, ist beschlossen, Roscelyn. Wir beide heiraten, und fertig!«

Er drückte sie noch einmal an sich, gab ihr noch einen Kuss aufs Haar und erhob sich dann, um eine Kerze anzuzünden. »Falls Ihr es nicht absichtlich darauf anlegt, dass Adam Euch halb nackt in meinem Bett vorfindet, schlage ich vor, Ihr zieht Euch an. Wir haben noch einiges zu besprechen.«

Roscelyn beobachtete, wie sich sein sehniger Rücken spannte, als er sich bückte, um ihr Gewand von seiner Truhe aufzuheben, auf der es im Eifer des Gefechts gelandet war. Zwar hatte er beim Schlafen die Hose anbehalten, aber seine langen, muskulösen Beine zeichneten sich unter dem Stoff deutlich ab.

Das war's dann wohl, dachte Roscelyn.

Kein zärtliches Wort! Keine Andeutung, dass er sich auf ihre Hochzeit freute. Er hatte lediglich gesagt, dass sie hübscher sei als sein Pferd.

Aber was hatte sie anderes erwartet? Dass er ihr ewige Liebe und Treue schwor?

Varin warf ihr das Kleid zu. »Nun, Milady? Es fällt einem Mann schwer, sich zu konzentrieren, wenn sich eine so reizende Dame in seinen Kissen rekelt.«

Roscelyn krabbelte aus dem Bett, ohne daran zu denken, dass sie bis auf ihr dünnes Hemdchen nackt war.

»Keine Sorge, Roscelyn«, neckte Varin sie. »Ich werde mein Bestes tun, um vor unserer Hochzeit nicht mehr über Euch herzufallen.«

Unwillkürlich überrieselte Roscelyn ein Schauder der Erregung, und das Blut schoss ihr in die Wangen.

»Es sei denn, Ihr könnt nicht mehr so lange warten.« Seine Augen funkelten belustigt, aber in seiner Stimme schwang ein fragender Unterton mit.

Mit gelüfteten Brauen meinte sie: »Ich werd's überleben. Vielleicht halte ich mich bis zu unserer Trauung einfach ständig hinter dem Vorhang in der Halle auf ...«

Varin wiegte den Kopf hin und her. »Undankbares Weib. Dann seht zu, wie Ihr mich aus der Reserve lockt, wenn Ihr nachts um mein Bett schleicht.«

Roscelyn verdrehte die Augen. »Das wird nicht passieren!«

»Pah! Ihr werdet auf Eurem einsamen Lager liegen und Euch nach mir verzehren, bis Ihr so in Flammen steht, dass Ihr nicht länger an Euch halten könnt. Aber wenn ich Euch dann abweise, ist es Eure eigene Schuld.«

Halb ärgerlich, halb belustigt schüttelte Roscelyn den Kopf. Himmel – dieser Mann war wirklich eingenommen von sich selbst.

Aber schon, als sie das noch dachte, sehnte sich ihr Körper wieder nach seiner Berührung. Und das strahlte sie offenbar auch aus, denn Varins Augen verdunkelten sich abrupt.

»Seht mich noch eine Minute länger so an, und Ihr liegt schneller wieder auf dem Rücken, als Ihr glaubt«, drohte er.

Dass er sie durchschaut hatte, machte Roscelyn verlegen, und sie hob abwehrend die Hand. »Wolltet Ihr nicht noch etwas mit mir besprechen?«

Varin wurde wieder ernst. »Ich muss meinen König um Erlaubnis bitten, Euch zu heiraten.«

»Glaubt Ihr, er wird Schwierigkeiten machen?«

Dies verneinte Varin. »Aber ich weiß nicht genau, ob wir Eure erste Ehe vorher annullieren lassen müssen.«

Roscelyn erschrak und wandte den Blick ab. Sie wollte nicht dauernd daran erinnert werden, dass Cerdic noch am Leben war.

Mit einem Ruck zog Varin sie in seine Arme. »Er wird Euch nie wieder behelligen. Mein Wort darauf!«

Sie schloss die Augen und gab sich ganz der Umarmung hin.

Aber Varin räusperte sich und schob sie bedächtig von sich. »Verzeiht, Milady. Ich sehe, dass es Euch nicht leicht fällt, Euer Verlangen nach mir zu zügeln.«

»*Mein* Verlangen?«

»Wirklich, könnt Ihr Euch nicht etwas beherrschen? Bevor Ihr mich wieder anfallt, lasst uns unsere Geschäfte zu Ende bringen.«

Er wandte sich ab und kramte einen Lederbeutel aus seiner Truhe. Dann drehte er sich wieder zu Roscelyn um, öffnete das Säckchen und ließ einige zierliche Schmuckstücke auf die Decke fallen.

»Das hier gehörte meiner Mutter.« Er hielt zwei Halsketten hoch, eine goldene und eine silberne, und dazu noch eine mit Brillanten, Rubinen und Saphiren besetzte Brosche. »Was glaubt Ihr, wie viele Vorräte wir dafür eintauschen können?«

Am liebsten hätte Roscelyn vor Rührung geweint. Ohne Zweifel waren diese Kleinodien für die Nichte des Königs bestimmt gewesen. Was für eine großmütige Geste, sie zu verkaufen, um die Bewohner von Cyning vor einer Hungersnot zu bewahren!

»Nein, Milord! Ich dulde nicht, dass Ihr die einzigen Erinnerungen an Eure Mutter veräußert.«

»Bekommen wir genug dafür, um die Rationen wieder zu erhöhen? Mit leerem Magen schaffen die Leute es nicht, Verteidigungsanlagen zu bauen.«

»Ja, damit dürfen wir die Rationen für die nächste Zeit sicher großzügiger bemessen.« Könnte sie ihm doch von dem Reichtum erzählen, den die Schriftrolle ihnen bald einbringen würde. Aber sie wagte es nicht.

»Gebt mir ein paar Tage Zeit, um die Lebensmittel noch einmal sorgfältig zu überprüfen«, bat sie stattdessen. »Dann weiß ich mehr.«

»Und Ihr möchtet Euch meiner vorher definitiv nicht noch einmal bedienen?«

Diese überraschende Wendung der Unterhaltung machte Roscelyn bewusst, wie dicht sie nebeneinander standen.

Sie wich zurück, als hätte sie sich verbrannt, und huschte zur Tür. »Wenn Ihr gestattet, esse ich rasch etwas und führe dann meine Berechnungen durch.«

»Feigling«, rief er ihr hinterher. »Heute Nacht werdet Ihr Eure Entscheidung bereuen!«

Mit glühenden Wangen trat Roscelyn in die Halle, wo man bereits die großen Tischplatten auf die hölzernen Böcke gelegt hatte.

Bei ihrem Erscheinen verstummte die Unterhaltung, und sie hatte das Gefühl, dass allesamt ihre Augen auf sie richteten.

Sie war nicht überrascht. In einem kleinen Dorf wie Cyning verbreiteten sich Gerüchte wie ein Lauffeuer, und wahrscheinlich wurden schon Wetten darauf geschlossen, wann sie ihr erstes Kind zur Welt bringen würde.

»Milady«, ertönte Arnulfs helle Stimme in die plötzliche Stille hinein. »Setzt Euch zu uns und schlichtet den Streit zwischen Ulric und mir. Er prahlt damit, dass er mit seiner Steinschleuder auf hundert Schritt Entfernung genauso genau trifft wie ein Bogenschütze, und ich sage, das ist unmöglich.«

»Er schafft es, Sir Arnulf«, unterbrach ihn eine aufgeregte Knabenstimme.

»Wir haben's schon gesehen«, meinte ein anderer.

»Pah!« Der alte Ansel blickte skeptisch drein. »Ulric übertreibt. Höchstens fünfzig Schritt.«

Jetzt schrien alle durcheinander und verlangten nach einem Wettkampf.

Roscelyn setzte sich rasch auf den Platz gegenüber dem hünenhaften Krieger. »Danke, Arnulf!«

»Wofür, Milady?«

Auch Varin schlenderte herbei. »Um was für ein Scharmützel geht es überhaupt?«

»Ich fürchte, Arnulf hat absichtlich einen Streit vom Zaun gebrochen, um mir eine peinliche Situation zu ersparen«, erwiderte Roscelyn gedämpft.

Varins Miene verfinsterte sich. »Hat es etwa jemand gewagt, Euren Namen in den Schmutz zu ziehen?«

Erschrocken schüttelte Roscelyn den Kopf. »Setzt Euch und esst etwas, bevor alles kalt wird.«

Aber Varin hieb mit der Faust auf den Tisch und forderte mit lauter Stimme Ruhe. »Um was für einen Wettkampf es sich auch handeln mag – wir wollen ihn zur Feier meiner Verlobung mit Lady Roscelyn austragen!«

»Hört, hört!« Ulric erhob als erster seinen Becher. »Auf Sir Varin und Lady Roscelyn.«

Roscelyn wurde abermals flammend rot und fing hastig an zu essen, um ihre Verlegenheit zu überspielen. »Wenn Ihr mich hier nicht mehr braucht, Milord, würde ich gern die Scheune inspizieren – vielleicht können wir den Wettkampf mit einem kleinen Festmahl beschließen.«

Varin nickte, und Roscelyn verließ die Halle.

Es war ein nebliger, grauer Morgen. Sie überquerte den Vorplatz und steuerte auf die Scheune zu, in der die Vorräte an Hafer und Gerste lagerten. Dabei kam ihr plötzlich Wulfwyn in den Sinn.

Was würde ihre Schwester wohl dazu sagen, dass Varin sie heiraten wollte? Wenn sie doch nur vorher mit ihr sprechen könnte – was natürlich nicht in Frage kam.

Es sei denn, sie begab sich zum Kloster. Aber das wäre gefährlicher Leichtsinn, falls Cerdic sich in nächster Nähe aufhielt.

Sie betrat die Scheune und entzündete ein Binsenlicht.

Aber auch Cyning war so lange kein sicherer Ort, bis nicht beide Schriftrollenhälften ihren Bestimmungsort erreicht und die Gefahr eines Krieges gebannt hatten – hielt sie sich vor Augen.

Seufzend nahm sie ihre Kerbhölzer aus der Kiste und hatte soeben angefangen zu zählen, als Elswyths Stimme hinter ihr ertönte.

»Hoffentlich hat es Euch Spaß gemacht, für Varin den Rock zu heben.«

Roscelyn fuhr herum. Hatte sie richtig gehört? »Wie bitte?«

»Es war wirklich ein reizender Anblick, wie der Normanne Euch gestern Abend bei Tisch gefüttert hat. Alle haben es gesehen. Das ganze Dorf schließt bereits Wetten auf den Tag der Geburt Eures ersten Bankerts ab!«

Roscelyn musterte ihre Widersacherin genauer. Elswyth war ungekämmt und sah aus, als hätte sie die vergangene Nacht kein Auge zugetan. Bestimmt hatte sie sich mit einem Mann vergnügt, so wie sie aussah – vielleicht sogar mit mehreren gleichzeitig.

»Da du heute Morgen beim Frühstück leider gefehlt hast …«, Roscelyn wählte ihre Worte sorgfältig, »… freust du dich sicher, von meiner bevorstehenden Hochzeit zu hören.«

»Dann habt Ihr also demnächst zwei Ehemänner auf einmal? Verstößt das nicht gegen die Gebote der Kirche?«

»Wie kommst du denn darauf?«, fragte Roscelyn Böses ahnend. Eigentlich konnte niemand im Dorf wissen, dass Cerdic noch lebte.

»Ich habe eine Nachricht für Euch.« Herausfordernd reckte Elswyth das Kinn.

Doch Roscelyn ließ sich nicht provozieren. »Also heraus damit, und dann verschwinde.«

»Euer Gatte befiehlt Euch, morgen Mittag zum Waldrand an der großen Wiese zu kommen.«

Erst war Roscelyn stumm vor Verblüffung, und auch dann konnte sie nur flüstern: »Cerdic?«

»Erstaunlich, dass Ihr Euch noch an seinen Namen erinnert! Ich dachte schon, Ihr habt über dem Normannen alles andere vergessen«, schnaubte Elswyth. »Ihr müsst wahrhaftig eine Meisterin der Liebeskunst sein, um einem so stattlichen Mann den Kopf zu verdrehen. Na ja, irgendwann wird er Eurer bestimmt überdrüssig.«

Roscelyn riss sich zusammen und fragte herablassend: »Bist du etwa neidisch?«

Das saß, denn jetzt kochte Elswyth vor Wut.

»Und was soll dieser ganze Unsinn über Cerdic?«, fuhr Roscelyn fort, bevor Elswyth sich wieder erholt hatte. »Ich habe wirklich keine Zeit, mich mit deinen Lügen aufzuhalten.«

»Es ist keine Lüge«, keifte Elswyth und hielt Roscelyn triumphierend die geöffnete Hand unter die Nase.

Roscelyn starrte auf die rote Haarlocke.

Wulfwyns Locke?

Nein. Das war unmöglich.

»Was für ein Spiel treibst du da eigentlich?«

»Es ist kein Spiel. Wenn Ihr Eure Schwester noch einmal lebend sehen wollt, solltet Ihr Euch morgen mit Cerdic treffen.«

»Heißt das am Ende, Cerdic will meiner Schwester etwas antun? Welch eine Ungeheuerlichkeit!«, brauste Roscelyn auf.

»Sicher erinnert Ihr Euch noch an Cerdics … gewalttätiges Naturell. Er war es nämlich, der das Dorf überfallen hat, und wisst Ihr auch, warum?«

Bevor Roscelyn antworten konnte, sprach Elswyth schon weiter. »Die alte Bäuerin hat ihn erkannt, und mit dem Überfall wollte er vertuschen, dass er ihr die Kehle durchgeschnitten hat.«

»Schweig!«, zischte Roscelyn.

Elswyth zuckte die Achseln. »Wulfwyn habe ich heute Morgen selbst gesehen. Cerdic hat sie als Geisel genommen, damit Ihr seinem Befehl folgt.«

Panische Angst überwältigte Roscelyn, und sie brachte keine Antwort über die Lippen. Unwillkürlich verkrampften sich alle ihre Muskeln, und ein Zittern überlief sie.

»Ich warte morgen am Hoftor auf Euch und begleite Euch zum Treffpunkt. Und wenn Ihr auch nur mit einer Menschenseele darüber sprecht, wird Wulfwyn eines besonders qualvollen Todes sterben, lässt Euer Gemahl Euch ausrichten. Er meint, wenn Ihr an Euren Hochzeitstag denkt, wird Euch wieder einfallen, dass er keine leeren Drohungen auszusprechen pflegt.«

Mit höhnischem Grinsen schlug Elswyth die Scheunentür hinter sich zu und ließ die völlig verstörte Roscelyn allein zurück.

Was für unaussprechliche Dinge mochte Cerdic Wulfwyn bereits angetan haben?

Aber nein! Elswyth log. Viele Frauen besaßen rotes Haar.

Hochzeitserinnerungen tauchten in ihr auf.

Wenn Elswyth doch die Wahrheit sagte? Und Cerdic Wulfwyn tatsächlich in seiner Gewalt hatte …

Von Panik ergriffen sprang Roscelyn auf und verließ im Laufschritt die Scheune. Sie musste Varin suchen.

In diesem Augenblick wurde Wulfwyn vielleicht schon grässlich gefoltert. Aber nach wenigen Schritten blieb Roscelyn wie angewurzelt stehen.

Wenn Elswyth sie jetzt mit Varin reden sah, würde sie es bestimmt Cerdic weitererzählen.

Ängstlich sah Roscelyn sich um.

Was sollte sie bloß tun?

Sie musste Cerdic töten.

Heute Nacht, wenn alle schliefen, würde sie sich ein scharfes Messer aus der Küche holen. Und wenn sie Cerdic morgen gegenüberstand, würde sie ihn umbringen.

Sofort kamen ihr Bedenken. Cerdic war ein nicht zu unterschätzender Gegner – ein großer, kräftiger und erfahrener Krieger.

Nein. Allein konnte sie es nicht schaffen. Sie musste Varin um Hilfe bitten.

Je eher sie Wulfwyn befreite, umso weniger Qualen hatte ihre Schwester zu erleiden.

Schaudernd stellte sie sich vor, was Wulfwyn vielleicht schon alles durchgemacht hatte. Ihr wurde übel, und sie presste die Hände auf den Magen, um sich nicht zu übergeben.

Dann schüttelte sie die Gedanken mit Gewalt ab. Wenn sie jetzt die Nerven verlor, half Wulfwyn das auch nicht weiter. Sie musste sich überlegen, wie sie Cerdic überlisten konnte.

Roscelyn lächelte grimmig. Varin würde es ein Vergnügen sein, Cerdic zu fassen zu bekommen, und sei es auch nur, um von seinem König eine Belohnung dafür einzustreichen. Bei dieser Vorstellung runzelte sie die Stirn.

Wenn Cerdic erst einmal Williams Gefangener war, konnte sie ihn nicht mehr umbringen, und das wollte sie, um jeden Preis. Irgendwie musste es ihr gelingen, diesem Satan in Menschengestalt endlich den Garaus zu machen.

Erst würde sie Varin berichten, was sie erfahren hatte, und morgen um diese Zeit war Wulfwyn dann bestimmt längst zu Hause und in Sicherheit.

Aber sie hatte kaum einen Schritt getan, als sie schon wieder stehen blieb. Vielleicht war auch Varin so versessen darauf, Cerdic umzubringen, dass ihn Wulfwyns Schicksal kalt ließ.

Sie stellte sich vor, wie Cerdic Wulfwyn ein Messer an die Kehle hielt und drohte, sie zu töten. Vielleicht lachte Varin ja nur darüber und forderte ihn auf, ruhig zuzustechen?

Nein. Varin würde niemals um seines eigenen Vorteils willen Wulfwyns Leben aufs Spiel setzen. Dafür war er viel zu verantwortungsbewusst.

Roscelyn griff sich ans Herz, als ihr ein anderer Gedanke durch den Kopf schoss.

Wusste Cerdic etwa von der Schriftrolle?

Hatte ihr Vater ihm vielleicht davon berichtet? Oder hatte Wulfwyn sich in ihrer Angst verplappert – was Roscelyn ihr, weiß der Himmel, nicht verübeln konnte?

Cerdic würde keine Sekunde zögern, Varin von dem Dokument zu erzählen, wenn er glaubte, damit seine elende Haut zu retten.

Wieder rebellierte ihr Magen, und sie ging schnell zur Scheune zurück, wo sie vor neugierigen Blicken sicher war.

Dort angelangt, ließ sie sich auf einen Kornsack fallen und vergrub das Gesicht in den Händen.

Morgen würde sie Elswyth zum vereinbarten Treffpunkt folgen und Cerdic erst einmal unbewaffnet gegenübertreten. Zu viele Fragen standen noch offen. Sie musste so viel herausfinden wie möglich, und dann entscheiden, ob sie Varin einweihte oder nicht.

16

»Anscheinend liegt Euch nicht besonders viel am Leben Eurer Schwester«, höhnte Elswyth, die schon am Tor wartete. »Ihr seid spät dran.«

»Du kennst eben Varins Gewohnheiten nicht«, konterte Roscelyn keuchend. Trotz des wolkenlosen Himmels konnte die Sonne die eisige Luft nicht erwärmen.

Elswyth schoss ihr einen giftigen Blick zu. »Ihr kriecht zu Eurem normannischen Hengst in die Federn, bevor Ihr Euren Gatten aufsucht? Cerdic sollte den Tag verfluchen, an dem er Euch zur Frau nahm!«

»Schsch! Wenn Varin uns sieht, hält er uns vielleicht auf. Also lass uns schnell von hier verschwinden.«

Nun packte Elswyth Roscelyn am Arm. »Vergesst Euren Varin und konzentriert Euch lieber auf Euren Gemahl. Cerdic wird über Eure Unpünktlichkeit gar nicht erfreut sein.«

Die Dirne zog sie an der Hand mit sich, aber Roscelyn warf noch einen letzten Blick über die Schulter. Sie hatte das beunruhigende Gefühl, dass jemand sie beobachtete. Hastig ließ sie den Blick über den belebten Vorplatz schweifen, wo Männer und Knaben damit beschäftigt waren, Baumstämme zu zersägen und zusammenzubinden, konnte aber nichts Verdächtiges entdecken.

Wahrscheinlich war sie einfach nur nervös, redete sie sich gut zu. Trotzdem drehte sie sich immer wieder um. Aber auf dem Weg hügelabwärts begegneten sie vielen Leuten, und als Roscelyn und Elswyth erst einmal im Dorf angekommen waren, fesselte etwas anderes ihre Aufmerksamkeit.

Varin und Ulric schlenderten plaudernd den Dorfweg entlang. Noch hatte er sie nicht entdeckt. Roscelyn zerrte Elswyth in einen schmalen Durchgang zwischen zwei Hütten.

»Was ist denn los?«, fauchte die Brünette gereizt.

»Nicht so laut«, zischte Roscelyn. »Da vorne ist Varin.«

Hintereinander schlichen sie an den Rückfronten mehrerer Anwesen entlang und bahnten sich ihren Weg durch Ziegen, Hühner und Schweine. Schließlich traute Roscelyn sich wieder in die Nähe des Weges und lugte vorsichtig um die Ecke eines baufälligen Schuppens.

Varin ging jetzt ein gutes Stück vor ihnen in Richtung Herrenhaus. Roscelyn gab Elswyth ein Zeichen, trat mutig auf die Straße hinaus und steuerte in entgegengesetzter Richtung auf die Felder zu.

Abermals drehte sie sich misstrauisch um, als sie über den frisch gepflügten Erdboden stapften. »Hier kann man uns fast vom ganzen Dorf aus sehen«, murmelte sie besorgt, doch mehr zu sich selbst als zu Elswyth.

»Scharfsinnig, wie Ihr seid, wird Euch sicher eine Erklärung einfallen, was wir im Wald zu suchen haben«, knurrte Elswyth.

Jetzt hatte Roscelyn endgültig genug von Elswyths Unverschämtheiten. »Dein Glück, dass es so ist! Aber wenn mich jemand danach fragen sollte, erzähle ich ihm zuallererst, in was für üble Machenschaften du verwickelt bist – darauf kannst du Gift nehmen!«

Sie überquerten eine große Weide, wo ein paar Knaben Schafe hüteten, und betraten dann den Wald. Roscelyn ließ Elswyth vorangehen und zählte heimlich ihre Schritte. So konnte sie den Ort wieder finden, falls sie jemals dorthin zurückkehren musste. Sie war so damit beschäftigt, sich jeden Busch und Baum einzuprägen, dass sie gegen Elswyths Rücken prallte, als die Frau plötzlich stehen blieb.

»Verflucht! Könnt Ihr nicht aufpassen?«

Roscelyn nahm die scharfen Worte kaum wahr, als sie jetzt über die Schulter der anderen spähte.

Cerdic.

Ihr Herz schlug so dumpf wie das Beil eines Metzgers auf dem Hackklotz. Flankiert von zwei dubiosen Gestalten, stand der Totgeglaubte zwischen den abgebrochenen Ästen einer abgestorbenen Eiche.

»Komm her, Weib«, befahl er mit schneidender Stimme.

Mit äußerster Willenskraft setzte Roscelyn einen Fuß vor den anderen, bis sie vor ihm stand. Er war nicht so groß, wie sie ihn in Erinnerung hatte und sah in seinen geflickten Kleidern aus wie ein Bauer.

»Möchtest du deinen Gemahl nicht begrüßen?«

Roscelyn starrte halb gelähmt in seine dunklen Augen, die so leer und kalt waren wie die einer Schlange. Dann nahm sie all ihren Mut zusammen und beschloss, gar nicht lange um seine Gunst zu buhlen. Das brachte ja doch nichts ein.

»Elswyth behauptet, dass meine Schwester bei dir ist«, forderte sie ihn nun heraus.

Ein kurzes Kopfnicken, und Cerdics Spießgesellen packten Roscelyn am Arm. Panik ergriff sie, aber sie wehrte sich nicht. Wenn sie Furcht zeigte, stachelte sie Cerdic nur noch mehr an, sich an ihrer Angst zu weiden.

Sein ausdrucksloser Blick ließ ihr Gesicht keine Sekunde los, während er ihren Körper abtastete, und Roscelyn war froh, keine Waffe unter ihren Kleidern zu tragen. Dann kniete Cerdic sich hin, steckte die Zeigefinger in ihre Stiefel und ließ seine Hände an der Innenseite ihrer Schenkel aufwärts gleiten.

Als er sich wieder aufrichtete, kräuselte ein berechnendes Lächeln seine Mundwinkel. »Ich freue mich schon darauf, dich bei der nächsten Gelegenheit noch sorgfältiger zu durchsuchen. Leider habe ich jetzt keine Zeit dazu.«

Er bedeutete den Männern, Roscelyn loszulassen. »Elswyth hat mir berichtet, dass du Gefallen an deinem neuen normannischen Herrn gefunden hast.«

Roscelyn wählte ihre Worte mit Bedacht und bemühte sich, gelassen zu klingen. »Wer wüsste besser als du, dass der Schein häufig trügt? Da ich Wulfwyn nirgends sehe, nehme ich an, dass sie sich gar nicht in deiner Gewalt befindet. Und deshalb halte ich es für überflüssig, noch länger hier herumzustehen und meine persönlichen Angelegenheiten mit dir zu erörtern.«

Aber bevor sie sich zum Gehen wenden konnte, packte Cerdic ihren Arm mit eisernem Griff. »Glaub mir: Wulfwyn ist wohl verwahrt und wird Höllenqualen erleiden, wenn du nicht tust, was ich sage.«

Sein Griff war so schmerzhaft, dass Roscelyn fast aufgeschrien hätte; stattdessen brachte sie einen kühlen, zweifelnden Blick zu Stande.

Dann holte sie tief Luft.

Sie durfte jetzt nicht daran denken, dass Wulfwyn Cerdic auf Gedeih und Verderb ausgeliefert war, sondern musste so tun, als ließen seine Drohungen sie kalt. Das war ihre einzige Chance.

Aufmerksam musterte sie ihn. Er war hagerer als bei ihrer letzten Begegnung, und man sah ihm an, dass er in letzter Zeit ein entbehrungsreiches Leben geführt hatte.

»Meinetwegen höre ich mir an, was du von mir verlangst«, sagte sie betont gleichgültig, »aber ich willige nur ein, wenn mir deine Vorschläge einleuchten.«

»Du wirst einwilligen, ganz egal, ob es dir einleuchtet, oder Wulfwyn wird für deine Halsstarrigkeit bezahlen.«

Roscelyn schnaubte verächtlich. »Bevor ich blindlings deine Befehle befolge, musst du mir erst einmal beweisen, dass meine Schwester sich tatsächlich in deinem Gewahrsam befindet. Aber lassen wir das einmal außer Acht. Vielleicht gelingt es dir ja, mich davon zu überzeugen, dass dein Plan auch mir Vorteile bringt.«

Sie vergewisserte sich mit einem Seitenblick, dass Elswyth auch wirklich zuhörte, und senkte verschwörerisch die Stimme. »Ich nehme an, dein Vorhaben erfordert ein gewisses Maß an Intelligenz, denn sonst hättest du ja auch Elswyth mit der Durchführung beauftragen können.«

Cerdics Blick streifte die Brünette, der nicht entgangen war, dass über sie gesprochen wurde. Wenn Roscelyn Glück hatte, würde das dumme Frauenzimmer sich angegriffen fühlen und ausfallend werden. Das war zwar nur eine kleine Genugtuung, aber Roscelyn wollte Cerdic unbedingt aus der Fassung bringen.

Dieser lockerte seinen Griff um ihren Oberarm. »Ich möchte kurz unter vier Augen mit meiner Frau sprechen«, wandte er sich an seine Begleiter. »Wartet hier auf mich!«

Er dirigierte Roscelyn von den Männern weg, aber nach wenigen Schritten zog sie jemand von hinten unsanft an den Haaren.

»Ihr glaubt wohl, Ihr könnt mich vor Cerdic mit Euren Lügen schlecht machen!«

»Lass sie los und hock dich dort drüben hin«, scheuchte Cerdic die Erboste fort.

»Was habt Ihr mit ihr zu besprechen, das ich nicht hören darf?«, wollte Elswyth wissen.

»Ich verrate es dir später.«

»Sagt es mir jetzt«, beharrte seine Nachtgefährtin stur. »Wollt Ihr etwa eine Person in Eure Pläne einweihen, die für einen normannischen Hundesohn die Beine breit macht?«

Ein Anflug von Zweifel verdüsterte Cerdics Züge. Elswyths Behauptung abzustreiten, wäre unklug gewesen. »Elswyth hat Recht. Ich habe dem Drängen dieses Schurken nachgegeben, damit er mich und die Dörfler besser behandelt«, gestand Roscelyn daher.

»Lügnerin«, fauchte die andere und wandte sich wieder an Cerdic. »Sie ist nicht nur freiwillig zu ihm ins Bett gestiegen, sondern sie sind voneinander so hingerissen, dass der Kerl sie sogar heiraten will.«

Die Pest über dieses Weib! Roscelyns Augen hielten Cerdics Blick fest, als sie antwortete: »Du hast mich und meine Leute im Stich gelassen. Mir bleibt nichts anderes übrig, als mich zu erniedrigen, um damit die Gunst des Normannen zu erkaufen – und wenn er mich heiraten will, umso besser.«

Jetzt leistete ihr der Hass auf Cerdic gute Dienste, denn er verzerrte ihre Züge sehr überzeugend, als sie ausrief: »Die Nacht wird kommen, in der er mir blind vertraut, und dann schlitze ich ihm unverzüglich die Kehle auf.«

Ungläubig blickte Cerdic sie an. »Du kannst doch keiner Fliege etwas zu Leide tun. Wenn du Blut siehst, fällst du sofort in Ohnmacht.«

Roscelyn zuckte die Achseln. »Normannisches Blut bildet da eine Ausnahme. Schon an seinem ersten Abend in Cyning habe ich mit Vergnügen auf diesen Bastard eingestochen.«

»Hört nicht auf sie, Cerdic! Es war Wulfwyn, die das Messer gegen den Normannen gezogen hat.«

Roscelyn zog die Augenbrauen hoch. »Komm schon, Elswyth. Wer soll dir dieses Märchen abnehmen? Du kannst Cerdic viel erzählen – aber er weiß genau, dass ich Wulfwyn niemals erlauben würde, sich einer solchen Gefahr auszusetzen.«

Cerdic wiegte nachdenklich den Kopf. »Du hast dich seit unserer letzten Begegnung sehr verändert. So etwas hätte ich dir gar nicht zugetraut.«

Wutschnaubend stürzte sich Elswyth mit ausgestreckten Krallen auf ihre Herrin. Aber Cerdic packte sie am Kragen, bevor sie ihre Fingernägel in Roscelyns Wangen bohren konnte.

»Sie lügt«, kreischte Elswyth, als Cerdic sie unsanft zurück zu seinen beiden Helfershelfern schleifte. »Ihr seid doch nicht etwa so dumm, ihren Worten Glauben zu schenken?«

Roscelyn zuckte zusammen, als Cerdics Faust dumpf mitten in Elswyths Gesicht landete. Die Frau sackte wimmernd zusammen, und Cerdic erteilte einem der Männer eine Anweisung, die Roscelyn aus der Entfernung nicht verstand.

Dann drehte er sich wieder nach ihr um, und sie setzte rasch eine gleichgültige Miene auf. Sie hielt den Blick zwar fest auf ihn geheftet, als er näher kam, aber aus dem Augenwinkel sah sie, wie die beiden Gefolgsleute Elswyth in den Wald zerrten.

Die Spatzen tschilpten so fröhlich, als herrsche reinster Friede. Ein leuchtend gelbes, geflügeltes Insekt krabbelte vor Cerdics Füßen über den sonnenbeschienenen Waldpfad, und Roscelyn stieg ein Schwall bitterer Galle in die Kehle. Sie wünschte sich nur noch weit fort, irgendwohin, wo sie Cerdic nie wieder sehen musste.

»Du hattest Recht«, räumte Cerdic ein und blieb vor ihr stehen. »Elswyth ist zu dumm, um mir von Nutzen zu sein. Ich wusste, dass sie niemals aus dir herausbekommen würde, wo du die andere Hälfte der Schriftrolle versteckt hast, geschweige denn sie ihr ausgeliefert hättest.«

Roscelyn blickte verwundert drein. »Was für eine Schriftrolle?«

»Tu nicht so unschuldig.« Cerdic hob die Hand, als wollte er sie schlagen.

»Ich sollte besser ohne blaue Flecken nach Hause kommen. Bedenke, wie sehr der normannische Herr mich liebt.«

»Hüte deine freche Zunge«, schnauzte Cerdic sie an, ließ aber die Faust wieder sinken. »Ich kann dich an Stellen grün und blau prügeln, die niemand je zu sehen bekommt.«

Roscelyn zog ihren Umhang enger um die Schultern, um ihr Zittern zu verbergen. Die Vorstellung, dass er Wulfwyn auf diese Weise misshandelt hatte, ließ sie innerlich zu Eis erstarren.

»Dein Vater hat mir selbst von der zweiteiligen Schriftrolle erzählt«, fuhr Cerdic fort, als sei nichts vorgefallen. »Außerdem ist es mir gelungen, mit der Äbtissin von Saint Dunstan zu sprechen, als ich meine liebe kleine Schwägerin dort abholte. Sie lässt dir vielmals für alles danken, und ich soll dir von den vielen Gebeten berichten, die für dich gesprochen wurden.«

Roscelyn hielt mit Mühe an sich. Nur eins war noch schlimmer als die Entdeckung, dass Cerdic offensichtlich im Besitz der Schriftrolle war: ihre Angst, Varin bekäme Wind davon.

»Ich nehme an, du kannst mir das Beweisstück genauso wenig vorweisen wie meine Schwester«, bemerkte sie spöttisch und nahm in Kauf, Cerdic damit so zu reizen, dass er seine Drohungen in Bezug auf ihre eigene Person wahr machte. »Du musst mich wirklich für sehr leichtgläubig halten.«

Seine Hand schoss vor und krallte sich in den Kragen ihres Umhangs. Er wirbelte sie herum und schob die Hand unter die Stofffalten.

»Du rückst jetzt sofort deine Hälfte heraus«, zischte er ihr ins Ohr und betatschte lüstern ihren Unterleib. »Ich will, dass die Dänen bei ihrem Eintreffen in Cyning einen sicheren Zufluchtsort vorfinden. Bis dahin sind alle Normannen tot – weil du dasselbe Gift in den Hofbrunnen schütten wirst, das du mir an unserem Hochzeitstag heimlich ins Bier gekippt hast!«

Energisch zügelte Roscelyn ihren Abscheu und antwortete in ganz vernünftigem Tonfall: »Hast du auch bedacht, dass du auf diese Weise außer den Normannen auch nützliche Lebewesen vergiftest? Die Viehtränken werden ebenfalls aus dem Brunnen gefüllt.«

Cerdics Hand hielt inne, und Roscelyn fuhr fort. »Verzeih,

Cerdic, aber ich muss dich auf diese Ungereimtheit hinweisen. Wir können es uns nicht leisten, auf irgendetwas Essbares zu verzichten.«

Verärgert stieß er sie von sich und begann stirnrunzelnd und mit düsterem Blick, auf und ab zu gehen. »Darauf werde ich keine Rücksicht nehmen. Das Risiko wäre zu groß. Du musst den Brunnen trotzdem vergiften!«

Doch er war dabei, den Köder zu schlucken. Jetzt brauchte Roscelyn nur noch an der Angelschnur zu ziehen – allerdings ohne sich selbst in Gefahr zu bringen.

»Ich habe bereits mit den Härten des Krieges Bekanntschaft gemacht«, berichtete sie nachdrücklich. »Hunger ist ein zu hoher Preis für den Tod einer Hand voll Normannen – und ich weigere mich, ihn zu zahlen.«

»Dir selbst soll es an nichts fehlen. Die Schriftrolle wird dafür sorgen, dass du als meine Gemahlin keine Not zu leiden brauchst.«

Roscelyn verschränkte die Arme vor der Brust. »Eins habe ich in den vergangenen Wochen gelernt: Wenn ein Mann erst einmal sein Ziel erreicht hat, kann er sich plötzlich nicht mehr an seine früheren Versprechungen erinnern. Seit ich mich von diesem normannischen Schwein besudeln lassen musste, weiß ich dich mehr zu schätzen als früher – aber ich brauche weder dich noch deine Hälfte der Schriftrolle. Auch ohne deine Hilfe werde ich die Normannen aus Cyning vertreiben und die Belohnung der Dänen für diese Tat selbst einstreichen!«

Im nächsten Augenblick war Cerdic über ihr. Er drängte sie mit dem Rücken an einen Baumstamm und drückte seinen Unterarm so fest gegen ihre Kehle, dass sie kaum noch Luft bekam. »Deine Gier ist inzwischen offenbar stärker als dein Ehrgefühl«, zischte er.

Und sie keuchte: »Meine Dienste sind nicht mit leeren Versprechungen zu erkaufen!«

Schäumend vor Wut zog er den Arm zurück und packte sie

am Kragen. »Du händigst mir gefälligst deine Hälfte der Schriftrolle aus und vergiftest den Brunnen, oder Wulfwyns letztes Stündlein hat geschlagen!«

Roscelyn jubelte innerlich. Der Sieg war zum Greifen nahe. »Wie gesagt, ich glaube nicht, dass meine Schwester bei dir ist. Genauso wenig, wie ich dir abnehme, dass du im Besitz der Schriftrollenhälfte bist.«

Cerdic schüttelte sie so heftig, dass ihr Kopf gegen den Baumstamm schlug. »Morgen Mittag treffen wir uns hier wieder. Dann bringe ich Wulfwyn mit.« Erneut schüttelte er sie. »Wenn du versuchst, mich hereinzulegen, stirbt deine Schwester vor deinen Augen.«

Er ließ sie los. »Eins noch: Einer meiner Männer hält hier Tag und Nacht Wache. Ich merke es, wenn du nicht allein kommst.«

»Was ist mit Elswyth?«, fragte Roscelyn. »Das Weib kann mich nicht ausstehen und versucht vielleicht, mir eine Falle zu stellen.«

Daraufhin lächelte Cerdic grimmig. »Das lass nur meine Sorge sein. Sie wird dich nicht mehr behelligen.«

In seinen schwarzen Augen las sie, dass er angeordnet hatte, die Brünette auszuschalten. Die Erkenntnis traf sie wie ein Schlag.

Hätte sie nicht von Anfang an bewusst Zwietracht zwischen Elswyth und Cerdic gestiftet, wäre die andere jetzt noch am Leben.

Grußlos wandte sie sich ab und trat den Heimweg an, obwohl ihr die Knie so zitterten, dass sie kaum laufen konnte. Sie drehte sich nicht mehr um. Wenn Cerdic ihr tränenüberströmtes Gesicht sah, würde er ihr die vorgetäuschte Gelassenheit und Stärke nicht mehr abnehmen.

In der Tat bestand kein Zweifel daran, dass Wulfwyn Cerdics Geisel war, und ihre Gedanken kreisten auf dem ganzen Heimweg um nichts anderes.

Mehrere Dörfler sprachen sie an, aber sie hörte sie kaum. Sie hielt den Kopf gesenkt und kämpfte mit den Tränen. Als sie den Obstgarten betrat, kamen ihr die kahlen Bäume wie schwarze Skelette vor.

Instinktiv zog es sie zur letzten Ruhestätte ihrer Eltern.

Ich flehe Euch an, steht mir bei, beschwor sie Vater und Mutter.

Was sollte sie bloß tun?

Die Versuchung, mit all ihren Sorgen zu Varin zu eilen, war überwältigend. Er wusste bestimmt einen Ausweg und würde ihr helfen. Aber wie sollte sie ihm die Existenz der Schriftrolle erklären?

Oder konnte sie das Dokument weiterhin vor ihm geheim halten?

Sie starrte den Grabstein ihres Vaters an. Varin würde Wulfwyns Leben zwar nicht aufs Spiel setzen, um einen ganz gewöhnlichen Spion gefangen zu nehmen; aber würde er sich genauso entscheiden, wenn er wusste, das Cerdic eine Hälfte des wertvollen Stückes besaß?

Die Schriftrolle war mehr wert als ein Haufen Gold. Sie konnte den normannischen König dazu zwingen, aus England zu fliehen, und damit musste auch Varin das Land verlassen.

Zwar würde Varin sein Bestes tun und versuchen, sowohl die Schriftrolle an sich zu bringen, als auch Wulfwyn zu befreien. Aber wenn er nun zwischen beiden Möglichkeiten wählen musste? Galt ihm das Leben ihrer Schwester wirklich mehr als das kostbare Dokument?

Ein verzweifelter Seufzer entfuhr Roscelyn, und sie warf den gemeißelten Steinen einen Hilfe suchenden Blick zu. Nein, ihre Mutter hätte gewollt, dass sie um Wulfwyns willen auch nicht das kleinste Risiko einging.

Plötzlich fühlte sie sich so schwach, dass sie sich auf den Boden setzen musste. Aus dem Überfall auf das Dorf konnte man schließen, dass Cerdics Truppe mindestens zehn Mann stark war. Roscelyn selbst würde höchstens einen einzigen von ihnen außer Gefecht setzen.

Für den Rest des Nachmittags sprangen ihre Gedanken von einem unmöglichen Plan zum nächsten. Erst bei Sonnenuntergang merkte sie, dass ihr der Magen knurrte.

Als sie aufstand, knackten ihre Gelenke, und ihre Schultern waren völlig verspannt, weil sie zu lange in einer Haltung verharrt hatte.

Mit schmerzverzerrter Miene warf sie einen letzten Blick auf den Grabstein ihres Vaters, dann nahm sie Kurs auf das Hauptgebäude. Sie wollte sich ungesehen in die Küche schleichen und ein Messer entwenden.

Das nämlich war der Ratschlag ihres Vaters.

Auf dem Rückweg kam ihr das Braun und Grau der gefrorenen Wiesen und blattlosen Bäume plötzlich unerträglich trostlos vor.

Hätte sie doch niemals etwas mit der Schriftrolle zu tun gehabt!

Was ihr einst als Hoffnung erschienen war, entpuppte sich als Fluch. Sollte es ihr tatsächlich gelingen, Cerdic zu töten, würde sie das verdammte Ding an sich nehmen und zu einem Häufchen Asche verbrennen!

In der Nähe der Küche roch es nach gebratenem Fleisch, und Roscelyn lief das Wasser im Mund zusammen. Wenn Cerdic Wulfwyn zu ihrem zweiten Treffen nicht mitbrachte, würde sie ihm anschließend heimlich folgen. Sie musste sein Versteck ausfindig machen und abwarten, bis er und seine Männer sich zum Schlafen niederlegten. Dann konnte sie Wulfwyn befreien und Cerdic im Schlaf die Kehle durchschneiden.

Sie betrat die Wirtschaftsräume und begrüßte Egric. »Hast du vielleicht ein paar Knochen für Poppit?«, fragte sie harmlos, fasste dabei aber ein scharfes Fleischmesser ins Auge.

»Hier wär einer«, sagte der Koch und wandte sich kurz ab.

Sobald er ihr den Rücken zudrehte, schnappte sich Roscelyn das Instrument und verbarg es in den Falten ihres Umhangs.

»Vielen Dank!« Sie lächelte den Dicken bezaubernd an.

In der Halle rekelten sich ein paar Lehnsmänner auf den Stühlen um den großen Tisch, aber weder Varin noch Arnulf waren zu sehen.

Roscelyn huschte unauffällig hinter den Vorhang zu den Schlafplätzen und versteckte das Messer in einer ihrer Truhen.

Danach gesellte sie sich zu den anderen – obwohl es ihr sicher schwer fallen würde, bei Tisch zu sitzen und sich zu benehmen wie immer, wo sie doch fast krank vor Sorge um Wulfwyn war.

Plötzlich packte sie jemand von hinten an der Schulter und zerrte sie hoch. Ohne ein Wort nahm Varin sie beim Arm und zog sie mit sich zum Ausgang.

Als sie sein zorniges Gesicht sah, begann ihr Herz zu hämmern.

»Milord, ich kann Euch alles erklären …«

»Schweigt, oder ich reiße Euch die Zunge heraus, verdammte Lügnerin!«

17

Nachdem er Roscelyn gefesselt und in einem der Stallgebäude neben ihrem Leibwächter und Komplizen an einen Pfosten gebunden hatte, ging Varin zur Molkerei hinüber. Ohne auf die misstrauischen Blicke und gedämpften Unterhaltungen der Bauern, an denen er vorbeikam, zu achten, holte er sich zwei Bierkrüge und ging zum Flussufer hinter dem Hauptgebäude.

Dieses hinterhältige Weibsstück hatte ihn mit ihren Unschuldsblicken und Heucheleien schamlos an der Nase herum geführt. Varin stellte den einen Krug auf den Boden und trank den anderen in einem Zug leer, um den bitteren Geschmack des Verrats hinunterzuspülen.

Natürlich musste er sie verhören. Aber nicht jetzt.

Wo er so wütend war, dass er sie am liebsten auf der Stelle umgebracht hätte.

Doch mit einer toten Roscelyn hatte er wohl kaum eine Chance, ihren Gatten in die Finger zu bekommen.

Er nahm noch einen großen Schluck, um das schmerzliche Gefühl abzuschütteln, das ihn beim Gedanken an ihren Verlust unwillkürlich überfiel.

Sie hatte den Tod wahrhaftig verdient, und zwar einen besonders qualvollen als Strafe für ihre Hinterlist!

Ein Sonnenstrahl stahl sich durch die Wolken und brach sich auf der Wasseroberfläche, sodass Varin blinzeln musste. Aber in seinem Herzen herrschte tiefste Nacht.

Er trank den Becher leer, wischte sich den Mund mit dem Handrücken trocken und griff nach dem zweiten Krug. Hätte nicht Simon Roscelyns Unterhaltung mit Cerdic belauscht, wären sie alle inzwischen womöglich an vergiftetem Brunnenwasser verreckt.

Er hatte nicht geahnt, dass Roscelyn vorhatte, sich mit ihrem Gatten zu treffen. Im Gegenteil – sie hatte ihn so geschickt hinters Licht geführt, dass er Simon damit beauftragte, sie heimlich vor diesem Schurken zu beschützen.

Varin trank. Dem Himmel sei Dank, dass er Roscelyn nichts von ihrem ›Schutzengel‹ erzählt hatte. Zwar kam ihm dieser Gedanke, den er dann aber wieder verwarf, um sie mit seinen Befürchtungen nicht in noch größere Panik zu versetzen.

Die Befürchtungen eines hoffnungslosen Narren, beschimpfte er sich selbst.

»Varin«, ertönte Arnulfs Stimme hinter ihm. »Wenn du die Lady verhören willst, solltest du nicht hier herumlungern.«

Die ritterliche Miene verfinsterte sich zusehends. Leider hatte sich Simon nicht dicht genug herangeschlichen, um alle Einzelheiten von Roscelyns Gespräch mit Cerdic belauschen zu können. Dann hätte er sie jetzt nicht verhören müssen. Aber er hatte seinen Getreuen angewiesen, Abstand zu wahren, um sich auf keinen Fall zu verraten, und das dichte Laub dämpfte dann noch zusätzlich die Stimmen.

Die Einzige, die ihm hätte weiterhelfen können, war Elspen, aber niemand wusste, wo die Dirne sich herumtrieb.

Er schlürfte die letzten Tropfen.

»Vielleicht sollte lieber ich das Verhör übernehmen«, schlug Arnulf vor.

Schon wollte Varin dankend ablehnen, aber dann überlegte er es sich anders. »Ich glaube, du hast Recht. Denn ich erwürge die Schlampe, wenn sie noch ein einziges Mal lügt!«

Im dämmrigen Zwielicht des Stallgebäudes nickte Roscelyn ihrem Mitgefangenen Gunderic beruhigend zu. »Wir können offen sprechen«, erwiderte sie auf seine Bemerkung, dass ein normannischer Wachposten vor der Tür stünde. »Was ich zu sagen habe, darf jeder hören. Wenn ich mich morgen nicht rechtzeitig zum Treffpunkt begebe, bringt Cerdic meine Schwester Wulfwyn um.«

»Lord Cerdic würde Wulfwyn niemals ein Haar krümmen«, protestierte der Leibwächter.

»O doch, Gunderic! Und es würde ihm sogar einen Heidenspaß machen.«

Sie hatte ihm gerade von Cerdics Überfall auf Wulfwyn berichtet, als der riesenhafte Normanne mit einer Öllampe erschien.

»Arnulf!«, rief sie hoffnungsvoll aus. »Ich muss mit dir sprechen.«

»Genau deshalb bin ich gekommen, Milady. Aber ich warne Euch: Wenn Ihr Varin mit Eurer Falschheit noch einmal unglücklich macht, schneide ich Euch eigenhändig die Gurgel durch.«

Roscelyn erschrak. »So glaub mir doch, Arnulf! Ich wollte niemandem wehtun. Mein Gatte hält Wulfwyn als Geisel gefangen, um mich zu erpressen. Ich kann doch nicht zulassen, dass er meine eigene Schwester umbringt.«

Geduldig hörte Arnulf zu, stellte ab und zu ein paar Fragen, und als Roscelyn fertig war mit ihrem Bericht, zog er sein Messer aus der Scheide.

Fast blieb Roscelyn das Herz stehen. Sie glaubte, ihr Ende sei gekommen. Jetzt, wo Arnulf Zeitpunkt und Ort ihres Treffens mit Cerdic kannte, brauchte er sie nicht mehr lebendig, und damit war auch Wulfwyns Tod besiegelt.

»Wenn du mich umbringst, Arnulf, wird mein Geist dich für den Rest deines Lebens heimsuchen. Varin und du – ihr werdet keinen Frieden finden.«

Arnulf verdrehte die Augen. »Wenn Ihr mal einen Augenblick still halten würdet, könnte ich Euch die Fesseln durchschneiden.«

Er säbelte an dem Strick herum, mit dem Varin sie an den Pfosten gefesselt hatte. »Ich glaube Euch, Milady.« Er half ihr beim Aufstehen. »Aber ich fürchte, mit Varin werdet Ihr mehr Arbeit haben.«

Er geleitete sie in die Halle. Bei ihrem Eintreten verstummten alle und drehten sich neugierig nach ihnen um.

»Wo ist Varin?«, wandte sich Arnulf an Walther.

Der sommersprossige Krieger zeigte auf die Tür des Schlafgemaches. »Da drin.«

Jetzt befahl der Hüne Roscelyn, draußen zu warten, und er betrat das Gemach allein. Einen Augenblick lang war nichts zu hören, und Roscelyns Rücken kribbelte, weil sie spürte, dass alle sie anstarrten.

Dann brüllte Varin so laut, dass sie zusammenzuckte.

»Die verdammte Hure hat dir anscheinend den letzten Rest Verstand geraubt, Mann!«

Erneut machte sich Stille breit, und Roscelyn bekam eine Gänsehaut. Varins Stimme hatte so fürchterlich geklungen wie Drachengeheul.

Ein Schauder überlief sie. Ginge es nicht um Wulfwyn, liefe sie am liebsten einfach davon.

Mit weichen Knien öffnete sie ohne anzuklopfen die Tür und trat ein. Sie musste Varin unbedingt davon überzeugen, dass sie die Wahrheit sprach, oder Wulfwyn würde elend zu Grunde gehen.

»Lass uns allein«, befahl Varin barsch.

Arnulf nickte Roscelyn noch einmal aufmunternd zu, dann schloss er die Tür hinter sich.

Im Licht der einzigen Kerze musterte Varin Roscelyn kalt und abweisend.

»Meinetwegen höre ich mir das Märchen an, das Ihr Euch für Arnulf ausgedacht habt«, schnaubte er, »aber lasst Euch eins gesagt sein: Simon ist Euch gefolgt und hat Eure Unterhaltung mit Cerdic belauscht. Wenn Ihr lügt, merke ich es sofort.«

Ungläubig starrte Roscelyn ihn an. »Ihr habt mich von Simon beschatten lassen?«

Sein Lächeln war so raubtierhaft, dass Roscelyn nicht überrascht gewesen wäre, wenn er die Lippen hochgezogen und schimmernde Reißzähne entblößt hätte. »Seit meiner Ankunft in Cyning wart Ihr keine Sekunde lang unbewacht!«

Sie hätte es sich denken sollen. Wie sonst hätte er von ihrem Treffen mit Cerdic erfahren?

»Warum wollt Ihr eine Frau heiraten, zu der Ihr kein Vertrauen habt?«, fragte sie völlig verwirrt.

»Da habt Ihr vergebens im Trüben gefischt. Ich hatte niemals vor, Euch zu heiraten, sondern Euch nur benutzt, um Euren sauberen Gatten ausfindig zu machen.«

Die Kränkung gab Roscelyn einen schmerzhaften Stich, und sie wandte den Kopf ab, damit er ihre Betroffenheit nicht sah.

Was war sie doch für eine Närrin gewesen! Varins Liebenswürdigkeit, sein offenkundiges Interesse an ihrer Person, sein Großmut: alles nur Theater! Sie hatte lediglich ein Mittel zum Zweck dargestellt. Wie konnte sie bloß auf einen solchen Halunken hereinfallen?

Sie nahm all ihren Stolz zusammen, um sich wieder umzudrehen. Und wenn er sie noch so grausam getäuscht hatte – sie musste ihn dazu bringen, ihr bei Wulfwyns Befreiung zu helfen. »Glaubt, was Ihr wollt, Milord! Ich möchte nur meine Schwester aus den Klauen meines verbrecherischen Gatten retten.«

Drohend trat er näher. »Schon wieder eine Eurer Lügengeschichten? Ihr wart die ganze Zeit über die Komplizin Eures Gatten. Das fand ich schon bei dem Überfall auf das Dorf heraus.

Roscelyn wich zurück.

»Ach übrigens, Milady …« Er kam ihr nach. »Wusstet Ihr, dass eine Dörflerin Euren Gatten in jener Nacht erkannt hat? Es war nur eine Frage der Zeit, bis ihr beide euch verraten würdet.«

Seine Hand schoss vor und packte Roscelyns Kinn so fest, dass sie sich nicht rühren konnte. »Macht nicht solche Unschuldsaugen! In Eurem Auftrag hat der Fremde mit dem Karren das Korn gestohlen. Eurem Gatten und seinen Leuten waren die Vorräte ausgegangen. Als dieser Versuch fehlschlug, habt Ihr ihm geraten, das Dorf zu überfallen, und es war Euch ganz egal, wie viele von Euren angeblich so geliebten Dörflern dabei draufgingen.«

Er zitterte vor Wut.

Mit bebender Stimme erwiderte sie: »Ihr irrt Euch, Milord.«

Varin zog ihr Gesicht noch näher zu sich heran. »Für wie dumm haltet Ihr mich eigentlich?«, zischte er.

»Ihr versteht mich nicht, Milord.«

»Ich verstehe Euch sehr gut«, fiel er ihr ins Wort, schlang die freie Hand um ihre Taille und zog sie unsanft an sich. »Jetzt verstehe ich zum Beispiel, warum Ihr Euch solche Sorgen um die Lebensmittelrationen machtet. Bei seiner Rückkehr nach Cyning sollte Euer Gatte noch genug zu essen vorfinden.«

Vergeblich versuchte Roscelyn, sich zu befreien.

»Und mir ist klar, warum Ihr so großen Wert auf das Einbringen der Ernte legtet – denn wer die Felder bestellt, kann keine Verteidigungsanlagen bauen!«

Er packte sie so fest, dass sie kaum noch Luft bekam. »Und ich begreife inzwischen, wie Ihr mit Eurer falschen Zunge ganz Cyning für Eure Zwecke manipuliert habt. Aber vor allem habe ich Eure hurenhafte Lüsternheit durchschaut. Ihr wolltet mich so einwickeln, dass ich Eure ganzen Lügen ohne Arg schlucke.«

Roscelyn schnappte nach Luft, zum einen wegen der Beleidigungen und zum anderen aus Atemnot; mit allen zehn Fingernägeln fuhr sie auf sein Gesicht los. Es kam Blut, und sie wandte sofort den Blick ab.

»Miststück!«

Als wollte er den letzten Rest Atem aus ihren Lungen pressen, hob er sie hoch.

»Ihr solltet mir lieber von den Plänen Eures Gatten erzählen, so lange Ihr noch Luft bekommt.«

Ach, du große Güte! Er wollte sie umbringen. Roscelyn holte mit dem Fuß aus und trat ihn mit aller Kraft vors Schienbein.

18

Der Recke krümmte sich vor Schmerz. Wie hatte er vergessen können, dass diese verdammte Person feste Stiefel trug? Er hatte noch immer eine Schramme von jenem Tag vor einer Woche, als er sie gezwungen hatte, sein Bein als Tritt zu benutzen, um den Pferderücken zu erklimmen und zum Herrenhaus zurückzureiten.

Hatte sie ihm diesmal womöglich einen Knochen gebrochen?

Voller Furcht, dass sie noch einmal zutreten könnte, schleppte er sie humpelnd zum Bett und warf sie auf den Rücken.

Bei allem, was ihm heilig war, er würde die Wahrheit aus ihr herausbekommen, und wenn er …

Ein Hustenanfall schüttelte sie, und Varin runzelte die Stirn. Sie entblößte die kleinen weißen Zähne, ihre Augen waren blutunterlaufen, und sie griff sich an die Kehle.

War es wirklich Atemnot, oder bloß Übelkeit? Hatte er sie zu grob behandelt, oder spielte sie nur Theater, um sein Mitleid zu erwecken? Er bekam Angst.

»Hört auf, hier herumzuspucken«, befahl er.

Als sie nicht gehorchte, durchfuhr ihn ein eisiger Schreck.

»Hört auf, verdammt noch mal.«

Ohne Vorwarnung trat sie wieder nach ihm und zielte diesmal auf seine Lenden. Zwar verfehlte sie ihr Ziel, aber seine Hüfte bekam trotzdem etwas ab. Er taumelte einen Schritt zurück, aber nicht weit genug, dass sie fliehen konnte.

Eine zweite Gelegenheit würde sie nicht bekommen, schwor er sich. Er hielt ihre Beine fest, drückte ihr die Knie auseinander und drängte sich dazwischen. Jetzt sollte sie nur versuchen, ihn noch einmal zu treten.

Sein Triumph währte nur kurz.

Ein Kissen prallte in sein Gesicht.

Mit einer Hand ließ er sie los, um den Schlag abzuwehren; aber sie strampelte trotzdem wie verrückt, um sich zu befreien.

»Satansweib«, knirschte er zwischen zusammengebissenen Zähnen. Wie konnte eine solche Zwergin derartige Bärenkräfte entwickeln?

Leinen zerriss, und die Federn flogen, als er ihr das Kissen entwand. Da sie immer noch nicht aufgab, packte er sie um die Hüften und zog sie fest an sich.

Sie kreischte, und er schnappte sich eine Hand voll Federn. »Wenn Ihr noch mal schreit, stopfe ich Euch das Maul!« Drohend hielt er ihr die Federn an die Lippen.

Diese tückische Schlange schloss die Augen und war endlich still.

»Erzählt mir, was Euer Schurke von Gemahl vorhat, Milady«, schnaubte er. »Hat er das Dorf neulich überfallen, um mich und meine Männer aus unserer Deckung zu locken und uns niederzumetzeln? Hat er schon den Tag festgelegt, an dem er es ein zweites Mal versuchen wird?«

Sie lag reglos und schweigend da.

»Fürwahr, Milady«, höhnte er. »Ist Eure flinke Zunge gelähmt?«

Als sie immer noch nicht reagierte, riss ihm der Geduldsfaden. »Zum Teufel mit Eurem angelsächsischen Starrsinn. Ihr antwortet jetzt gefälligst, oder ich ...«

Plötzlich wurde ihm ihrer beider Stellung klar, und er verstummte.

Daunenfedern hatten sich in den kurzen, goldenen Strähnen verfangen, die ihr Gesicht umrahmten und eine davon lag quer über ihrer rosigen Wange. Sein Blick fiel auf die blaue Ader an ihrem Hals, die wie rasend pulsierte. Jetzt hörte er auch ihren Atem und bemerkte das hastige Heben und Senken ihrer Brust.

Sein Blick glitt tiefer. Die kleinen, schön geformten Hände hatte sie schützend über ihren Schoß gelegt. Ihr weiches, graues Gewand hob sich vom Braun seiner ledernen Hose ab. Sein Schenkel zwischen ihren Knien schob den zerknitterten Stoff über ihre Hüften hoch.

Er spürte, wie ihre Beine zitterten.

Verfluchte Höllenpest! Varin richtete sich auf, nahm die Hand von ihrem Mund und ließ die Federn fallen. Das Luder glaubte doch tatsächlich, dass er sie vergewaltigen wollte.

Der Teufel sollte sie holen! So etwas hatte er noch nie gemacht, und es würde ihr nicht gelingen, ihn dazu zu treiben. Er hatte allen Grund, sie hart zu behandeln. Auf keinen Fall würde er sich bei ihr entschuldigen. *Sie* hatte ihn schließlich getreten, und das nicht nur einmal.

Dass sie kleiner war als er, spielte keine Rolle. Denn sie nutzte den Unterschied nur zu ihrem Vorteil. Wer konnte wissen, wie viele Männer sie schon mit ihrer gespielten Hilflosigkeit hereingelegt hatte?

Hilflos, unschuldig, rein …

… und so süß.

Er schnaubte verächtlich. Was für ein Dummkopf er doch gewesen war! Sofort hätte er Lunte riechen müssen, als sie sich ihm so bereitwillig hingab.

Ein Schniefen unterbrach sein düsteres Brüten. Jetzt würde sie es bestimmt mit Tränen versuchen. Zwar waren ihre Augen noch geschlossen und die langen, dunklen Wimpern trocken, aber ihre Nasenflügel blähten sich verdächtig.

Das Schniefen wurde lauter, doch er gedachte standhaft, sich nicht erweichen zu lassen …von dieser Heuchlerin!

Keine Jungfrau reagierte mit solcher Leidenschaft auf die Zärtlichkeiten eines Mannes, wenn sie damit nicht ein ganz bestimmtes Ziel verfolgte. Bestimmt hatte es sich beim Beweis ihrer Unversehrtheit um ein paar Tropfen Hühnerblut gehandelt, die die Hexe zusammengebraut hatte.

Innerlich tobte Varin vor Erbitterung. Wie lustig musste sie seine Avancen gefunden haben! Sie und ihr Gatte hatten sich bestimmt köstlich über seine Heiratsabsichten amüsiert.

Aber obwohl er wusste, dass ihr Geschniefe bloßes Theater war, schwand sein Zorn mit jedem ihrer zitternden Atemzüge, und er glitt dem Abgrund von Schuld, der sich gähnend vor ihm auftat, immer näher.

Wie er auch seine Grobheit ihr gegenüber zu rechtfertigen versuchte, die Ungleichheit der Waffen stach einem förmlich ins Auge.

Er war bald doppelt so groß wie sie. Sie konnte sich nur mit Fingernägeln und Stiefelabsätzen verteidigen gegen einen erfahrenen Krieger – der alle Methoden kannte, wie man Gefangene im Verhör zu einem Geständnis zwang.

Und als Frau hatte sie von solchen Dingen nicht die geringste Ahnung.

Grimmig unterdrückte er den Impuls, sie zu trösten, streckte aber widerstrebend die Hand aus und zog sie hoch, bis sie saß.

Sofort schlug sie die Augen auf und schnappte nach Luft. Als ihre Arme in die Höhe fuhren, packte er ihre Handgelenke, weil er annahm, sie wollte wieder auf ihn losgehen.

»Hatschi!«

Ihr Niesen ließ die Federn stieben.

Varin sah verdutzt zu, wie sie durch die Luft schwebten und sich auf seinem Hemd niederließen.

Anscheinend hatte sie gar nicht geweint, dachte er wie vor den Kopf geschlagen.

Sie hatte auch nicht vorgehabt, ihm das Gesicht zu zerkratzen.

Die Daunen hatten sie zum Niesen gereizt, und deshalb wollte sie die Hand vor den Mund halten.

Er ließ sie los und zog sich ein Stück zurück. Mit einem Mal war seine ganze Wut verflogen.

Wie schaffte sie es bloß, ihn jedes Mal mit den Waffen einer Frau zu schlagen?

Obwohl er nicht eine Sekunde lang an ihrem Verrat zweifelte, hoffte er aus tiefstem Herzen immer noch auf eine plausible Erklärung oder irgendeinen Beweis, dass sie sich doch nicht mit ihrem Gatten getroffen hatte …

Wieder schalt er sich selbst einen Narren.

Trotz all ihrer Missetaten, wollte er immer noch den ersten Platz in ihrem Herzen einnehmen. Dass sie ihm ihren Ehemann vorgezogen und sich mit ihm verbündet hatte, kränkte ihn zutiefst und hinterließ ein seltsam hohles Gefühl in seinem Inneren.

Seufzend fuhr er sich durchs Haar. Vielleicht sollte er sich einfach in sein Schwert stürzen, um endlich Frieden zu finden?

Die Kerze flackerte und warf dunkle Schatten. Roscelyn rieb sich mit zitternder Hand die juckende Nase und spähte vom Bett aus zu Varin hinüber.

Ginge es nicht um Wulfwyn, hätte sie ihn gebeten, ihrem Leben ein Ende zu setzen, so elend fühlte sie sich.

Aber so, wie die Dinge nun einmal standen, wusste sie nicht, ob sie sich ihm lieber zu Füßen werfen und um Gnade flehen oder versuchen sollte, vernünftig mit ihm zu verhandeln. Jetzt durfte sie nur noch an ihre Schwester denken.

Mit gesenktem Kopf starrte sie auf den Lehmfußboden. Vielleicht konnte sie ihre Hälfte der Schriftrolle ja als Köder einsetzen.

Sein Vasall hatte doch ihre Unterhaltung mit Cerdic belauscht. Varin ahnte vielleicht noch nichts von der wahren Bedeutung, aber er fragte sich bestimmt, was es mit dem erwähnten Dokument auf sich hatte.

Jetzt brauchte sie keine Angst mehr zu haben, dass er sie hassen würde, wenn er die Wahrheit erfuhr. Er hasste sie bereits abgrundtief.

Nein, korrigierte sie sich, ganz anders: Er empfand überhaupt nichts mehr für sie. Hatte niemals etwas empfunden.

»Also noch einmal von vorn, Milady«, riss Varins barsche Stimme sie aus diesen trüben Gedanken. »Ihr berichtet mir auf der Stelle von der Unterredung mit Eurem Gatten!«

Roscelyn schaute ihn an. »Ich wüsste nicht, wieso …«

Sie unterbrach sich.

Ja, wieso eigentlich?

Wieso verhörte er sie überhaupt noch, wenn Simon angeblich jedes Wort mit angehört hatte?

Wofür brauchte Varin sie noch?

Sein Spion wusste, wo sie sich mit Cerdic getroffen hatte und wann Cerdic sie das nächste Mal erwartete. Es war doch ein Kinderspiel für Varin und seine Leute, Cerdic zu überrumpeln und gefangen zu nehmen.

»Meine Geduld ist bald zu Ende, Milady«, warnte Varin. »Redet, verdammt noch mal!«

Erneut schöpfte Roscelyn Hoffnung. Konnte sie ihn vielleicht doch noch dazu bewegen, ihr zu helfen?

Sie räusperte sich. »Wie Ihr sicher gehört habt, hält mein Gatte Wulfwyn als Geisel gefangen. Wenn ich nicht alles tue, was er von mir verlangt, dann …«

Ihre Stimme versagte. Sie brachte es nicht über sich, ihre Befürchtungen laut auszusprechen.

»Warum sollte Eure Schwester bei Eurem Gemahl nicht gut aufgehoben sein? Schließlich hat er im Kloster schon auf sie gewartet.«

Angesichts dieser eisigen Ablehnung konnte Roscelyn ihn nur noch flehentlich ansehen.

»Habt Ihr denn gar kein Herz?«, flüsterte sie.

»Herz?« Er spuckte das Wort aus wie eine giftige Kröte. »Was Eure Schwester durchmacht, ist nichts im Vergleich zu dem, was ich erdulden musste, Milady. Hohn und Spott. Jeden Tag Schläge von anderen Knappen, die größer und stärker waren als ich. Ich musste mich mit den Hunden um die Abfälle balgen, Nachttöpfe ausleeren und bekam obendrein noch Tritte und Püffe von den feinen Herrschaften wegen meiner Ungeschicklichkeit.«

Ein so starker Hass auf den normannischen König wallte in Roscelyn auf, dass sie fast daran erstickte. Sie hätte den feisten Bastard am liebsten auf der Stelle für das umgebracht, was er Varin angetan hatte.

Varin verzog den Mund zu einem bösen Lächeln. »Gebt es doch endlich zu, Milady! In Wirklichkeit wolltet Ihr Eure Schwester aus dem Weg räumen, damit ich sie nicht benutze, um Euch und Euren Gatten zu erpressen.«

»Jetzt habt Ihr aber wirklich den Verstand verloren, Milord!«

Er schnaubte. »Jeder andere normannische Edelmann hätte Euch gedemütigt und geschändet. Ich dagegen bin Euch mit Fairness und Freundlichkeit begegnet. Wie eine Dame habe ich Euch behandelt, obwohl Eure Schwester mit einem Messer auf mich losgegangen ist, Euer Leibwächter versuchte, meinen Vasallen umzubringen, und ich Euch die ganze Zeit innerlich misstraute. Siehe da, in der Tat habt Ihr Euch hinter meinem Rücken mit Eurem Gatten gegen mich verbündet!«

Jetzt verlor Roscelyn die Geduld. »Was soll ich denn Eurer Meinung nach tun?«, fauchte sie. »Euch und Eure verdrehte Auffassung von Loyalität über das Leben meiner eigenen Schwester stellen?«

Aufgebracht trat sie auf ihn zu und stieß ihn mit dem Zeigefinger vor die Brust, um ihren Worten Nachdruck zu verleihen. »Hätte Euer Vasall wirklich alles mit angehört, was zwischen Cerdic und mir besprochen wurde, dann würdet Ihr mir nicht derartig falsche Absichten unterstellen. Dann wüsstet Ihr nämlich, dass meine Treue immer noch denjenigen gilt, denen sie immer gegolten hat, nämlich meiner Familie und den Bewohnern dieses Dorfes.«

Ihr Zeigefinger bohrte sich tiefer in seine Brust und sie fuhr mit bebender Stimme fort: »Dann wüsstet Ihr, dass ich meinen Gatten von ganzem Herzen verabscheue und dass er das Leben meiner Schwester bedroht, um mich einzuschüchtern und zu seiner Handlangerin zu machen!«

Varin packte sie am Handgelenk, aber Roscelyn ballte die andere Hand zur Faust und hämmerte damit wütend auf seinen Brustkorb ein. »Wenn Ihr auch nur eine Sekunde lang glaubt, dass ich das Leben meiner Schwester wegen Eurem grässlichen König aufs Spiel setze, dann irrt Ihr Euch gewaltig.«

Nun schnappte er sich auch die Faust und umklammerte sie mit eisernem Griff.

»Es ist mir sowieso egal, was Ihr von mir haltet«, keifte die zappelnde Roscelyn. »Euer König und Eure Loyalität sind mir ebenfalls egal. Und Eure Ehre desgleichen.«

Brennende Tränen stiegen ihr in die Augen, als sie die Vergeblichkeit ihrer Befreiungsversuche erkannte. »Nichts und niemand kann mich davon abhalten, meine Schwester zu retten. Sie ist alles, was ich auf der Welt noch habe.«

»Genug jetzt!«, brüllte Varin und schüttelte sie heftig. »Wenn Ihr Euren Gatten wirklich so hasst und Eure Schwester retten wollt, warum habt Ihr mich dann nicht schon längst um Unterstützung gebeten?«

Sein forschender Blick hinderte sie an einer unbedachten Antwort. Schwer atmend musterte sie seine harten Züge. Die dunklen Bartstoppeln auf dem kräftigen Kiefer, die zornig zusammengepressten Lippen und die kalten, blauen Augen.

Durfte sie es wagen, ihm die Wahrheit zu gestehen?

Durfte sie es wagen, ihm zu beichten, dass die Schriftrolle der Grund war, weshalb sie sich ihm nicht gleich anvertraut hatte?

Würde das Wulfwyns Leben retten?

Oder sie im Gegenteil das Leben kosten?

Roscelyn biss die Zähne zusammen.

Sie hatte keine Wahl. Entweder vertraute sie das Leben ihre Schwester Cerdic, diesem Unhold, an, oder sie bat Varin um Beistand – einen Mann, der sie und die Dörfler mitfühlend behandelt, der sie so zärtlich geküsst und ihr solches Vergnügen bereitet …

… sowie ihr Herz gestohlen hatte.

Sie holte tief Luft.

»Es gibt da etwas, das Ihr nicht wisst, Milord.«

Sie konnte ihm nicht ins Gesicht sehen. Mit gesenktem Kopf fuhr sie fort: »Mein Gatte ist nämlich im Besitz eines gewissen Dokuments …«

Sein Griff um ihre Handgelenke wurde immer fester, bis das Blut in ihren Fingerspitzen pochte, während sie schilderte, was es mit dem Ganzen auf sich hatte. Aber bevor sie berichten konnte, wie sie den einen Teil ins Kloster geschmuggelt hatte, stieß er sie abrupt von sich.

»Verdammte Lügnerin! Das soll ich Euch glauben?«

»Begreift Ihr denn nicht?« Roscelyn kreischte fast. »Das ist keine Lüge. Ich hatte nur Angst, dass Ihr über der Schriftrolle meine Schwester vergessen würdet.«

»Mäßigt Euch, Weib, oder ich lasse Euch abführen!«

Roscelyn verstummte und zwang sich, einen Moment zu verschnaufen, bevor sie mit ruhigerer Stimme weitersprach. »Deshalb wollte ich erst versuchen, Wulfwyn auf eigene Faust zu befreien, bevor ich Euch alles erzählte«, schloss sie.

Beide schwiegen, und Roscelyn hielt seinem durchbohrenden Blick stand.

Endlich ließ Varin ihr eines Handgelenk los.

»Wie viele Männer zählt die Truppe Eures Gatten?«, fragte er knapp.

»Das weiß ich nicht.«

»Sehr hilfreich.«

»Heute habe ich mich zum ersten Mal mit ihm getroffen.«

»Befindet sich sein Lager in der Nähe eures Treffpunktes?«

»Auch das ist mir nicht bekannt!«

Seine Kiefermuskeln spannten sich an. »Habt Ihr Zelte, Strohsäcke oder eine Feuerstelle gesehen?«

»Nein.«

Er seufzte. »Seid Ihr wieder mit ihm verabredet? Oder wisst Ihr das etwa auch nicht?«

Roscelyn schoss ihm einen vernichtenden Blick zu. »Morgen Mittag.«

Er erwiderte den Blick. »Am gleichen Ort?«

Sie nickte, und ihr Magen krampfte sich in plötzlicher Furcht zusammen. Jetzt konnte sie das Gesagte nicht mehr zurücknehmen. Hoffentlich hatte sie das Richtige getan, indem sie Varin all diese Dinge mitteilte.

»Cerdic bringt Wulfwyn mit, um seine Drohung zu untermauern.« Ihre Stimme schwankte. »Er hat mich gewarnt, dass der Ort ständig bewacht ist. Wenn ich irgendwelche Tricks versuche, tötet er meine Schwester.«

Varin ging zur Tür und riss sie auf. »Arnulf!«, brüllte er. Dann drehte er sich wieder nach Roscelyn um. »Wenn ich vor Tagesanbruch am Waldrand sein und mich verstecken will, muss ich sofort los. Ich habe keine Zeit, meinen Plan zweimal zu erklären, deshalb soll Arnulf ihn gleich mithören.«

Der Riese trat ein, und Varin erteilte seine Befehle: »Lass die Männer antreten und wähle vier von ihnen aus, die uns in den Wald begleiten. Simon muss auf jeden Fall dabei sein, weil er den Weg kennt. Die übrigen sollen sich bewaffnen und bereithalten, das Herrenhaus zu verteidigen.«

Roscelyn hörte aufmerksam zu, als er das weitere Vorgehen erläuterte und ihr ihre persönliche Aufgabe dabei erklärte. Nachdem Arnulf gegangen war, rief Varin Adam herbei, um sich beim Ankleiden helfen zu lassen.

»Fällt Euch noch etwas ein, was ich vergessen habe?«, fragte er, als der Knappe mit Hosen, Strümpfen, Hemd und Stiefeln herbeieilte.

Sie schüttelte den Kopf. Plötzlich hatte sie schreckliche Angst. Und wenn Cerdic Varin tötete?

»Was ist, wenn Cerdic nun fünfzig Mann bei sich hat?«, fragte sie, als Adam Varins Schwert aus dem Ständer neben dem Bett nahm.

Varin hob die Arme, damit Adam das Schwert an seinem Gürtel befestigen konnte. »Wäre dem so, hätte er uns längst angegriffen. Je länger er aber wartet, desto höher wird schließlich unser Schutzwall.«

Adam war fertig und trat einen Schritt zurück. »Du kannst gehen«, entließ Varin ihn.

Er wartete, bis der Knappe die Tür hinter sich geschlossen hatte, dann funkelte er sie an. »Ihr müsst mir von nun an völlig vertrauen, sonst könnte es Euch und Eurer Schwester wirklich an den Kragen gehen.«

Er machte auf dem Absatz kehrt, aber Roscelyn hielt ihn am Arm zurück. »Ich vertraue Euch, habe jedoch noch eine Bitte, bevor Ihr geht.«

Er blieb stehen, aber in Gedanken schien er schon weit weg zu sein. »Was ist denn?«

»Versprecht mir, dass Wulfwyn und ich uns ins Kloster von Saint Dunstan zurückziehen dürfen, wenn alles überstanden ist.«

Sein Gesicht verhärtete sich. »Darüber können wir reden, sobald wir Wulfwyn in Sicherheit wissen. Versucht jetzt zu schlafen. Adam soll Euch rechtzeitig wecken.«

Schon war er aus der Tür.

19

Bereits auf dem Weg ins Dorf hinunter kamen Varin Bedenken. Es war so dunkel, dass man kaum die Hand vor Augen sah. Er konnte sich nicht vorstellen, wie sie sich im Wald zurechtfinden und dabei noch den lauernden Blicken eines angelsächsischen Wachtpostens entgehen sollten.

Aber die Dunkelheit war auch zu ihrem Vorteil, weil sie es der Wache zugleich erschwerte, sie zu sehen.

Außerdem stellte sich die Nacht als kalt heraus. Auch das war gut. Vielleicht hatten Cerdics Wachposten ja ein Feuer angezündet, um sich aufzuwärmen.

Im Dorf herrschte Stille. Alles schlief.

Varin hielt kurz an, um Gilbert, der an der Straße Wache hielt, seinen Plan zu erläutern. Zum Glück hatte Gilbert kein Feuer gemacht. Sollte jemand versuchen, das Dorf zu überfallen, würde er Gilbert erst bemerken, wenn es zu spät war.

Nebenbei pfiff Varin seinen Leuten und ging weiter.

Aber am meisten fürchtete er, dass Roscelyn ihn hereingelegt hatte. Er wollte ihr zu gern glauben; doch vielleicht marschierten sie geradewegs in eine von ihr und ihrem hinterhältigen Gatten ausgeheckte Falle.

Er griff sich an den Kopf. Eben erst hatte er Roscelyn angeraten, ihm bedingungslos zu vertrauen, und jetzt war er selbst voller Argwohn. Zwar hatte er sie gewarnt, dass sie und ihre Schwester umkommen würden, wenn sie sich nicht genau an seine Anweisungen hielt, aber er hatte vergessen zu erwähnen, dass jeder Fehler von ihrer Seite auch ihn und seine Männer vernichten würde.

Der Wind trug einen scheußlichen, bitteren Gestank herbei, und Varin zog die Nase kraus. Zu seiner Rechten stand die Tür einer niedrigen Hütte offen, ein Lichtschein fiel auf den Vorplatz. Das Haus der Hexe!

Wie hielt die Person es bloß in diesen giftigen Dämpfen aus? Sie verwandte für ihre Heil- und Gifttränke dieselben Zutaten.

Er hatte eine Idee und ließ seine Truppe anhalten.

Es wäre doch interessant, ob diese Vogelscheuche Roscelyns Bericht von ihrem Hochzeitstag bestätigte.

Allerdings konnte sie bestimmt genauso geschickt lügen wie Roscelyn. Varin wusste zuverlässig, dass Roscelyn nicht mehr bei der Hexe gewesen war seit ihrer Schilderung, wie die Alte ihr den Schlaftrunk gebraut hatte. Also konnte sie inzwischen kaum über das informiert sein, was Roscelyn ihm vorhin berichtet hatte.

»Warte hier auf mich«, befahl er Arnulf. »Aber bleib im Schatten.«

Gebückt betrat er das niedrige Haus und schob ein Büschel roter Blätter beiseite, das von den Deckenbalken hing.

Die alte Frau saß an einem langen Tisch vor dem Feuer und blickte bei seinem Eintreten auf. »Hab dich schon erwartet, Junge.«

Sie hatte ihn erwartet? Hatten er und seine Leute so viel Lärm gemacht, dass selbst ein altes Weib das hörte?

»Woher wusstest du, dass ich komme?«, fragte er neugierig.

»Hab's in meinen Runen gesehn!«

Varin ließ den Blick durch die dämmrige Stube schweifen und musterte die mit geheimnisvollen Fläschchen übersäten Wandborde und den Kochtopf über dem Feuer. »Ich brauche deine Hilfe.«

»Komm und setz dich her.« Sie nickte ihm zu.

Immer noch gebückt, trat er neben den Stuhl am gegenüberliegenden Ende des Tisches, auf den sie deutete. »Ich habe keine Zeit, mich zu setzen«, sagte er. Argwöhnisch beäugte er ein vergilbtes Pergament, das zusammengerollt vor ihr lag.

»Meine Himmelskarte«, erklärte sie. »Also, wo drückt der Schuh?«

»Weißt du, was an Roscelyns Hochzeitstag zwischen ihr und Cerdic vorgefallen ist?«

»Wie kommste denn da drauf?« Fragend hob sie eine buschige, weiße Augenbraue.

Er zwinkerte ihr zu und sagte in scherzhaftem Ton: »In diesem Dorf gibt es nichts, was dir verborgen bleibt.«

»Bist 'n kluges Kerlchen! Aber warum sollt ich dir von Roscelyns Pech mit ihrem Bräutigam erzählen?«

Der vor Ungeduld kochende Varin bemühte sich, ruhig zu bleiben. »Weil ich es dir befehle!«

»Das klingt nich' überzeugend.« Sie runzelte die Stirn. »Blas dich mal lieber nich' so auf.«

Ihr spöttischer Ton reizte ihn. »Hör gut zu, Alte. Du hast es mir zu verdanken, dass du überhaupt in Cyning bleiben darfst. Jetzt erzählst du mir sofort, was du über Roscelyn und ihren Gatten weißt – oder es wird dir schlecht ergehen!«

Die Alte ließ sich nicht anmerken, ob seine Drohung Eindruck auf sie machte. Sie verschränkte die Arme vor der Brust und musterte ihn aus zusammengekniffenen Augen. »Was geht's dich überhaupt an?«

Abrupt wandte Varin sich ab und stampfte zur Tür. Aus der Alten war nichts herauszukriegen. Genauso gut hätte er mit einem Maulesel sprechen können.

»Komm sofort wieder her, oder du kriegst meine Zauberkünste zu spüren.«

Varin ignorierte die Aufforderung. Die Alte bluffte bloß. Er hatte endgültig genug von ihrer Überheblichkeit.

Plötzlich schlug die Tür von selbst vor seiner Nase zu.

Unwillkürlich wich er einen Schritt zurück und starrte verblüfft auf das gesplitterte, von der Wucht des Aufpralls noch vibrierende Holz.

Dann riss er sich zusammen, drehte sich nach der Hexe um und fragte eisig: »Willst du mir etwa Angst machen?«

Die Frau streckte ihm die dürren, gekrümmten Finger entgegen, als spräche sie eine Verwünschung über ihn aus. Er ärgerte sich über sich selbst, als es ihn unbestreitbar fröstelte.

Den Kopf wegen der niedrigen Zimmerdecke immer noch gesenkt, funkelte er sie wütend an. »Dein Hokuspokus geht mir allmählich auf die Nerven.«

»Und du bist 'n Dummkopf, wenn du glaubst, dass ich dir was über Ros und ihren Gatten erzähl, bloß weil du dich hier aufspielst. Wenn du mir nich' sagst, wozu du das alles wissen willst, kriegste gar nix zu hören.«

Varin wand sich verlegen. »Die Lady und ich wollen heiraten, und ich ...«

»Sprich lauter, mein Junge. Manchmal hör ich schlecht.«

»Die Lady und ich wollen heiraten«, brüllte er.

»Ich bin nich' taub!«, zeterte sie.

Nervös fuhr Varin sich mit der Hand durchs Haar und dämpfte seine Stimme wieder. »Die Lady und ihr Gatte haben sich offenbar entzweit. Schon bei der bloßen Erwähnung seines Namens gerät sie in Panik, und ich wollte nicht unbedacht an alte Wunden rühren.«

»Das hätt'ste doch gleich sagen können«, fauchte die Alte.

»Ich habe es nicht nötig, mit dir herumzustreiten«, gab er zurück.

»Pah«, schnaubte sie. »Am selben Tag, als sie geheiratet ham, hat Cerdic versucht, sich über Wulfwyn, das Unschuldslamm, herzumachen.«

Varin erstarrte. Eigentlich hatte er sich nur noch einmal vergewissern wollen, ob Roscelyn vertrauenswürdig war, aber jetzt überwältigten ihn heftige Schuldgefühle.

Wie sie ihn hassen musste! Kein Wunder, dass sie sich für den Rest ihres Lebens hinter Klostermauern verkriechen wollte. Eher würde sie dem Teufel persönlich die Hand zum Ehebund reichen als ihm.

Plötzlich konnte er es kaum mehr erwarten, ihrem schmierigen Gatten das Schwert ins Herz zu stoßen.

Bei diesem Gedanken richtete er sich ohne nachzudenken kerzengerade auf.

»Verfluchte Höllenpest!«, ächzte er, als er mit dem Kopf gegen den Balken donnerte.

Die Hexe verdrehte die Augen. »Pass halt auf! Setz dich lieber wieder hin, bevor du dir noch endgültig den Schädel zertrümmerst.«

»Ich habe keine Zeit«, wiederholte er. »... muss zu ...«

»Wenn sie damals die Gelegenheit gehabt hätt'«, sprach die Alte weiter, als hätte sie ihn gar nicht gehört, »dann wär sie Cerdic gleich an die Gurgel gegangen.«

Forschend blickte Varin die Alte an. »Was willst du damit sagen?«

Lufu wiegte bedächtig den Kopf. »Du liebst das Mädel, hab ich Recht?«

»Lieben?« Er schüttelte den Kopf. »Es ist eher eine Art Krankheit. Eine unheilbare Krankheit, die mir Speise und Trank vergällt. Wie ein böser Geist raubt sie mir bei Nacht den Schlaf und bei Tag den Verstand.«

»Das is' gut«, nickte die Alte weise. »Sie is' dein Schicksal. Ihr seid füreinander bestimmt!«

Gerade noch rechtzeitig biss sich Varin auf die Lippen. Beinahe hätte er sie als mondsüchtige, abergläubische Verrückte beschimpft und es sich auf diese Weise endgültig mit ihr verdorben. Sollte die Alte doch denken, was sie wollte! Zugegeben – er mochte Roscelyn sehr gern und sie übte eine gewisse Anziehungskraft auf ihn aus – aber Liebe? Das wäre übertrieben.

Dem Himmel sei Dank! Er konnte sich lebhaft vorstellen, welche Qualen sein armes Herz sonst durchmachen müsste.

»Ich hab zu tun. Dieser Lumpenhund Cerdic hält Wulfwyn als Geisel gefangen. Vor Sonnenaufgang muss ich mich mit meinen Leuten im Wald verstecken.«

Er verstummte, denn die dürre Urenkelin der Hexe erhob

sich von ihrem Lager in einer dunklen Ecke der Hütte. Er hatte ihre Anwesenheit gar nicht bemerkt.

Eine Bohne traf ihn an der Stirn. »Du hörst überhaupt nich' zu«, krächzte die Alte, die Hand vom Werfen noch erhoben.

»Verzeihung!«

»Bist wohl mit den Gedanken woanders, was, Junge? Hab eben gesagt, dass Golde da drüben dich begleiten tut.«

Varin hob abwehrend die Hand und ging rückwärts zur Tür, wobei er sich schon wieder den Kopf stieß. »Nicht nötig.«

»Niemand weiß im Wald so gut Bescheid wie meine Golde. Sie kennt jeden Weg und Steg.«

»Nein«, lehnte Varin ab. »Das ist viel zu gefährlich für ein junges Mädchen.«

»Pah. Sobald Ihr 'n gutes Versteck gefunden habt, kehrt sie um.«

Die furchtlose Beharrlichkeit der Alten erinnerte Varin an einen tollwütigen Hund, und eine Frage kam ihm in den Sinn, die er lange zurückgehalten hatte. »Wulfwyns Schoßhund ...« Er suchte nach Worten. »Poppit ...«

Bevor er noch weitersprechen konnte, streckte die Alte den knochigen Zeigefinger aus.

»Am besten bindest du den Köter an, bevor du aufbrichst. Jeder weiß, dass dieses dumme Vieh denen, die es ins Herz geschlossen hat, bis ins Grab folgt. Wulfwyn wär bestimmt böse, wenn dem Hund was zustößt.«

Varin musterte die Alte.

Bis ins Grab folgen?

Das war Antwort genug.

Die Falten der Alten schienen sich zu einem Lächeln zu verziehen; aber bevor Varin es richtig erkennen konnte, drehte sie sich zu ihrer Enkelin um.

»Zeig seiner Lordschaft den Weg. Sonst rennt er noch die ganze Nacht im Kreis rum!«

Widerspruch war zwecklos.

Gebückt bedeutete Varin dem jungen Mädchen, ihm zu folgen. Außerdem würde er Ulric losschicken, um Poppit anzubinden.

An der Tür blieb Varin noch einmal stehen und drehte sich mit schmalen Augen nach der Hexe um. »Schlag mir nie wieder die Tür vor der Nase zu!«

Spöttisch hob sie eine Braue. »Das war doch bloß der Wind, Junge.«

20

Trotz Varins Aufforderung, sich schlafen zu legen, wanderte Roscelyn unruhig im Raum auf und ab.

War es klug gewesen, ihn ins Vertrauen zu ziehen?

Und wenn er nun …

Nein. Sie durfte nicht an ihm zweifeln.

Noch einmal rief sie sich seine Anweisungen Wort für Wort ins Gedächtnis und fand keine Schwachstelle in seinem Plan.

Schließlich hielt sie es nicht mehr aus, verließ das Gemach und trat in die große Halle. Dort war alles still. Die Bauern schliefen, das Kaminfeuer glimmte nur noch. Der einzige Unterschied zu den vergangenen Nächten bestand darin, dass alle Normannen verschwunden waren. Und gerade das machte Roscelyn besorgt.

Sie ging weiter und trat durch den Seiteneingang ins Freie hinaus. Abermals schlug sie unwillkürlich den Weg zum Friedhof ein.

Die klamme Nachtluft spürte sie kaum, und der fast volle Mond schien hell genug, dass sie nicht stolperte.

Varin hatte ihr keine Zeit gelassen zu erklären, inwieweit sie selbst daran beteiligt war, dass die Schriftrolle in die Hände des Papstes gelangte. Aber vielleicht hatte sie da sogar Glück gehabt. Er wäre bloß wieder misstrauisch geworden.

Sie kniete neben dem Stein ihres Vaters nieder und fing an, in der Erde zu scharren. Wenn sie Varin ihre Hälfte der Schriftrolle aushändigte, musste er sie und Wulfwyn dafür zum Kloster begleiten.

Eine Träne rann ihr über die Wange, als ihre Finger endlich auf den Lederbeutel stießen, der das kostbare Dokument enthielt.

In Cyning konnte sie nicht bleiben, denn dort würde sie immer daran denken müssen, was Varin und sie vor all den Lügen, Täuschungen und Beschuldigungen miteinander erlebt hatten.

Sein Anblick würde ihr jedes Mal das Herz brechen, weil sie jetzt wusste, dass er ihr niemals vertraut und niemals wirklich vorgehabt hatte, sie zu heiraten.

Die Schriftrollenhälfte an die Brust gepresst, kauerte sie auf dem Boden und richtete den Blick zum Sternenhimmel.

Bitte, lieber Gott, beschütze Wulfwyn! Lass Varin unversehrt zurückkommen! Möge Cerdic ihn nicht umbringen!

Dieses Gebet wiederholte sie immer und immer wieder.

Bei Sonnenaufgang brannten ihre Augen vor Übermüdung. Der Horizont färbte sich rot, und Roscelyn kehrte in die Halle zurück, wo man schon Vorbereitungen für das Frühstück traf.

Sie bahnte sich ihren Weg durch das Gedränge und verschwand hinter dem Vorhang, froh, einen Augenblick allein zu sein.

Dann entnahm sie ihrer Truhe ein sauberes Hemd und ein braunes Gewand, und verstaute den Lederbeutel unter den übrigen Kleidern.

Das Bild, wie Varin und Cerdic miteinander fochten, drängte sich ihr ungebeten auf und ließ sich nicht vertreiben. Die Szene endete damit, dass Cerdic Varin seine Klinge in die Brust rammte.

Erschrocken wühlte sie nach dem Messer, das sie gestern in der Truhe versteckt hatte, und kleidete sich mit fliegender Hast an.

Wo sollte sie die Waffe verbergen, damit Cerdic sie nicht entdeckte, wenn er sie wieder durchsuchte? Gestern hatte er sie von Kopf bis Fuß abgetastet.

Nur eine einzige Stelle hatte er übersehen. Roscelyn löste ihre Locken und griff nach ihrem Kamm. Sie teilte das Haar in mehrere Stränge, schob das Messer dazwischen und wand dicke Flechten um die Waffe, bis sie völlig verdeckt war. Jetzt schob sie den Vorhang beiseite und trat wieder in die Halle.

Vom Essensgeruch wurde ihr übel, und sie huschte nach draußen. Vier bewaffnete Männer hielten am Tor des Herrenhauses Wache, aber ihr Anblick beruhigte Roscelyn nur wenig.

Als die Sonne höher stieg und die Mittagsstunde näher rückte, erkundigte Adam sich: »Braucht Ihr noch etwas?«

Roscelyn schüttelte den Kopf und zog ihren Umhang enger zusammen.

»Dann viel Glück! Kommt heil und gesund zurück!« Der Knappe verneigte sich respektvoll.

Trotz der beißenden Kälte bekam Roscelyn plötzlich feuchte Hände vor Aufregung. Ihre Kehle war trocken, und sie schluckte nervös. Noch einmal betastete sie prüfend das Lederband um ihren Haarknoten, gab sich einen Ruck und verließ das Gelände des Herrenhauses.

Sie nickte Gilbert zu, der die Brücke bewachte, und durchquerte im Laufschritt das Dorf hügelabwärts und dann die Felder. Verglichen mit ihrer Angst und Anspannung kam ihr die Gelassenheit, mit der die Bauern ihrem Tagewerk nachgingen, geradezu widersinnig vor. Sie hatte Herzklopfen vor Aufregung, und ihre Nervosität steigerte sich mit jedem Meter, den sie dem Waldrand näher rückte.

Sobald sie die ersten Buchen erreicht hatte, verlangsamte sie ihr Tempo. Cerdic gegenüber durfte sie sich nichts anmerken lassen, sondern musste genauso kühl und zurückhaltend wirken wie am Tag zuvor.

Roscelyn zählte ihre Schritte und fand den Treffpunkt ohne Schwierigkeiten wieder. Aber die Lichtung war menschenleer.

Das Vogelgezwitscher klang unheilvoll in ihren Ohren, und sie blickte sich suchend um. Varin und seine Getreuen waren nirgends zu sehen, und Panik drohte sie zu überwältigen.

Bleib ganz ruhig, ermahnte sie sich. Hätte sie Varin erspäht, dann hätte auch Cerdic ihn sofort entdeckt. Noch einmal überprüfte sie ihre Frisur. Schließlich hörte sie Schritte im Unterholz.

Einer von Cerdics brutalen Spießgesellen tauchte zwischen den Bäumen auf und sah sich witternd nach allen Seiten um.

»Sie ist allein«, rief er dann über die Schulter.

Ihr sank der Mut, als nacheinander zehn Männer aus dem Wald traten. Varin und seine Leute waren nur zu sechst.

Aber bevor sie lange grübeln konnte, erschien Cerdic, und Roscelyns Herz begann wie rasend zu pochen angesichts der hinter ihm marschierenden Wulfwyn.

Sie rannte auf die Schwester zu, aber sie kam nicht weit, denn jemand hielt sie von hinten fest. Grobe Hände fuhren über ihren Körper, griffen in ihre Stiefelschäfte und glitten an ihren Schenkelinnenseiten hoch.

»Keine Waffen«, verkündete eine Stimme.

Roscelyn war ganz schwach vor Erleichterung darüber, dass niemand das Messer entdeckt hatte, und hätte am liebsten Varin zugerufen, auf der Stelle anzugreifen. Aber sie biss sich auf die Zunge und erinnerte sich an seine Anweisungen. Auf keinen Fall wollte sie ihn enttäuschen.

Varin wusste selbst, wann der richtige Zeitpunkt gekommen war, die Falle zuschnappen zu lassen. Sie durfte seinen Plan nicht durcheinander bringen.

Ihr Blick fiel auf Wulfwyns verfilztes rotes Haar, und ihr

brach fast das Herz. Die Kleine erwiderte ihren Blick mit großen, angstvollen Augen. Sprechen konnte sie nicht, denn sie war mit einem schmutzigen Lappen geknebelt, und man hatte ihr die Hände auf den Rücken gebunden.

Nur mit Mühe bezähmte Roscelyn ihre Empörung und wandte sich frostig an Cerdic: »Darf ich meine Schwester etwa nicht begrüßen?«

»Du hältst gefälligst Abstand«, blaffte Cerdic. »Jetzt hast du sie ja gesehen, und wir können endlich verhandeln.«

»Warum nimmst du ihr nicht wenigstens diesen dreckigen Fetzen aus dem Mund, damit ich mit ihr reden kann?«

»Das Mädel ist von bösen Geistern besessen«, fauchte er. »Sie schwatzt die ganze Zeit mit Verstorbenen und Dämonen. Ich habe es mehr als satt.«

Erschrocken musterte Roscelyn ihre Schwester. Hatten die Strapazen der vergangenen Wochen ihren Geist verwirrt?

Aber Wulfwyn verdrehte kurz und demonstrativ die Augen gen Himmel, und Roscelyn merkte, dass die Jüngere genau wusste, was sie tat.

Mit einem Mal schoss Wulfwyns Fuß vor, und sie trat Cerdic kräftig vors Schienbein. Spontan riss er den Arm hoch, um ihr einen Fausthieb zu versetzen, aber sie entwand sich geschickt seinem Griff.

Ganz plötzlich sprangen Männer mit gezückten Schwertern aus den Bäumen.

Die Lichtung hallte von Kampfgeschrei wider.

Roscelyn rannte los, um Wulfwyn in Sicherheit zu bringen, aber sie kam zu spät. Cerdic drängte das Mädchen bereits gegen die abgestorbene Eiche und hielt ihr seine Klinge an die Kehle.

»Halt!«

Bei Varins Kommando blieb Roscelyn abrupt stehen. Es war auf einmal totenstill, nur das raue Keuchen der Männer drang durch die Luft.

»Du hast mich also an deinen normannischen Geliebten verraten«, zischte Cerdic ihr wütend zu. Dann erhob er die Stimme: »Lasst sofort die Waffen fallen, oder ich schneide dem Fratz hier die Kehle durch!«

Roscelyn schloss die Augen. Dies war der Augenblick, den sie am meisten gefürchtet hatte, und sie brachte nicht einmal mehr ein Gebet zu Stande. Aber Varin und seine Männer würden sich niemals kampflos ergeben – denn damit wäre ihr Schicksal besiegelt.

»Ich lege mein Schwert nieder, wenn du es auf einen Ringkampf zwischen uns beiden ankommen lässt.«

Bei Varins Herausforderung öffnete Roscelyn die Augen wieder. Cerdic war viel zu schlau, um auf einen solchen Vorschlag einzugehen. Im nächsten Moment bestätigte Cerdic ihre Einschätzung und lehnte Hohn lachend ab.

»Erstens sind wir in der Überzahl, und zweitens sage ich ohnehin Nein! Obwohl mich der Gedanke, dich um einen Kopf kürzer zu machen, durchaus reizt.«

»Wir legen die Waffen nicht eher nieder, bis du mir Gelegenheit gibst, dir das dreckige Grinsen aus der Visage zu prügeln.«

Cerdics Nasenflügel blähten sich siegesgewiss.

»Was hast du schon zu verlieren, angelsächsisches Schwein?«, stachelte Varin ihn weiter auf. »Du hast bloß Angst, dich mit mir zu messen. Ganz egal, wie unser Zweikampf ausgeht, meine Leute und ich sind sowieso schon quasi tot.«

War er verrückt geworden? Das gehörte doch alles gar nicht zu seinem Plan! Wie wollte er Wulfwyn befreien, wenn seine Mannen sich nicht mehr verteidigen konnten?

»Halt's Maul«, fauchte Cerdic.

Roscelyn fasste einen Entschluss und trat auf ihren Gatten zu. »Cerdic«, jammerte sie. »Der Normanne hat mich gezwungen, ihm in die Hände zu arbeiten. Er hat mich gestern, als ich mich mit dir traf, heimlich verfolgen lassen. Als ich ins Dorf zurückkam, war er bereits über alles informiert.«

»Dreckiges Miststück«, schnaubte Cerdic verächtlich. »Dir glaube ich kein Wort mehr – nicht einmal, wenn du, o Wunder, Flügel und einen Heiligenschein hättest!«

»Ich flehe dich an«, wimmerte sie und fiel vor ihm auf die Knie. »Verschone mich!«

Cerdic versetzte ihr einen Fußtritt vor die Brust, und sie fiel auf den Rücken. Aber sofort klammerte sie sich an seine Beine. »Weißt du, ich kann dir helfen, das Herrenhaus zurückzuerobern. Vor dem Tor sind Bewaffnete postiert!«

»Du undankbares Luder!«, brüllte jetzt Varin hinter ihr. »Schon wieder bin ich auf dich hereingefallen!«

Einen Moment ließ Cerdic sich ablenken und blickte zu Varin hinüber.

Mit einer einzigen Bewegung zog Roscelyn das Messer aus dem Haar und sprang auf.

Wulfwyn riss sich los, und Roscelyn entfuhr ein Fluch, als die Klinge statt in Cerdics Herz in seinen erhobenen Arm drang.

Dann hörte sie Schwerter klirren.

Cerdic griff sie an, und sie sprang zurück – aber nicht schnell genug – die Schwertspitze ritzte ihre Brust.

Wie betäubt warf sie einen Blick über die Schulter und sah Arnulf neben Wulfwyn auftauchen.

Dem Himmel sei Dank – ihre Schwester hatte jetzt einen Schutzengel!

Sie wandte sich wieder Cerdic zu und hob das Messer, ohne darauf zu achten, dass seine Klinge auf ihre Brust zielte.

Und wenn sie selbst dabei draufging – sie würde ihn erstechen!

Da rammte Varin seine Schulter in Cerdics Magen, und er ließ das Schwert fallen. Roscelyns Hand mit dem Messer hielt mitten in der Bewegung inne.

Ihr blieb fast das Herz stehen, als ihr klar wurde, dass sie beinahe Varin erstochen hätte.

Ein Schwindelgefühl überkam sie, und sie zitterte hilflos von Kopf bis Fuß. Stolpernd wich sie zurück und zog den Umhang über den schmerzenden Oberkörper.

Als sie die klebrige Feuchte spürte, gaben ihre Knie nach. Sie hockte sich nieder und starrte auf das Blut, das durch das braune Gewand in den grauen Umhang sickerte. Wie viel es war!

Bestimmt hatte ihr letztes Stündlein geschlagen ...

Vom Anblick des Blutes wurde ihr übel, und sie schaute verzweifelt zu Varin hinüber. Sie wollte ihm noch Lebewohl sagen, bevor sie starb, wollte ihm sagen, dass sie ihn noch immer liebte.

Varin umklammerte Cerdics Kehle, und der war schon ganz blau im Gesicht.

»Varin ...« Aber er hörte sie nicht, weil ihre Stimme im Getümmel unterging.

Mit letzter Kraft taumelte sie auf die Füße. »Varin!«

Als er immer noch nicht reagierte, wankte sie unsicher auf ihn zu. Sie hatte das Gefühl, dass der Boden unter ihren Füßen nach gab. Als sie hinter ihm stand, zupfte sie ihn am Waffenrock.

Sein Blick war starr auf Cerdic geheftet, und seine Miene hassverzerrt. Er schien Roscelyn überhaupt nicht wahrzunehmen.

Ihr wurde schwarz vor Augen. Das war wieder mal typisch für ihn, dachte sie verzagt. Bei allen Heiligen, dieser Flegel würde gefälligst ihr letztes Lebewohl zur Kenntnis nehmen!

Mit schwacher Faust hämmerte sie auf seinen Rücken. »Varin!«

Er warf ihr einen erbitterten Blick zu, und sie keuchte: »Ich sterbe!«

Da schien er sie zum ersten Mal wieder ins Auge zu fassen, und Entsetzen malte sich auf seinen Zügen. Sofort ließ er Cerdic los und zog sie an sich.

Das Schlachtgeschrei wurde leiser, und seine Arme zitterten, als er sie wie ein Kind hochhob, an sich drückte und auf das Dorf zu preschte.

»... wollte nur Lebewohl sagen«, hauchte Roscelyn.

Dann verschwamm sein Gesicht vor ihren Augen, und alles wurde dunkel.

Wie ein gefangenes Raubtier tigerte Varin in dem engen Schlafgemach auf und ab, und vermied es geflissentlich hinzusehen, wie die Hexe Roscelyns Brustwunde mit großen Stichen zusammenflickte.

Jetzt konnte er verstehen, warum Roscelyn jedes Mal übel wurde, wenn sie Blut sah. Er würde es zwar niemals zugeben, aber vom Anblick der Nadel, die durch ihr weiches Fleisch fuhr, wurde ihm selber schlecht. Wenigstens hatte die Hexe sie vorher mit einem ihrer Tränke eingeschläfert, sodass sie nichts davon spürte.

»Hörst du mir überhaupt zu, Junge?«

Er drehte sich um. Die Alte packte ihre Habseligkeiten in ihren Korb.

»Du willst schon gehen?«, fragte er überrascht.

»Natürlich. Hab heut noch was andres zu tun«, brummelte die Alte mürrisch.

»Du bleibst gefälligst hier und kümmerst dich um Roscelyn«, befahl Varin barsch.

»Pah! Die braucht mich nich' mehr. Ich hab dir die ganze Zeit erklärt, dass es nur'n Kratzer is'.«

»Wenn das stimmt, hättest du die Wunde wohl kaum zu nähen brauchen.«

»Zwei kleine Stiche, mehr war's nich'«, gab die Alte zurück, »und ich hätt's genauso gut lassen können. Gib ihr was von dem Mittel, wenn sie aufwacht und Schmerzen hat. Morgen schau ich wieder nach ihr.«

»Ich verstehe nichts von Krankenpflege«, protestierte Varin. »Und muss mich um anderes kümmern!«

»Dann holst du eben ihre Schwester her und überlässt ihr die Pflege, Junge!«

Damit schlug die Hexe die Tür hinter sich zu und ließ Varin mit Roscelyn allein.

Vorsichtig setzte er sich auf die Bettkante. Roscelyn sah furchtbar zerbrechlich und blass aus, fast wie eine Tote.

Er strich ihr das Haar aus dem Gesicht. Niemals hätte er es sich verziehen, wenn sie bei dem Überfall umgekommen wäre. Ein Leben ohne sie …

Aber nein! Es war nur ein Kratzer, hatte die Alte gesagt. Sie schwebte nicht in Lebensgefahr. Er hatte noch viele Jahre Zeit, seine schrecklichen Fehler wieder gutzumachen.

Eigentlich sollte er jetzt nach Wulfwyn schicken und Rok satteln lassen. Er musste Roscelyns abscheulichen Gatten samt der Schriftrolle unverzüglich zu König William befördern. Außerdem holte er Williams Erlaubnis, Roscelyn zu heiraten am besten ein, bevor die Widerspenstige sich von ihrer Verwündung erholte und protestieren konnte.

Andererseits war es schon spät. Er und seine Leute hatten die ganze Nacht in den Baumkronen verbracht und waren todmüde. Ein paar Stunden Schlaf würden ihnen allen gut tun. Der angelsächsische Lump wurde ebenso streng bewacht wie das Dokument.

Genau genommen, eine Hälfte des Dokumentes.

Varin runzelte die Stirn. Es beunruhigte ihn, dass die andere Hälfte fehlte. Er musste sie unbedingt finden. Roscelyns Ehemann konnte ihm dabei nicht behilflich sein, denn Varin hatte ihm so hart zugesetzt, dass er nicht einmal mehr zu flüstern vermochte. Trotzdem sollte man dem Kerl keinesfalls über den Weg trauen.

Vielleicht wusste Roscelyn ja etwas über den Verbleib der fehlenden Hälfte.

Aber sie war immer noch weiß wie ein Laken, und ihr offenes Goldhaar bildete einen auffälligen Kontrast zu den farblosen Wangen. Heute Nacht würde er bei ihr bleiben und sie am nächsten Morgen fragen, ob sie etwas über den zweiten Teil der Schriftrolle wusste.

Nachdem er diesen Entschluss getroffen hatte, war ihm leichter ums Herz. Ob Roscelyn es wollte oder nicht, trotz allem musste sie seine Frau werden.

Sein Blick fiel auf ihre Stupsnase, und er lächelte unwillkürlich. Welcher andere Mann würde sie schon haben wollen? Sie konnte nicht kochen, nicht nähen und sich wegen ihrer Angst vor Blut weder um verwundete noch kranke Krieger kümmern. Sie war eigensinnig, ungeschickt und brachte sich selbst ständig in Schwierigkeiten.

Aber sie war ehrlich und zuverlässig. Für Cyning übernahm sie ja wohl immer die volle Verantwortung, wenn er selbst einmal unterwegs sein sollte.

Im Lauf seines Lebens hatte er noch nie eine so kluge Frau getroffen, und ihre flinke Zunge war eine wahre Freude – in mehr als einer Hinsicht, dachte er anzüglich.

Der Gedanke an ihre Nacktheit unter der Decke, marterte ihn. Zwar hatte sie offenbar noch wenig Übung im Küssen, aber noch nie hatte eine andere in Varin solche Leidenschaft entfesselt. Dass ihr noch nie ein Mann zur Erfüllung verholfen hatte, brachte sein Blut noch mehr in Wallung. Wie wunderbar musste es sich anfühlen, wenn sie vor Wonne erschauerte.

Als hätte er seine Gedanken laut ausgesprochen, verzog Roscelyn das Gesicht, seufzte und schlug schließlich die Augen auf.

Ihr Blick irrte unstet durchs Zimmer, bis er schließlich an ihm haften blieb. Sofort versuchte sie, sich aufzurichten.

»Ganz ruhig! Überanstrenge dich nicht.«

Sie hielt inne und starrte ihn an. Ihre goldbraunen Augen waren verschleiert.

»Wie geht es dir?«

»Gut.«

Skeptisch zog Varin eine Braue hoch. »Das sagst du immer.«

»Was ist mit Cerdic und der Schriftrolle?«, fragte sie schläfrig.

»Sie sind gut verwahrt. Morgen bringe ich sie zum König.«

Ihr fielen die Augen wieder zu. »Gott sei Dank.«

Es klopfte, und Varin rief: »Herein!«

»Das Essen ist fertig, Milord.«

»Stell es auf ein Tablett und bring es mir! Ich esse hier.«

Der Knappe nickte, und schon wenige Minuten später konnte Varin endlich seinen knurrenden Magen besänftigen. Kaum war das Tablett wieder abgeräumt, erschien auch schon Wulfwyn, um nach ihrer Schwester zu sehen.

»Lufu hat behauptet, es ginge ihr gut«, meinte das Mädchen und musterte die Schlummernde prüfend. »Hat sie Schmerzen?«

»Schläft schon den ganzen Abend.«

Wulfwyn erhob ihren grünen Blick. »Ich möchte Euch vielmals danken, dass Ihr uns gerettet habt.«

»Hat Cerdic ...« Er suchte nach den passenden Worten, »... Cerdic hat dich misshandelt?«

Ihre Augen funkelten verschmitzt. »Ich habe mich wahnsinnig gestellt und mit Toten und allen möglichen bösen Geistern geredet. Daraufhin hatte dieser Dummkopf viel zu viel Angst, mir nahe zu kommen.«

Bewundernd schüttelte Varin den Kopf. »Du bist deiner klugen Schwester wirklich sehr ähnlich.«

»Meint Ihr das ernst?«, fragte das Mädchen hoffnungsvoll.

»Aber gewiss.«

»Soll ich hier bleiben und bei ihr wachen, damit Ihr Euch ein wenig ausruhen könnt?«

»Nein. Du brauchst selbst Ruhe. Ich verlasse morgen das Dorf, dann musst du dich ohnehin um deine Schwester kümmern.«

Wulfwyn blickte ihn stirnrunzelnd an. »Wo wollt Ihr denn schlafen?«

»Adam soll einen Strohsack für mich neben dem Bett platzieren.«

Und so fand Roscelyn ihn vor, als sie mitten in der Nacht erwachte. Varin streifte hastig eine Hose über, um seine Blöße zu bedecken, zündete eine Kerze an und hockte sich auf die Bettkante.

»Tut dir etwas weh?«

Jetzt waren ihre Augen hellwach und wie gebannt auf seine entblößte Brust geheftet. »Ich fühle mich ein bisschen elend, weiter nichts. Vielleicht täte es mir gut, aufzustehen und mich etwas zu bewegen.«

»Soll ich dir das Gebräu der Hexe holen?«

Das lehnte Roscelyn ab, fragte jedoch erstaunt: »Hast du etwa den ganzen Tag und die ganze Nacht so dagesessen?«

»Nein.« Varin wies mit dem Kinn auf den Strohsack am Boden. »Ich habe dort unten gelegen.«

Sie blinzelte. »Es ist dein Bett, Varin, lass mich auf meinem Strohsack draußen in der Halle weiterschlafen.«

»Unsinn! Du bleibst gefälligst, wo du bist.«

Die Decke glitt von ihren Schultern, und Varin betrachtete kritisch die Wunde über ihren schwellenden Brüsten.

Sofort deckte sie sich wieder bis unters Kinn zu. »Ist es … sieht es sehr schlimm aus?«

Er musterte ihre besorgte Miene. »Wenn du die Decke noch einmal wegnehmen würdest, damit ich besser sehen kann …«

Sie ließ den Stoff ein Stück sinken, und Varin setzte eine sachliche Miene auf. »Tiefer.«

Die Decke rutschte nach unten, aber er wollte mehr. »Noch tiefer.«

Ihr Gesicht verfinsterte sich. »Wenn ich die Decke noch tiefer ziehe, sieht man mein …«

Dann begriff sie endlich, und ihre Lippen wurden schmal. »Lüsterner Kerl! Du bist wirklich unverbesserlich.«

Er lachte. »Und du bist sehr hübsch!«

Ihre Lippen fingen an zu prickeln, und bevor sie es ihm verbieten konnte, beugte er sich schon vor. Eigentlich wollte er ihr nur einen flüchtigen Kuss rauben, aber dann schaffte er es doch nicht, sich loszureißen.

Im nächsten Augenblick fühlte er ihre Arme um seinen Nacken. Sie zitterte. Wie Quecksilber schlug ihre Stimmung plötzlich um, und sie öffnete seiner Zunge bereitwillig den Mund.

Die Decke glitt ihr bis zur Taille herab; er senkte den Kopf und küsste ihren Busen, sorgfältig darauf bedacht, die Wunde nicht zu berühren.

Ihre Brustwarzen wurden hart, und er nahm eine davon zwischen die Lippen, fuhr mit der Zunge über die feste Knospe. Ihr Atem beschleunigte sich, und der Strohsack raschelte, als sie sich unruhig hin und her wand.

Wenn sie doch nicht verletzt wäre, schoss es ihm durch den Sinn. Er holte tief Luft, riss sich zusammen und wollte sie loslassen, aber sie umschlang ihn nur noch fester.

»Bitte, Milord. Führt zu Ende, was Ihr angefangen habt.«

»Das wäre sehr unvernünftig. Du musst erst gesund werden. Leg dich wieder hin und schlafe.«

Sie hörte gar nicht hin, schmiegte sich an ihn und küsste ihn mit heißen, fordernden Lippen.

Er stöhnte. »Es gibt einen Moment, ab dem ich mich nicht mehr zurückhalten kann«, flüsterte er.

»Und dieser Moment ist noch nicht gekommen?«, fragte sie mit gespielter Unschuld.

»Himmel, Weib! Du bringst mich bald ins Grab.«

Sanft drückte er sie in die Kissen zurück und streckte sich neben ihr aus. Dann schob er ihr einen Arm unter den Nacken, wobei er so viel Abstand zwischen ihren beiden Oberkörpern ließ wie möglich, und bedeckte ihren Mund und den zarten Nacken mit Küssen.

»Bei dir würde sogar ein Heiliger zum Sünder«, raunte er und nahm wieder eine ihrer Brustwarzen zwischen die Lippen.

Sie legte ihm die Hand unter den Hinterkopf, und er streichelte die Innenseite ihrer Schenkel.

Als sie aufstöhnte, hielt er betroffen inne. »Habe ich dir wehgetan?«

»Nein, nein!«, wehrte sie ab und blickte ihn mit brennenden Augen an.

Sein Mund verzog sich zu einem wölfischen Grinsen, und er senkte erneut den Kopf auf ihre Brüste. Seine Hand wanderte höher, und als sein Fingerknöchel ihre intimste Stelle berührte, fühlte er tiefe Befriedigung über die feuchte Hitze ihres Schoßes. Dann tauchte sein Finger in sie ein, und fast hätte er die Beherrschung verloren, als sie scharf die Luft einsog und ihm ihre Hüften entgegenhob.

Er zog den Finger zurück und streichelte erneut die empfindliche Knospe. Mit jedem keuchenden Atemzug Roscelyns kochte sein Blut heißer.

Währenddessen beobachtete er sie anbetungsvoll. Fast hätte er sich auf sie ergossen, als er sah, wie ihre Wangen sich rosig färbten, die dunklen, dichten Wimpern sich über die Augen senkten und sie sich mit der Zungenspitze über die Lippen fuhr.

Varin drehte sich um und küsste sie auf die Innenseite der Schenkel. Sie schnappte nach Luft, als er den Mund auf ihr Geschlecht presste, spreizte die Beine und umklammerte seinen Kopf.

Jetzt hielt er es nicht mehr aus. Er schob sich über sie, verweilte einen hastigen Atemzug lang an ihrer Pforte und drang schließlich in sie ein.

Ach, du große Güte – noch nie hatte er solche Lust empfunden. Mit langsamen, entschiedenen Bewegungen stieß er zu und zog sich wieder zurück – wartete auf sie, wartete auf den richtigen Augenblick.

Der kam keine Sekunde zu früh. Sie stöhnte entzückt, umklammerte seine Hüften, presste sich an ihn und bog sich seinem Körper wimmernd entgegen.

Als ein Beben sie überlief, hielt auch er nicht länger an sich.

Er zog sich noch einmal zurück, stieß tief in sie hinein und verströmte sich in zuckenden Stößen … genoss den überwältigendsten Höhepunkt seines Lebens.

21

Als Adam am nächsten Morgen ins Zimmer trat, um Varin zu wecken, war Roscelyn schon wach.

Genau genommen hatte sie überhaupt kein Auge zugetan, so erfüllt war sie noch immer von der Leidenschaft der nächtlichen Umarmungen. Diese Nacht würde sie wohl ewig im Gedächtnis behalten, und das musste sie auch – denn sie würde Varin nie wieder sehen.

Als sie sich aufsetzte, sackten ihre Schultern herab. War es ihre Wunde oder ihr armes Herz, was so schmerzte?

Sie sah zu, wie der Knappe Varin das kurzärmelige Kettenhemd über den Kopf zog, und fragte sich im Stillen, ob sie nicht doch einen Fehler gemacht hatte.

Vielleicht wäre es besser gewesen, nie zu erfahren, welche Lust ihr dieser Mann bereiten konnte. Auch jetzt breitete sich wieder heißes Verlangen in ihr aus, dabei hatte er sich noch nicht einmal von ihr verabschiedet.

»Geh nachsehen, ob Rok gesattelt ist«, befahl Varin dem Knappen, als er vollständig angekleidet war.

Der junge Mann machte abschließend einen Diener, und Varin drehte sich nach Roscelyn um. »Wie geht es dir jetzt?«

Als sie den Mund öffnete, hob er die Hand und gab sich selbst mit hoher, verstellter Stimme die Antwort: »Gut.«

»Woher weißt du das?« Roscelyn zwang sich zu lächeln.

Er wurde wieder ernst. »Ich muss dich etwas fragen, Roscelyn, auch wenn es dir unangenehm sein wird. Aber William wird sich bestimmt danach erkundigen.«

Roscelyn zog die Augenbrauen hoch. »Ja bitte?«

»Dein Gatte trug nur eine Hälfte der Schriftrolle bei sich. Hast du eine Ahnung, was mit dem anderen Stück passiert ist?«

Gekonnt runzelte sie die Stirn und tat überrascht. »Nur eine Hälfte? Bist du sicher?«

»Mach dir keine Sorgen. Was auch immer dein Gemahl damit angestellt hat, wir werden es herausfinden.« Er räusperte sich. »Spätestens, wenn er wieder sprechen kann.«

Sie war erleichtert, dass er nicht näher darauf einging, auf welche Weise er Cerdic zu einem Geständnis zwingen wollte. Sie verabscheute ihren Gatten zwar zutiefst, aber verspürte trotzdem keine Genugtuung darüber, dass er gefoltert werden sollte.

Varin legte ihr die Hand unters Kinn und hob ihr Gesicht zu sich empor. »Für mich wird es Zeit. Pass gut auf dich auf.« Er küsste sie. »Und werde wieder gesund, bis ich zurückkomme.«

Roscelyn nickte und unterdrückte das Bedürfnis, ihn zu umarmen und nie mehr loszulassen. »Ich wünsche dir eine sichere Reise!«

Varin zögerte, als wollte er noch etwas sagen. Aber er warf ihr nur einen letzten, zärtlichen Blick zu, deutete eine Verbeugung an und schloss hinter sich die Tür.

Unverzüglich sank sie in sich zusammen.

Ihn nie mehr wieder zu sehen, nie mehr seine zärtlichen Neckereien zu hören, seine heißen Küsse zu spüren, die Geborgenheit seiner Umarmung!

Nur mit Mühe hielt sie die Tränen zurück. Wie sollte sie ohne ihn weiterleben?

Ihr Blick streifte das Lager, das sie geteilt hatten, das Gemach, das sie vielleicht zum letzten Mal sah, weil sie Cyning für immer verlassen musste.

Sobald Varin fort war, würde sie nach Arnulf Ausschau halten und ihn überreden, sie und Wulfwyn ins Kloster zu bringen.

In ihrer Angst und Not kamen ihr die Minuten wie Stunden vor. Schließlich raffte sie sich auf, hüllte sich in die Decke und trat aus dem Schlafgemach in die Halle.

»Ros«, begrüßte Wulfwyn sie erfreut, die auf einer Bank an einem der Tische saß. »Gerade wollte ich nach dir sehen. Varin meinte, ich sollte dich noch ein bisschen schlafen lassen.«

Die Halle war leer, und Roscelyn winkte Wulfwyn zu sich heran. »Ist er fort?«

Wulfwyn warf ihr einen misstrauischen Blick zu. »Ja. Er ist fort. Alles in Ordnung?«

»Kannst du Arnulf holen, während ich mich anziehe? Ich muss etwas mit ihm besprechen.«

Das junge Mädchen runzelte die Stirn. »Hat das nicht ein bisschen Zeit? Du siehst immer noch ziemlich mitgenommen aus.«

Roscelyn machte eine ungeduldige Handbewegung. »Bitte hol ihn jetzt. Mir geht's gut.«

Zwar nickte Wulfwyn, aber auf dem Weg zur Tür drehte sie sich mehrmals nach der Schwester um. Als sie verschwunden war, trat Roscelyn wieder hinter den Vorhang und ging zu ihrer Truhe.

Sie zog sich so schnell an, wie ihre Verletzung es zuließ.

Zum Schluss griff sie nach dem Lederbeutel mit der Schriftrolle.

Als Wulfwyn mit Arnulf die Halle betrat, saß Roscelyn bereits am Tisch, das Dokument vor sich.

»Milady!« Der Riese verhehlte nicht seine Missbilligung, als er näher kam. »Warum seid Ihr schon aufgestanden? Varin würde …«

»Varin würde mir mit Vergnügen den Hals umdrehen, wenn er wüsste, was ich dir jetzt mitteilen will. Bitte setz dich und hör mir gut zu. Ich möchte dich um einen Gefallen bitten, und es soll dein Schaden nicht sein.«

Wulfwyns besorgter Blick entging ihr nicht. Aber Arnulf nahm gehorsam ihr gegenüber Platz.

»Hier ist die andere Hälfte der Schriftrolle.« Sie schob das Dokument zu ihm hinüber. »Ich konnte mich nicht dazu entschließen, Varin davon zu erzählen, deshalb übergebe ich sie dir. Im Gegenzug geleitest du Wulfwyn und mich sicher ins Kloster von Saint Dunstan!«

Ihre Schwester schnappte nach Luft, und Arnulf starrte Roscelyn ungläubig an. Was … Warum?«, stotterte er. »Wie …«

Hastig unterbrach Roscelyn ihn. »Ursprünglich war ich im Besitz des ganzen Dokumentes. Ich habe Wulfwyn die eine Hälfte mitgegeben, damit sie an den Papst weitergeleitet würde.«

Arnulf hörte schweigend zu, als Roscelyn ihm jetzt der Reihe nach berichtete, was inzwischen mit der Schriftrolle passiert war. »Deshalb hatte ich auch Bedenken, Varin um Wulfwyns Befreiung zu bitten. Ich hatte Angst, dass ihm das Dokument wichtiger sein könnte als das Leben meiner Schwester.«

Der hoch gewachsene Krieger fuhr gekränkt in die Höhe. »Niemals würde ich zulassen, dass Wulfwyn ein Leid geschieht.«

Roscelyn holte tief Luft. »Varin auch nicht, wie ich inzwischen weiß. Doch das spielt jetzt keine Rolle mehr. Ich gebe gern zu, dass ich ihn falsch eingeschätzt habe. Aber ich kann nicht mehr in Cyning bleiben.«

Arnulfs Miene verfinsterte sich. »Natürlich bleibt Ihr hier. Varin wird das schon verstehen. Ihr braucht keine Angst zu haben.«

»Hältst Du mich wirklich für so naiv, Arnulf? Varin wird mir niemals verzeihen, und ich kann es ihm nicht übel nehmen. Es hat ihn große Anstrengungen gekostet, bei eurem König solch hohes Ansehen zu erwerben. Und wenn ich aus dem Weg bin …«

Sie hatte einen Kloß in der Kehle und musste schlucken. »Und wenn ich aus dem Weg bin, kann Varin endlich die betreffende Nichte eures Königs heiraten und wird wieder rechtmäßiger Besitzer der Ländereien seiner Familie. Glaub mir, Arnulf, so ist es am besten.«

Noch eine halbe Stunde lang musste Roscelyn dem Riesen gut zureden, aber schließlich lehnte sich Arnulf zurück und verschränkte die Arme vor der Brust. »Lasst uns Varins Rückkehr abwarten; dann bringe ich Euch beide zum Kloster, wenn Ihr es noch wollt. Darauf gebe ich Euch mein Wort.«

»Nein. Es ist besser, wenn ich bei seiner Rückkehr schon weg bin. Das erspart ihm die Unannehmlichkeit, mich zum Gehen aufzufordern. Und das wiederum könnte ich nicht ertragen.«

Arnulf seufzte. »Also schön. Wann wollt Ihr aufbrechen?«

»Heute noch.«

»Heute? Aber Ihr seid krank.«

»Mir geht's gut, Arnulf. Frag Lufu. Es ist bloß ein Kratzer.«

Zwei Wochen waren vergangen, als Varin mit Rok über die Furt setzte und ihn dann zu einem solchen Galopp anspornte, dass seine Männer hinter ihm zurückblieben.

Es war zwar nicht gut für das Pferd, wenn es nass geschwitzt in den Stall kam, aber Varin konnte seine Ungeduld nicht mehr bändigen.

Wahrhaftig – ein Glücksgefühl, nach Hause zu kommen! Und er konnte es kaum erwarten, Roscelyn in die Arme zu schließen.

Er hatte sehr diplomatisch sein müssen, um William nicht zu kränken, als er die Hand seiner Nichte zurückwies. Am Ende hatte der König seiner Eheschließung mit Roscelyn aber doch zugestimmt. Zum Dank selbst für die halbe Schriftrolle hatte William ihn sogar reich belohnt.

Jetzt brauchte seine Liebste nie wieder Not zu leiden. Er konnte ihr ein für alle Mal den Schmuck seiner Mutter überreichen.

Begrüßungsrufe drangen an sein Ohr, und die Bauern machten ihm bereitwillig Platz, als er die Dorfstraße hinunterpreschte.

Es gab nur noch eine Sache, die vor der Hochzeit geregelt werden musste. Aber wenn Roscelyns Leibwächter ihm Lehnstreue schwor, würde er den Mann freilassen.

Roks Hufe donnerten über die Zugbrücke, und Varin sah mit Befriedigung, dass man die Verteidigungsanlagen in seiner Abwesenheit fertig gestellt hatte. Varin begrüßte Walther mit erhobener Hand und zügelte dann Rok, um nicht die Dörfler im Hof niederzutrampeln.

Vor den Stallgebäuden hielt er den Hengst an, stieg ab und ging mit federndem Schritt auf die große Halle zu.

Verfluchte Höllenpest – wie er diesen Augenblick herbeigesehnt hatte!

Natürlich musste er Roscelyn erst einmal schmeicheln und schöntun, damit sie ihm alles verzieh – aber darauf freute er sich schon.

Ihre zornigen Anklagen würde er mit Küssen ersticken, noch bevor sie ausgesprochen wurden, zärtlich an ihrem Nacken knabbern, wenn sie ihn wegen seiner Grausamkeit auszankte, und sie so dicht an sich ziehen, dass sie ihn nicht ohrfeigen konnte. Zuerst musste er ihr natürlich die Stiefel wegnehmen, damit sie ihm nicht wieder einen Tritt vors Schienbein verpasste.

Er hatte jedes Schimpfwort verdient, das ihr einfallen mochte. Und er beabsichtigte, aus jedem das Beste zu machen, bis die Dame seines Herzens sich endlich erweichen ließ und ihm vergab.

Und dann ...

»Varin!« Arnulf hatte ihn eingeholt. »Du bist wieder da! Was hat William gesagt?«

»Wir sind am Weihnachtstag zu seiner Krönungsfeier nach London eingeladen. Ich erzähl's dir später. Jetzt muss ich erst einmal zu Roscelyn.«

»Warte bitte!« Arnulf hielt ihn am Arm fest.

»Was ist denn, Mann?«, fauchte Varin gereizt, als der hoch gewachsene Krieger nicht gleich sprach.

Eine böse Ahnung befiel ihn, als Arnulf verlegen um sich schaute.

Plötzlich stieg in Varin eine furchtbare Angst auf.

Hatte die Hexe sich geirrt? War Roscelyns Wunde etwa doch lebensgefährlich gewesen? Oder hatte sie sich vielleicht entzündet, statt zu heilen?

Der Boden unter seinen Füßen schwankte, und er musste sich an Arnulf fest halten.

»Roscelyn?«, hauchte er.

»Ihr geht es gut«, versicherte der Riese. »Beruhige dich.«

Varin beugte sich vor, stützte die Hände auf die Knie und versuchte, tief und ruhig zu atmen. »Bei Christi blutigen Knochen, Arnulf! Du hast mich zu Tode erschreckt.«

»Tut mir Leid. Ich wollte nicht, dass du denkst ...«

Varin sah ihn an, und abermals wich Arnulf seinem Blick aus. Varin richtete sich gerade auf. »Was ist mit ihr?«

»Lass mich dir alles erklären, bevor du auf mich losgehst wie ein verwundeter Stier.«

»Wo ist sie?«

Arnulf seufzte. »Sie hat mich überredet, sie ins Kloster zu bringen.«

»Was?!«

»Und hat dir die andere Hälfte der Schriftrolle dagelassen.«

»Ich pfeife auf die Schriftrolle, die brauche ich nicht mehr. Du hast sie einfach gehen lassen?«

»Sie hat mich überredet.«

Vielleicht war es die Angst um Roscelyn, die Varins Zorn schürte, vielleicht auch die furchtbare Enttäuschung, die Ersehnte nicht anzutreffen.

Jedenfalls ballte Varin die Faust und versetzte seinem Gefährten einen Hieb direkt auf die Nase.

Roscelyn kniete mitten im Klostergarten. Ihre Hände fühlten sich wie Eisklumpen an, weil sie zum Erbsenpflanzen die Fäustlinge ausgezogen hatte. Neben ihr bohrte Wulfwyn Löcher in die harte Erde, damit Roscelyn die Samen hineinlegen konnte.

»Schwester Hilde will mir beibringen, wie man aus der Heiligen Schrift vorliest«, verkündete Wulfwyn fröhlich.

Roscelyn lächelte wehmütig. Ihr einziger Trost in dieser Verbannung war, dass Wulfwyn sich im Kloster überraschend wohl fühlte. Aber das half ihr in den Nächten, in denen sie sich vor Sehnsucht nach Varin verzehrte, auch nicht weiter. Trotzdem: Die Nonnen hatten ihre Schwester offenbar ins Herz geschlossen.

Nun drückte Roscelyn die lose Erde über einer Erbse fest und erhob sich auf die Knie, um ihrem schmerzenden Rücken eine Pause zu gönnen. Würde ihre Seele denn niemals Frieden finden? Würde sie irgendwann aufhören, Tag und Nacht an Varin zu denken?

Plötzlich prallte etwas Schweres gegen ihre Schultern. Roscelyn plumpste mit dem Gesicht in die lockere Erde und hörte Wulfwyn lachen. »Langsam, Poppit, langsam. Wo kommst du denn her?«

»Der verfluchte Köter hat sich an meine Fersen geheftet.«

Roscelyn spuckte die Erde aus, die ihr in den Mund geraten war, und fuhr sich hastig mit der Hand über das Gesicht. Das war Varins raue Stimme!

Wie bitte? Der hier?

Sie blinzelte, um besser sehen zu können, aber der Erfolg war, dass ihr die Augen vom Schmutz tränten.

»Na kommt schon!« Varin ergriff ihren Arm und zog sie hoch. »Verfluchte Höllenpest. Du siehst so schrecklich aus wie immer.«

Er wischte ihr das Gesicht mit seinem Umhangzipfel ab. »Ich weiß wirklich nicht, warum ich so darauf versessen bin, einen Racker wie dich zu heiraten.«

Bei seinen Worten begann ihr Herz wie verrückt zu pochen. Er wollte sie heiraten? Sie musste sich verhört haben. War er nicht fortgegangen, um die Nichte seines Königs zu ehelichen?

Sie schlug nach seiner Hand. »Du scheuerst mir ja das ganze Gesicht wund.«

»Pah!« Er machte unbeirrt weiter. »Eigentlich hättest du eine Tracht Prügel verdient. Es ist wirklich unglaublich, wozu du Arnulf in meiner Abwesenheit beschwatzt hast.«

Als er mit ihrem Gesicht fertig war, hakte er sie unter und zog sie mit sich in den Klosterhof. »Ihm zu erzählen, du wolltest mir nicht die Chance auf eine standesgemäße Heirat verderben«, brummelte er. »Er ist genauso ein Dummkopf wie du.«

»Willst du Williams Nichte etwa doch nicht heiraten?«, fragte Roscelyn gespannt.

»Nein. Ich will dich heiraten!«

Roscelyn wagte nicht, ihren Ohren zu trauen. Sie würde es nicht verkraften, wenn die Hoffnung, die sich zaghaft in ihr regte, noch einmal enttäuscht würde.

»Aber dann ist dein Familienbesitz für dich endgültig verloren ...«

Varin blieb so plötzlich stehen, dass Roscelyn fast gestolpert wäre. »Du weißt nicht immer, was für andere am besten ist, und ich dulde keine Widerrede mehr! Du heiratest mich, und Schluss!«

Sie zog eine Braue hoch. »Und wenn ich mich nun weigere?«

Sein Kuss überrumpelte sie.

Ihre Wangen färbten sich rosig vor Verlegenheit, und sie versuchte, sich loszumachen. Schließlich befanden sie sich hier auf geweihtem Boden.

»Sag, dass du mich liebst«, murmelte er in ihre halb geöffneten Lippen.

Sie bekam weiche Knie, aber schaffte es dennoch, den Kopf zu schütteln.

Sein Kuss wurde fordernder. »Sag, dass du mich liebst.«

Als er ihr mit der Zungenspitze über die Lippen fuhr, zitterte sie. »Sag es – verdammte Höllenpest!«

»Ich liebe dich«, hauchte sie selig.

Er ließ sie los und wischte sich mit finsterem Blick die Erdkrümel aus den Mundwinkeln. »Musst du denn immer so eigensinnig sein? Ich habe genug Erde geschluckt, um einen Schweinekoben damit zu füllen.«

»Dann solltest jetzt du mir schnellstens deine Liebe gestehen. Sonst küsse ich dich nämlich so lange, bis du parierst!

In gespielter Angst verzog Varin das Gesicht. »Hiermit bekenne ich natürlich auf der Stelle, wie sehr ich Euch liebe, Milady! Aber wenn Ihr Euch erst einmal das Gesicht gewaschen habt, könnt Ihr Euch gleich darauf einstellen, dass Ihr mich erst eine Ewigkeit küssen müsst, um diese Worte noch einmal von mir zu hören!«